KB111399

흑소 소설
黑笑小說

KOKUSHO SHOSETSU by Keigo Higashino

Copyright © 2005 Keigo Higashino
All rights reserved.
First published in Japan in 2005 by SHUEISHA Inc., Tokyo.
Korean translation rights in Korea arranged by SHUEISHA Inc., Tokyo
in care of Tuttle-Mori Agency, Inc., Tokyo through EntersKorea Co., Ltd., Seoul.

흑소 소설

초판 1쇄 펴낸 날 2020년 4월 30일
지은이 히가시노 게이고 **옮긴이** 이혁재 **펴낸이** 박설림 **펴낸곳** 도서출판 재인 **디자인** 오필민디자인
등록 2003. 7. 2. 제300-2003-119 **주소** 서울시 강남구 언주로 30길 13 대림아크로텔 1812호
전화 02-571-6858 **팩스** 02-571-6857

ISBN 978-89-90982-89-6 03830 Copyright © 재인, 2020 Printed in Korea.

책값은 뒤표지에 표시되어 있습니다. 잘못된 책은 바꿔 드립니다.

흑소 소설

히가시노 게이고

이혁재 옮김

재인

차례

또 한 번의 도움닫기

출판사 규에이의 간다가 레스토랑 '선라이즈'에 도착한 시각은 오후 5시 정각이었다. 종업원에게 이름을 대자 안쪽에 있는 룸으로 안내해 줬다. 말이 룸이지, 열 명 정도는 파티를 할 수 있을 만큼 넓은 곳이었다.

당연한 일이지만 아직 아무도 와 있지 않았다. 간다는 입구 쪽 의자에 앉아 담배를 꺼냈다. 불을 붙이고 한 모금 빨아들인 뒤 손목시계를 봤다. 긴바늘이 겨우 2분 더 지나 있었다.

'역시 5시는 좀 일렀나……'

담뱃재를 떨면서 생각했다. 관계자들에게는 '5시쯤 모이자'라고 말해 놓았다. 이견을 다는 사람도 있었지만, 결국 간다의 의견이 받아들여졌다.

'5시 반으로 해도 괜찮았을 텐데.'

다른 사람들은 좀 더 있어야 올 거라고 그는 예상했다. 심사 위원회가 5시에 시작되니 결과가 나오는 시각은 그보다 훨씬 나중일 것이다. 게다가 지금까지 이 상의 심사가 한 시간 안에 끝난 적은 한 번도 없었다.

'뭐, 어쩌겠어.'

간다는 다리를 꼬고 앉았다. 실은 혼자 있고 싶은 마음도 있었다. 그는 회사를 나서기 직전에 아내에게서 걸려 온 전화를 떠올렸다.

"떨어졌대. 지금 재수 학원에 등록했다고 전화가 왔어."

아내의 목소리는 낮고 어두웠다. 그 말에 간다의 마음에도 잔뜩 먹구름이 끼었다.

오늘은 아들의 대학 입시 합격자 발표 날이었다. 지금까지 원서를 넣었던 대학에서는 모두 떨어졌고, 오늘 발표한 대학이 마지막 보루였다. 그런데 거기서도 떨어졌다고 하니 이제는 재수밖에 답이 없었다.

돈이 들어가는 것도 그렇지만, 그 암울한 나날을 1년 더 보내야 한다고 생각하니 마음이 너무 우울했다. 아들의 부루퉁한 얼굴과 아내의 히스테리는 생각만 해도 진저리가 쳐졌다.

두 대째 담배에 불을 붙이려는데 문이 열렸다. 들어온 사람은 『소설 규에이』 편집부의 쓰루하시였다.

"어, 간다 선배님 혼자예요?"

"응. 역시 5시는 좀 이른가 봐."

"제가 이르다고 했잖아요."

웃으며 간다의 맞은편에 앉은 쓰루하시가 실내를 두리번거렸다.

"저, 사무카와 씨는 어디에 앉게 될까요?"

"저쪽 가운데 자리가 좋지 않겠어?"

"아, 그렇군요."

쓰루하시는 테이블을 손가락으로 톡톡 두드렸다. 왠지 안절부절못하는 모습이다.

"이봐."

간다가 말했다.

"그저께 하나모토 선생한테 갔었지?"

"네."

"선생이 오늘 심사 위원회에 관해 아무 말씀 없으셨어?"

"아, 그게요……."

쓰루하시가 머리를 긁적였다.

"딱 부러지게 말씀하신 건 없고, 다만……."

"다만, 뭐지?"

"얼핏 모치쓰키 씨 얘기를 하셨어요. 그 사람이 후보에 오른 게 벌써 세 번째지, 하고요. 꽤나 받고 싶을 거야, 그러시더라고요."

"뭐야, 모치쓰키 씨를 민다는 얘긴가?"

"그런 뜻 아니겠어요? 사무카와 씨는 어느새 다섯 번째 후보에 오르는데, 거기에 대해서는 아무 말씀 없으셨거든요."

"그럼 하나모토 선생은 역시 모치쓰키 씨인가."

간다가 얼굴을 찡그렸다.

"하나모토 선생님은 그런 작풍을 좋아하시니까요."

"하긴 그렇지."

간다는 담배를 힘주어 빨았다.

"분부쿠 출판사에서 나온 정보로는 마리노 선생은 노기자카 씨로 결정했다던데."

"아아, 역시."

쓰루하시가 고개를 끄덕였다.

"지난번에도 마리노 선생님 혼자 노기자카 씨를 밀었잖아요. 그러고서 본인 의견이 통하지 않았다고 내내 마음에 담아 두셨고요."

"그러니까 이번에는 고집을 꺾지 않으실 거야."

한숨을 쉬고 나서 간다는 시계를 다시 봤다. 5시 15분이 되어 가고 있었다.

"맥주라도 주문할까요?"

"그러지."

'에이, 재수 없어. 왜 내가 여기 앉아 있어야 하느냔 말이야.'

불만을 마음속에 감춘 채 쓰루하시는 맥주를 들이켰다.

'원래대로라면 내가 노기자카 씨와 함께 발표를 기다려야 하는 거 아니야? 내가 그동안 내내 노기자카 씨를 담당해 왔으니까 말이지. 물론 사무카와 씨도 내가 담당이기는 하지만, 그 사람은 맡은 지 얼마 되지도 않았잖아. 나는 사무카와 씨한테 원고 한 장 받은 적이 없어. 오히려 편집장이 그 사람을 오래 담당했지. 그런데 그 수염쟁이 영감은······.'

편집장의 목소리가 귀에 되살아났다.

"노기자카 씨한테는 내가 갈 테니 자네는 사무카와 씨한테 가 봐. 만일 그쪽이 수상자로 결정되면 나도 달려갈 거야."

'만일 그쪽이 수상자로 결정되면?'

쓰루하시는 속으로 코웃음을 쳤다.

'그럴 가능성이 거의 없다는 걸 뻔히 알면서 말이야. 달면 삼키고 쓰면 뱉겠다는 심보가 아니고 뭐야. 제가 편집장이 되기 전에 노기자카 씨를 만난 적이나 있어? 내 참, 더러워서.'

"있잖아,"

간다가 나지막이 말을 걸었다.

"만약 안 됐을 때는 어쩌지?"

"뭘요?"

"뒤풀이 말이야. 여기서 식사한 뒤 다른 데로 2차를 가야 하나?"

"긴자 같은 데로요?"

"응. '속눈썹' 같은 데는 어떨까?"

'속눈썹'은 문단 관계자들이 곧잘 가는 술집 이름이었다.

"괜찮을 것 같아요. 선배님이 알아서 하시죠."

"그래. 사무카와 씨가 어떻게 되느냐에 달렸지만."

그리고 간다는 떨떠름한 얼굴로 허공을 바라봤다.

'흠, 전혀 기대하지 않는 눈치군.'

쓰루하시는 맥이 빠지는 기분이었다.

'책을 만든 사람조차 이렇게 생각하는데 기대할 도리

가 있나. 하여간 운도 없다니까. 좋겠다, 노기자카 씨 쪽
으로 간 놈들은.'

그때 문이 열리더니 또 한 사람이 들어왔다. 긴쵸 출판
사의 히로오카라는 남자였다.

"야, 이거, 벌써들 와 있었군."

히로오카가 한 손을 번쩍 들어 인사하고 간다 옆에 앉
았다.

"사무카와 씨는 아직이지?"

"응. 슬슬 나타날 시간이 됐는데."

간다가 손목시계를 들여다보며 대답했다.

"오늘 좀 길어질지도 모르겠어."

히로오카가 말했다.

"그럴까?"

"응. 다들 팽팽할 거라고 하던데."

"노기자카 씨랑 모치쓰키 씨, 그리고……."

"사무카와 씨 정도. 나머지 작품은 이번에는 어려울 거
야."

"사무카와 씨도 가능성이 있을까?"

간다가 살짝 기대감이 밴 말투로 물었다.

"내 생각엔 충분할 것 같은데? 이번이 벌써 다섯 번째

잖아."

"흠."

간다가 팔짱을 끼고 신음 같은 소리를 내더니 다시 히
로오카를 바라봤다.

"만약 안 되면 여기서 가볍게 식사를 하고 '속눈썹'에
갈까 하는데. 괜찮을까?"

"응, 좋지. 지난번에 수상이 불발되었을 때도 그랬잖아."

"히로오카 자네도 같이 갈 거지?"

"그러지, 뭐."

히로오카가 고개를 끄덕였다.

같이 갈 거라는 말과는 반대로 히로오카는 마음속으
로 딴생각을 하고 있었다.

'지난번에 사무카와가 탈락했을 때도 험한 꼴을 당했
잖아. 구시렁구시렁, 어쩌나 푸념을 해 대던지. 그래 봤
자 결과가 달라질 리도 없는데 말이지. 그래도 심사 위원
들 험담까지는 그나마 참겠어. 결국은 나한테 분노의 화
살이 돌아오고 말았잖아. 그 치근치근한 말투로, "이보
게, 히로오카 군. 문학상 심사라는 건 말이지 독특한 관
례랄까, 그런 게 있지 않나. 그런 점에서 자네가 있는 회

사는 제대로 손을 썼는지 모르겠구먼." 어쩌고저쩌고. 한 마디로 우리가 사전에 손을 쓰지 않아서 자기가 탈락했다는 얘기지. 말 같지도 않은 소리. 편집자 나부랭이가 로비한다고 그 완고한 심사 위원들이 꿈쩍이나 할 것 같아? 하여간 탈락하면 내빼는 도리밖에 없어. 간다한테는 미안하지만, 불평을 들어 주는 역할은 그 녀석에게 맡기자고. 애초에 이번 책을 만든 사람도 그 녀석이잖아.'

"쓰루하시는 하나모토 선생이 모치쓰키 씨를 미는 것 같다던데. 마리노 선생은 노기자카 씨를 밀 테니 문제는 남은 심사 위원들인데……."

간다가 속삭이듯이 말했다.

"하자마 선생은 역사물을 좋아하는데 이번 후보작 중에는 역사 소설이 없지, 아마. 그렇다면 누굴 밀까?"

"하자마 선생으로서는 누가 되든 상관없는 거 아니야?"

히로오카가 히죽거리며 말했다.

"굳이 꼽자면 노기자카 씨인가. 그 사람 작품만 미스터리풍이 아니잖아."

"그래, 하자마 선생은 미스터리를 싫어하지."

"SF도 싫어해. 컴퓨터 같은 게 등장하는 정보 관련 소설도 그다지 좋아하지 않고. 오로지 역사 소설이야. 그래

또 한 번의 도움닫기 ● **17**

서 이번 후보작 중에 역사 소설이 없다고 굉장히 불쾌해했다는군. 누가 상을 받건 상관없다고 말하거나, 이번에는 상을 줄 만한 작품이 없다고 말하거나, 둘 중 하나일 거라고 봐."

"하자마 선생한테는 기대하기 힘들겠군."

간다가 머리를 긁적였다.

"그럼 나쓰이 선생은 어떨까?"

"사무카와 씨를 밀어줄 사람은 나쓰이 선생밖에 없지."

히로오카가 대뜸 대답했다.

"그 선생은 대가이면서도 신진 작가들에게 강한 라이벌 의식을 품고 있어. 자신과 독자가 겹치는 작품에는 점수를 짜게 줄 거야. 그런 점에서 사무카와 씨는 젊지도 않고 작풍도 완전히 다르니까 라이벌은 아니잖아."

"하지만 적극적으로 밀어주지도 않을 것 같은데."

"글쎄, 어떨지."

"남은 사람은 히라이즈미 선생뿐이군."

그러고서 간다는 고개를 갸우뚱했다.

"예측하기 어려운걸. 그 선생도 심사 위원회 때마다 매번 하는 말이 바뀌니 말이야. 소설에서는 재미가 제일 중요하다고 했다가, 재미만 있어서는 안 된다고 했다가……."

"그런데요."

쓰루하시가 옆에서 끼어들었다.

"지난번 파티 때는 히라이즈미 선생님이 모치쓰키 씨의 작품을 칭찬하던걸요."

"아니, 정말이야?"

간다의 눈이 휘둥그레졌다.

"뭐라고 칭찬했는데?"

"적당히 재미있고 적당히 생각하게 만드는 것이, 균형 잡힌 소설이라고요."

"뭐야, 그럼 히라이즈미 선생은 모치쓰키 씨로 결정한 건가……."

간다는 손가락을 꼽으며 뭔가를 헤아렸다.

"그렇게 되면 모치쓰키 씨와 노기자카 씨에게 각각 두 표가 돌아가네. 사무카와 씨는 3등인 셈이군."

"여기서 표를 세어 본들 뾰족한 수가 있겠어?"

"역시 힘들겠군."

간다의 얼굴이 어두워졌다.

"이번 작품은 자신 있다고 생각했는데……."

"아직 몰라. 포기하긴 이르지. 나도 이쯤에서 사무카와 씨가 수상했으면 하고 진심으로 바라고 있어."

"사무카와 씨의 다음 작품이 자네 출판사에서 나오지?"

"응. 그러니까 이번에 상을 받으면 우리도 사기가 오를 텐데."

'이번에는 못 받는 게 좋아.'

히로오카는 생각했다.

'규에이가 돈을 벌게 해 줄 필요는 없지. 사무카와 씨는 다음에 우리 출판사에서 나오는 작품으로 수상해야 해. 그러니까 이번에는 탈락해야지. 암, 탈락해야 하고말 고.'

"사무카와 씨가 꼭 수상했으면 해."

그러고서 히로오카는 맥주를 들이켰다.

그때 사무카와 신고로가 느릿느릿 걸어 들어왔다. 양복 차림에, 머리는 방금 이발소에 다녀온 듯했다. 편집자 세 명이 자리에서 발딱 일어섰다.

"아이고, 안녕들 하십니까. 이거, 고생이 많습니다. 아니, 히로오카 자네까지 왔어?"

얼굴 가득 미소를 지으며 사무카와가 가운데 자리에 앉았다.

"당연히 와야지요. 오늘이 어떤 날인데요."

히로오카가 알랑거리며 웃었다.

"그런데 어쩐 일로 선생님께서 양복을 다 입으셨네요."

"응? 아아, 이거. 별 뜻은 없어. 가끔 이런 옷차림도 좋지 않을까 싶어서."

작가가 조금 서운한 표정을 지었다.

'속이 뻔히 들여다보이는 사람이야, 예나 지금이나.'

히로오카는 생각했다.

'기자 회견이나 의식하고 말이야. 밥맛이다, 밥맛.'

"정말 잘 어울리십니다!"

히로오카가 말했다.

쓰루하시는 종업원을 불러 음식을 내오라고 지시했다.

'역시 정장은 좀 그런가.'

사무카와는 편집자들 표정을 살피며 생각했다.

'너무 속이 들여다보였나? 그러고 보니 양복 차림으로 이 친구들을 만난 적이 없는 것 같아. 괜히 입었네.'

"다들 바쁠 텐데?"

사무카와가 세 사람을 번갈아 봤다.

"아닙니다. 오늘 같은 날은 만사 제쳐 두고 와야죠."

히로오카가 말했다.

"헨토 출판사의 고마이 편집자도 온다고 했습니다."

간다가 덧붙였다.

"으응, 그렇군."

'뭐야, 고마이라면 평사원이잖아.'

사무카와가 턱을 문질렀다.

'부장은 안 온다는 건가. 편집장도 안 오고? 전에 만났을 때는 기대한다는 둥 너스레를 떨더니. 설마 모치쓰키나 노기자카 쪽에 가 있는 건 아니겠지.'

사무카와가 그런 생각을 하고 있는데 음식이 들어왔다.

"자, 여러분!"

간다가 맥주잔을 들어 올렸다. 다른 사람들도 그를 따라 잔을 들었다. 건배 후 사무카와는 맥주를 한 모금 마셨다. 그리고 다시 편집자들의 표정을 관찰했다.

'이 녀석들은 무슨 생각을 하고 있을까. 정말 내가 수상할 거라고 믿고 온 걸까. 아니면 수상하기는 틀렸다고 여기면서도 의리상 어쩔 수 없이 온 걸까.'

"내 예상으로는 말이야,"

사무카와가 짐짓 여유로운 척 등받이에 몸을 기대며 다리를 꼬았다.

"가장 유력한 사람이 모치쓰키 군, 대항마는 노기자카

씨가 아닐까 싶은데."

"아니, 그렇게 생각하세요?"

간다가 놀란 얼굴로 물었다.

"응. 왜냐하면, 이런 종류의 심사에서는 가점법이 아니라 감점법을 적용하는 경우가 많거든. 그런 점에서 이번 모치쓰키 군의 작품에는 딱히 흠을 잡는 사람이 적은 것 같아. 그리고 노기자카 씨는 마리노 씨가 마음에 들어 하니까 무슨 수를 써서라도 당선시키려고 하지 않겠어?"

"곤란합니다, 사무카와 선생님까지 그런 말씀을 하시면요."

간다가 쓴웃음을 지었다.

"중요한 건 선생님 작품인데요, 어떨 것 같습니까?"

"나는 어려울 거야."

사무카와가 웃으며 고개를 저었다.

"나처럼 여러 번 후보가 되어 보면 심사가 어떤 식으로 이루어지는지 대강 알거든. 나 자신이 후보라는 사실을 잊고 나도 모르게 객관적으로 분석하게 된단 말이지. 일종의 습관이라고 할까."

"아닙니다, 무슨 말씀이세요. 저희가 이렇게 모인 것도 선생님의 수상을 믿기 때문인걸요."

"그러지 않아도 되네. 오늘은 그저 아쉬움을 달랠 겸 해서 온 거니까 마음 편히 즐기세."

그리고 사무카와는 맥주잔을 단숨에 반 정도 비웠다.

'내가 수상할 걸 믿는다고 했겄다.'

사무카와는 간다의 말을 곱씹어 봤다.

'진심일까. 이 친구는 적당히 둘러대는 스타일은 아닌 데. 오히려 신중하다고 할 정도지. 그럼 뭔가 근거가 있는가 보네. 내가 정말 수상할 가능성이 있는 건가.'

"하여간 이런 건 빨리빨리 끝났으면 좋겠어."

사무카와가 한숨을 내쉬었다.

"나는 신경도 안 쓰는데 주위에서 시끄럽게 굴어서 말이야. 사실 오늘 심사 위원회가 열린다는 것도 까맣게 잊고 있었어. 집사람이 얘기해서 알게 된 거지. 소설 마감도 얼마 안 남았고, 여러 가지로 귀찮아."

"네, 그러시겠죠."

히로오카가 두세 번 고개를 끄덕거렸다.

'신경도 안 쓰는 거 좋아하시네.'

히로오카는 사무카와의 잔에 맥주를 따랐다.

'본심은 상을 받고 싶어 죽겠으면서. 솔직하게 말하면 좋잖아. 웬 허세를 저렇게 떠는지. 하긴, 저만큼 폼을 잡았으니 설사 오늘 탈락한다 해도 구시렁거리지는 않겠군. 내가 먼저 자리를 뜨겠다고 해도 억지로 붙잡지도 못할 거야. 하여간 결과가 나오면 즉시 다음 행동으로 들어가야겠어. 수상은 역시 모치쓰키가 유력해. 모치쓰키는 긴자의 호텔에서 대기한다고 했지. 가능한 한 기자 회견에 늦지 않도록 가야 해.'

그런 생각을 하고 있는데 갑자기 문이 확 열렸다. 모두 움찔하며 문을 주시했다. 들어온 사람은 헨토 출판사의 고마이였다.

"늦어서 죄송합니다."

"뭐야, 자네였어?"

히로오카가 맥이 빠진다는 듯이 말했다.

"놀랐잖아. 협회에서 전화라도 온 줄 알았어."

"죄송합니다, 죄송합니다."

고마이가 꾸벅거리면서 자리에 앉았다.

"그러니까, 아직 결과가 안 나온 모양이군요?"

"응. 얼추 나올 때가 됐는데 말이야."

간다가 또 시계를 봤다.

"6시가 조금 지났군."

"그럼 아직 아니지 않아?"

히로오카가 물었다.

"늘 7시 가까이 돼야 나오잖아. 옥신각신하다 보면 8시가 다 될 때도 있어."

"그야 그렇지. 하지만 NHK 뉴스에는 맞춰야 하잖아."

"아니야, 뉴스에 맞추지 못한 적도 있어."

"이보게들, 아무러면 어떤가."

사무카와가 짐짓 명랑한 목소리를 냈다.

"상 같은 건 잊어버리고, 먹고 마시면서 즐기면 그만이야."

"맞습니다!"

편집자들이 입을 모아 대답하고 젓가락을 들었다.

'심사 위원들은 지금 무슨 말을 주고받을까.'

음식을 입에 집어넣으며 사무카와는 생각했다. 뭘 먹고 있는지는 전혀 알 수 없었다. 맥주 맛도 느껴지지 않았다.

'논쟁이 벌어지고 있다면 심사 위원의 의견이 둘로 나뉘었다는 얘긴데……. 그럼 수상작이 두 편이 나올 수도 있지 않을까. 그렇게 되면 상이 나한테 굴러올지도 몰라. 모치쓰키와 나, 아니면 노기자카와 나. 있을 수 없는 일은 아니야. 문학상이란 건 좀처럼 예상대로 되지 않거든.'

사무카와는 심장 박동이 빨라지는 걸 느꼈다. 손바닥에 땀이 배기 시작했다.

'그래, 내가 상을 받아도 이상할 건 없어. 심사 위원들이란 자고로 기분파라서 어떤 결과를 내놓을지 알 수 없거든. 만일 그렇다면 나는 당당한 수상자야. 아, 내일 아침 신문에 내 이름이 실리는 건가.'

"저, 선생님은 자신이 있으신가요?"

고마이가 물었다.

"무슨 자신?"

"수상할 자신 말입니다. 몇 퍼센트나 있으세요?"

"그 또한 의미 없는 질문이야. 내가 자신이 있건 없건, 그게 수상에 무슨 영향을 미치겠나? 그래서 나는 그런 건 생각해 본 적도 없어. 솔직히 말해서 아무래도 상관없네. 상을 받으려고 소설을 쓰는 건 아니니까."

"맞는 말씀입니다."

간다가 고개를 크게 끄덕거렸다.

"선생님은 독자들의 즐거움을 최우선으로 삼고 글을 쓰시잖아요. 그 점은 독자들이 제일 잘 알죠."

"응. 그런 내용이 담긴 팬레터를 곧잘 받곤 하지."

"그렇군요. 그럼 정말로 오늘 심사에는 별로 관심이 없으시겠네요?"

고마이가 물었다.

"그런 셈이지. 물론 준다면야 기쁘게 받겠지만."

그러고서 사무카와는 입을 크게 벌리고 웃었다.

'받거나 말거나.'

고마이는 속으로 내뱉었다.

'이 사람이 수상하건 탈락하건 나랑 무슨 상관이람. 수상한다고 상금을 나눠 줄 것도 아니고. 뒤풀이 준비다 뭐다 해서 귀찮은 일만 늘어날 뿐이지. 당장 오늘 밤에도 늦게까지 시끌벅적하게 노는 데 장단을 맞춰야겠지. 아, 지겨워. 차라리 탈락하는 게 낫겠네.'

"저는 지난 일주일 내내 기도했어요. 부디 선생님께서 상을 받도록 해 달라고 말이죠."

고마이가 주먹을 불끈 쥐고 열을 내며 말했다.

"젊은 사람이 그런 생각까지 하다니, 기특한걸."

사무카와가 활짝 웃었다.

'이번에는 무슨 일이 있어도 받았으면 좋겠는데.'

작가의 내심은 그랬다.

'상을 받으면 서점에서의 내 위상도 완전히 달라질 거야. 매대에 내 책이 줄줄이 진열되겠지. 사무카와 신고로라는 이름이 일약 스타 작가의 반열에 오르는 거야. 그러면 신용 카드도 손쉽게 만들 수 있겠지. 방송국에서 부를지도 몰라. 사무카와 신고로입니다, 하면 어머, 죄송해요, 처음 듣는 성함이네요, 어쩌고 하면서 멋쩍게 웃는 일도 없어질 거야. 안 팔리는 작가라고 무시하던 친척들도 나를 다시 볼 테고. 아, 받고 싶다. 후보만 벌써 다섯 번째라고. 이만하면 줄 때도 된 거 아니야? 무슨 일이 있어도 받고 싶다. 아니, 꼭 받아야 해!'

"다른 사람들은 가슴을 두근거리면서 기다리겠지."

사무카와는 담배를 꺼내 느긋한 동작으로 입에 물었다.

옆에서 쓰루하시가 라이터로 제꺼덕 불을 붙여 주었다.

"다른 사람이라면…… 모치쓰키 선생님 등을 말씀하시는 겁니까?"

"응. 그리고 노기자카라든가 말이야. 그 사람은 이번에야말로 자기가 받을 거라고 생각할 거야."

"그런가요. 하지만 노기자카 선생님은 상이 사무카와 선생님에게 가지 않겠느냐고 말씀하시던데요."

"그거야 예의로 하는 말이지. 자네가 내 담당 편집자라는 걸 알고 그렇게 말했을 거야."

'정말 노기자카가 그런 말을 했을까? 그럼 뭔가 근거

가 있을 텐데. 어디서 내가 유리하다는 정보를 들은 거 아니야? 이봐, 어떻게 된 일이야.'

사무카와는 담배를 끼운 손가락이 떨리는 걸 멈출 수 없었다.

'당연히 예의로 하는 말이지.'

쓰루하시는 속으로 혀를 쏙 내밀었다.

"그렇지 않을 거예요. 노기자카 선생님이 선생님 작품을 읽고 감동했다고 말씀하셨거든요."

"하하. 뭐, 인사치레일 거야."

사무카와는 담배를 힘주어 빨았다.

'노기자카도 꽤 귀여운 구석이 있군그래. 아니야, 어쩌면 자기 작품이 더 뛰어나다고 생각하는 데서 나오는 여유일지도 몰라. 맞아, 틀림없어. 뭐야, 그 건방진 태도는.'

'노기자카 씨가 내가 나타나지 않았다고 화가 난 건 아니겠지.'

쓰루하시는 그 점이 더 신경이 쓰였다.

'편집장이 제대로 설명했을까. 쓰루하시는 노기자카 선생님과 함께 발표를 기다리고 싶어 했는데 상황상 어쩔 수 없이 사무카와 씨에게 갔다고 말이지. 만일 그러지 않았다면 노기자카 씨가 수상자로 결정됐을 때 달려가기가 좀 뭐하단 말이야. 아아, 제기랄. 빨리 결정이나 났으면 좋겠다. 어차피 노기자카 씨나 모치쓰키 씨, 둘 중 하나야. 여기 있어 봐야 득 될 일이 하나도 없는데.'

그때 문이 열리고 검은 유니폼을 입은 종업원이 얼굴을 들이밀었다.

"혹시 간다 씨라고 계십니까?"

"아, 네."

간다가 살짝 손을 들었다.

"전화가 와 있습니다."

그 한마디에 실내가 쥐 죽은 듯이 조용해졌다.

간다가 나간 뒤에도 침묵은 계속되었다. 그걸 깬 사람은 사무카와다.

"으하하하!"

그가 입을 활짝 벌리고 웃었다.

"아무래도 내 예상이 맞는 것 같아. 이번에도 '아차상'이야. 만일 내가 수상자였다면 나한테 직접 전화했을 테니까 말이지."

"아니요, 꼭 그렇지는……."

히로오카는 거기까지만 얘기하고 뒷말을 잇지 않았다.

'그렇지, 뭐.'

그는 생각했다.

'내 경험상, 전화로 담당 편집자를 불렀을 때 수상한 경우는 한 번도 없었어. 탈락이네.'

"자, 자, 괜찮아."

사무카와가 의아할 정도로 명랑한 목소리로 말했다.

"하여간 오늘은 마시자고. 모처럼 이렇게 모였으니까 말이야. 쓰루하시 군, 왜 안 마셔?"

"아, 죄송합니다."

작가가 맥주병을 내밀자 쓰루하시는 허겁지겁 그 밑으로 잔을 갖다 댔다.

'역시 틀렸나 봐. 그럼 수상자가 누굴까. 모치쓰키 씨라면 서두를 필요가 없지만, 노기자카 씨라면 곧장 달려가야 하는데.'

그는 사무카와가 따라 준 맥주를 마시면서 생각했다.

"그런데 누가 수상했을까?"

사무카와가 물었다.

"모치쓰키 군일까, 노기자카 씨일까. 어때, 우리 내기 한번 해 볼까?"

억지로 웃으려고 애쓰는 그의 얼굴은 일그러지다 못

해 경련까지 일으키고 있었다.

'이런, 제기랄. 또 탈락인가. 왜 나한테는 안 주는 거야. 30년도 넘게 이 동네에서 밥을 먹고 있는데 말이지. 어제 오늘 데뷔한 녀석들과는 글의 깊이가 달라. 왜 그걸 인정 해주지 않지? 심사 위원들이 왜 알아주질 않느냐고!'

"설령 이번에 안 된대도 다음번이 또 있지 않습니까."

히로오카가 말했다.

"저희 출판사에서 출간하실 작품에 기대를 걸어 보죠. 다음번엔 반드시 수상하실 겁니다."

"아니, 그, 그러니까 말이지, 그따위 상은 기대도 안 한 다고 했잖나."

"아아, 그런 말씀 하지 마시고……."

'문제는 탈락한 이유인데.'

히로오카는 손을 비비적거리며 생각했다.

'다섯 번이나 탈락한 걸 보면 사무카와라는 작가의 글 이 근본적으로 지금의 심사 위원들에게 먹히지 않는 건 지도 몰라. 그렇다면 생각을 고쳐먹는 편이 나을 텐데. 아무리 도전해도 마찬가지일 거야. 그런데 모치쓰키랑 노기자카 중에 누가 선정됐을까. 어느 쪽이 떨어지든, 한 물간 이 작가보다는 전망이 밝겠지. 그쪽에 붙는 게 상책

일지도 몰라.'

"잠깐 실례하겠습니다."라며 고마이가 일어섰다. 화장실에 가려는 것이었지만, 실은 다른 목적도 있었다.

"어유, 숨 막혀."

룸에서 나온 그는 숨을 크게 내쉬었다.

'분위기가 꼭 상갓집이야. 사무카와 선생도 겉으로는 무심한 척하지만 풀이 팍 죽어 있는 게 빤히 보이는데. 하여간 이런 우울한 분위기에서는 빨리 빠져나가야 해. 무슨 핑계를 대고 도망간담. 어쨌든 사무카와 선생이 탈락이라니 안심은 안심이야.'

화장실 옆에 전화기가 있었고, 거기에 간다가 서 있었다.

'왜, 왜, 왜!'

아무렇지도 않은 척하려고 애를 쓰면서도 사무카와는 스스로에게 묻기를 되풀이했다.

'왜 내가 탈락해야 해. 왜 내 작품이 평가받지 못하는 거야.'

이마에 비지땀이 흐르기 시작했다.

'그래, 심사 위원 놈들이 내 재능을 시기하는 거야. 맞아, 틀림없어. 내 이름과 작품이 세상에 널리 알려지면 자기네들 독자가 등을 돌릴 위험성이 있으니까. 놈들이 사무카와 신고로를 겁내는 거야. 그것 말고 무슨 이유가 있겠어. 옹졸한 녀석들. 비열한 인간들. 놈들이 이런 식으로 자신들의 밥그릇을 지켜 온 거야. 에이, 더러운 놈들.'

머리에 열이 오르는 것 같았다. 반면 손발은 이상하게도 차가웠다.

'누가 수상했을까. 빨리 가르쳐 달란 말이야!'

쓰루하시는 궁금해서 미칠 것 같았다. 당장이라도 뛰쳐나가서 물어보고 싶었다.

'노기자카가 아닐까. 그러면 당장 달려가야 하는데. 가서 축하 인사를 해야 하는데.'

'이 아저씨는 여기까지인지도 몰라.'

히로오카는 이상할 정도로 붉게 달아오른 작가의 얼굴을 보며 생각했다.

'돌이켜 보니 맨 처음 후보로 올랐을 때의 작품이 제일 나았어. 그 후로 서서히 수준이 떨어졌지. 이번에는 그나마 스폰서인 규에이 출판사에서 펴낸 책이라서 후보에 올랐을 거야. 나이도 있고 하니 더는 기대하기 어려울지도 몰라.'

그때 문이 쾅, 열리더니 고마이가 뛰어 들어왔다.

"선생님, 선생님!"

그가 사무카와에게 안기듯이 달려들었다.

"뭐야, 왜 그래?"

"선생님, 축하드려요, 축하드립니다!"

"뭐, 축하라니, 설마……."

"네, 당선되셨습니다. 진심으로 축하드립니다."

"아니!"

사무카와가 눈을 휘둥그렇게 떴다.

"확실하지?"

히로오카가 물었다.

"네, 간다 씨가 전화를 받으면서 V 자를……."

"우아!"

히로오카와 쓰루하시가 동시에 환호했다.

"선생님, 축하드립니다."

쓰루하시가 사무카와의 오른손을 붙잡았다.

"마침내 해내셨군요. 그러리라고 믿었습니다."

히로오카는 사무카와의 왼손을 붙잡았다.

"수상, 내가……."

작가가 자리에서 일어섰다.

'됐어. 드디어 됐어. 꿈은 아니겠지. 내가 수상한 거야.

아, 고난의 30년! 드디어, 드디어 내가 상을. 내가 내가, 수상을, 수상을……'

"어, 선생님!"

"사무카와 선생님!"

"왜 이러세요!"

"정신 차리세요!"

"큰일 났네."

"아니, 어, 어, 어……."

"맥이, 맥이……."

'야, 그나마 다행이다.'

전화를 끊은 간다가 룸으로 향했다.

'추가 합격이라니, 행운이야. 이걸로 재수는 면했네. 마누라도 히스테리가 덜해지겠지. 그런데 용케도 이 집 전화번호를 알아냈군. 아아, 맞아. 아침에 메모해 놓고 나왔지.'

룸 앞에 이르렀을 때 안에서 소란스러운 기척이 느껴졌다. 무슨 일인지는 몰라도 우왕좌왕하는 것 같았다.

그런데 문을 열려고 하는 참에 뒤에서 말을 거는 소리가 들렸다.

"간다 씨죠?"

돌아보니 검은 유니폼을 입은 종업원이 서 있었다.

"네, 그렇습니다만."

간다가 대답했다.

"전화가 왔습니다. 신일본 소설가 협회라는데요."

"아, 그래요?"

'드디어 결과가 나왔나 보군.'

그는 돌아서서 다시 전화기로 향했다.

작은 불꽃

1

벽시계의 긴바늘이 꼼틀, 움직여 저녁 7시 3분을 가리켰다. 그와 동시에 전화벨이 울렸다. 그때까지 시계를 노려보고 있던 아타미 게이스케의 눈길이 회색 전화기로 향했다. 그가 꿀걱 마른침을 삼켰다.

'드디어 왔다.'

이번에야말로 기다리던 전화일 것이다. 오늘따라 유독 부동산이나 보험을 권유하는 귀찮은 전화가 자꾸 걸려 왔지만, 이번에는 틀림없이 규에이 출판사에서 온 전화일 것이다. 운명의 전화다.

아타미는 일어서서 심호흡을 했다. 전화벨이 계속 울렸지만 솔직히 말해서 수화기를 들기가 겁났다. 지금까지 몇 번이나 "대단히 유감입니다만……."이라는 말을 들었던가. 몇 번이나 겪었지만 그 말을 듣는 순간에 느끼는 절망감에는 도무지 익숙해지지 않는다.

심장이 평소의 두 배는 빨리 뛰었다. 그것도 엄청나게 쿵쿵거린다. 경동맥을 흐르는 피의 리듬이 고막까지 전해진다.

수화기를 들어야 한다. 어서 받지 않으면 집에 아무도 없는 줄 알고 상대가 전화를 끊어 버릴지도 모른다. 그러면 지금보다 더 초조해질 것이다.

아타미는 수화기를 잡고 천천히 들어 올렸다. 눈을 질끈 감고 얼굴 옆으로 수화기를 가져갔다.

"네, 아타미입니다."

목소리가 뒤집히면서 쉰 소리가 났다. 침을 삼킬 여유도 없었다.

"여보세요."

남자 목소리다.

"저, 규에이 출판사입니다. 아타미 게이스케 씨인가요?"

"네, 그렇습니다만."

예상대로였다. 두근두근, 두근두근.

상대 남자가 잠깐 뜸을 들이다가 말했다.

"축하드립니다. 방금 『소설 규에이』 신인상 심사 위원회가 끝났습니다. 아타미 씨의 '격철(擊鐵)의 포엠'이 수상작으로 결정됐습니다."

"네?"

피가 거꾸로 솟는 듯했다. 그리고 0.1초 후에는 그 피가 온몸을 휘돌았다.

"저, 저, 저, 정말입니까?"

"그렇습니다. 다시 한 번 축하드립니다."

몸이 떨려 왔다. 도저히 가만히 있을 수가 없어서 한 손으로 수화기를 든 채 방 안을 서성거렸다. 다른 한 손은 주먹을 불끈 쥐었다. 그 손바닥에 땀이 배어났다. 꿈이 아닐까. 이런 꿈을 몇 번이나 꾸었던가. 하지만 이건 분명히 현실이다.

내가 수상자라니. 드디어 작가가 된 건가.

"그래서 말인데요, 좀 급작스럽긴 하지만 『소설 규에이』 다음 호에 수상작을 게재하기로 했습니다. 괜찮을까요?"

"네, 전혀 문제없습니다."

아타미는 날아오를 듯이 기뻤다. 내 소설이 잡지에 실린다, 내 글이 활자로…….

"작품을 게재할 때 수상 소감도 함께 실을 예정인데, 혹시 2백 자 내외로 써 주실 수 있겠습니까?"

"네, 얼마든지요."

"그럼 이번 주 중으로 부탁드립니다. 우편으로 보내셔도 좋고 팩스도 괜찮습니다."

"알겠습니다."

벌써 일거리가 들어온다. 수상이 결정된 순간 원고를 청탁받은 것이다.

전화를 건 사람은 편집자 고사카이라고 했다. 그는 향후 일정을 자세히 설명한 뒤 전화번호와 팩스 번호를 알려 주고 전화를 끊었다.

아타미는 잠시 우두커니 서 있었다. 꿈에서도 보았던 수상이다. 그러나 전혀 실감이 나지 않는다. 그 점이 안타까웠다.

일단은…….

그는 다시 수화기를 들었다. 이 기쁨을 전해야 할 사람을 꼽는 데는 열 손가락이 부족했다.

2

'휴, 끝났다.'

전화를 끊고 고사카이 하지메는 담배를 피워 물었다.

연기와 함께 한숨을 내뱉었다. 6개월마다 한 번씩 하는 일이 일단락되었다.

"수상자한테는 전화했어?"

편집장 아오다가 물었다.

"네, 방금요."

"수상자 이름이 뭐였더라……."

아오다가 고사카이의 책상 위에 있던 서류를 뒤집어 들었다. 거기에는 『소설 규에이』 신인상 최종 후보작들의 개요와 작가 약력이 실려 있었다.

"아아, 맞다. 아타미 게이스케. 사립 태평양 대학 문학부 졸업에 사무기기 생산 업체 근무라. 흠, 흥미롭지도 않고 특별하지도 않은 경력이군. 나이는 33세. 사진은?"

"여기 있습니다."

건네받은 사진을 보고 아오다가 얼굴을 찌푸렸다.

"뭐야, 이 녀석. 생긴 것도 영 신통치 않네. 그런 하드보일드를 쓴 녀석이니 필시 인상이 험악할 거라고 기대했는데 동안에다가 통통한 것이 갈데없는 은행원같이 생겼잖아."

"은행원이 아니라 세일즈맨입니다."

"그래? 흠, 이 얼굴로는 화보에도 신기 힘들겠는데. 세

일즈맨이라면서 뭐 이렇게 세일즈 포인트가 없어.”

아오다는 사진을 책상 위에 팽개쳤다.

“수상작이 뭐라고 했지? 격철의…….”

“격철의 포엠’입니다.”

“그래. 그거, 신통치 않던데.”

“그렇더군요.”

고사카이가 동의했다. 어느 정도 진심이었다.

“상당히 과격한 작품이에요.”

“문장이 세련미가 없어.”

“칠면조 샌드위치를 버번 스트레이트로 위장에 처넣는다’라느니 하는 표현도 있었어요.”

“요즘 세상에 그런 식의 하드보일드를 쓰는 사람이 있다니, 놀랍지 뭐야. 물론 그런 뻔뻔스러움이 심사 위원들에게 어필했는지도 모르지만.”

아오다가 수염이 제멋대로 자란 뺨을 문지르며 말했다.

“나는 그 젊은 여류 작가가 받았으면 했는데 말이야. 이름이 뭐였더라…….”

“후지와라 나나코요. 작품은 ‘FLOWER FLOWER’고요.”

“맞아, 맞아, 나나 짱. 그 여자였으면 좋았을걸. 그런대로 미인에다가 스타일도 괜찮은 것 같고."

아오다가 다시 고사카이의 책상에서 사진 한 장을 집어 들었다. 후지와라 나나코의 사진이다. 가슴과 그 윗부분만 나온 흑백 사진이다. 그럼에도 아오다는 그녀의 스타일을 알 것 같았다.

"하지만 그 여자 작품은 맨 먼저 탈락했어요."

자기만족에 사로잡혀 허우적거리는 그 치졸한 문장을 심사 위원 대부분이 혹평했다. 고사카이도 읽어 보고 질색했던 기억이 있다. 게다가 스토리도 이해되지 않았다.

"심사하기 전에 나나 짱 사진을 미리 보여 줬으면 남자 심사 위원들의 마음이 바뀌었을지도 모르는데 말이야."

여전히 포기하기 아쉽다는 듯이 말하던 아오다가 손목시계를 보고 화들짝 놀라는 표정을 지었다.

"이크, 늦었네. 서둘러야겠어."

편집장이 겉옷을 집어 들었다. 그는 지금부터 긴자로 가서 심사 위원들을 접대해야 한다.

"저는 아카오 선생님께 연락드리기로 되어 있어요."

"아, 그래? 아카오 선생께는 내가 식사라도 한번 하잔다고 전해 줘. 지난번에 말했던 연재 얘기도 넌지시 해 두고. 자주 얘기하지 않으면 금방 까먹는 사람이잖아."

"네, 알겠습니다."

편집장이 나가자 고사카이는 입을 쩍 벌리고 하품을 한 뒤 담배를 한 개비 더 피우고 수화기를 들었다. 전화할 상대는 인기 작가 아카오 젠타로다. 그에게는 단편 소설을 의뢰했는데, 확인 전화를 해 두지 않으면 깜빡할 우려가 있었다.

시곗바늘이 8시 부근을 가리켰다. 평소와 다름없는 저녁이었다.

3

"건배!"

함성과 함께 잔이 공중에서 부딪쳤다. 그 기세에 맥주잔에서 거품이 넘쳐흘렀다. 아타미 게이스케는 거품을 들이켜듯 맥주를 마셨다. 단숨에 3분의 2 정도를 비우고 잔을 테이블에 내려놓았다.

동료들이 박수를 쳤다.

"고마워, 다들."

아타미가 고개를 숙였다.

"정말 잘됐어."

입사 초기부터 친구로 지내 온 미쓰모토가 말했다.

"입버릇처럼 소설가가 되고 싶다고 하더니만, 드디어 꿈을 이뤘구나. 나도 기쁘다."

아타미도 미쓰모토와 함께 지내 온 일들을 떠올렸다.

"그런 얘기를 꺼내면 열에 아홉은 작가 되기가 그렇게 쉽겠냐며 비웃는데 너만은 반드시 될 거라고 말했어."

"듣기 좋으라고 한 말이 하니라 정말 그렇게 생각했거든. 그전부터 아타미 너는 다른 친구들과는 생각하는 방식이 다르고 견해도 달랐어. 그래서 이 녀석은 분명히 잘될 거라고 생각했지."

미쓰모토가 다른 사람들에게 들으라는 듯이 목소리를 높였다.

"그래, 알지, 알지. 나도 아타미랑 얘기하다가 깜짝깜짝 놀랄 때가 있어. 우리랑은 착안점이 다르다고 해야 하나. 작가라는 사람들은 그런 재능을 타고나는 것 같아."

옆 부서의 마쓰바라 미요코가 열을 내며 얘기했다.

아타미와 동료들이 퇴근 후에 곧잘 들르는 이자카야에서였다. 오늘 밤에는 입사 동기들이 아타미의 작가 데뷔를 축하하는 파티를 열었다.

"그래도 아타미가 작가가 되다니. 뭐랄까, 실감이 나지 않는달까."

이세라는 남자 동료가 말했다.

"이렇게 말하면 어떨지 모르지만, 회사에서는 전혀 눈에 띄지 않았잖아."

"그러니까 대단하다는 거지. 유능한 독수리는 발톱을 감춘다고 하잖아."

미쓰모토가 받아쳤다.

"그러다가 기회가 오면 엄청난 능력을 발휘하는 거지. 평범한 사람들하고는 달라."

"그렇겠지. 우리는 보고서 두세 장 쓰는 것도 쩔쩔매는데 아타미는 무려 소설을 쓴다니 말이야. 새삼 존경스럽네."

이세는 아타미를 향해 잔을 들었다.

"소설이 어디에 실리지?"

미쓰모토가 아타미에게 물었다.

"응, 『소설 규에이』라는 잡지에."

아타미의 대답에 동료들 사이에서 감탄사가 터져 나왔다.

"대단하네."

"이제 진짜 작가네."

"그런 사람이 내 주위에서 나오다니."

다들 경쟁하듯 아타미의 잔에 술을 따랐다.

"앞으로는 선생님으로 불리겠네."

마쓰바라 미요코가 넋을 잃고 그를 바라보았다.

"적당히들 해. 선생님은 무슨 선생님이야."

말은 그렇게 했지만 아타미는 맥주를 마시며 그 말을
속으로 되뇌었다.

'선생님, 선생님이란 말이지……'

"회사는 어떻게 할 작정이야?"

이세가 물었다. 그 순간 모두가 말을 멈추고 아타미를
바라보았다. 아마 다들 궁금했을 것이다.

"응, 여러 가지로 생각해 봤는데,"

아타미는 신중하게 단어를 골랐다.

"일단은 병행할 생각이야."

"양다리를 걸치겠다는 얘기군."

"그런 셈인가."

"멋지네!"

이세가 부러운 듯이 소리를 질렀다.

"남들은 정리 해고를 당할까 봐 전전긍긍하는데 양다

리라니. 역시 재능 있는 놈이 강하다니까."

"하지만 바빠지면 그러기도 어렵지 않을까."

미쓰모토가 걱정스러운 얼굴을 했다.

"그렇겠지. 지금 두 번째 작품을 쓰고 있는데, 시간이 조금 더 자유로웠으면 하는 바람이 있거든. 시간에 쫓겨 작품의 수준이 떨어지는 것만은 피하고 싶어. 프로는 그러면 안 되는 거잖아."

아타미의 말에 다들 동경하는 표정으로 고개를 끄덕였다.

"언젠가는 나오모토(直本)상(일본의 권위 있는 문학상 중 하나인 나오키直木상의 패러디 - 옮긴이)까지 노리는 거 아냐?"

"뭐, 그럴지도 모르지."

아타미가 가볍게 받아넘겼다.

"하지만 상을 염두에 두고 글을 쓰고 싶지는 않아. 내가 쓰고 싶은 걸 쓸 뿐이지. 그런 의미에서는 출판사를 잘 선택해야 할 것 같아. 이러저러한 색깔을 강요하는 곳이랑은 같이 일하고 싶지 않거든. 뭐, 규에이 출판사와는 당분간 교류해야겠지만. 일단 두 번째 작품까지는 그쪽에 줄 생각이야."

"와, 기대되는걸."

"이봐, 아타미 선생님!"

이세가 다이어리와 볼펜을 꺼냈다.

"미안하지만 여기다 사인 좀 해 줘."

"뭐, 사인?"

"응. 해 줄 거지?"

"못할 것 없지만……."

"그래? 그럼 나도."

다른 동료들도 앞다투어 자리에서 일어났다.

"나도 해 줘!"

파티는 어느새 사인회장으로 바뀌었다.

4

내선 전화기가 울려 받아 보니 안내 데스크였다. 아타미 씨가 찾아왔다는 것이다.

'아타미가 누구지?'

고사카이는 고개를 갸웃거렸다.

"저를 만나러 오셨대요?"

"네,『소설 규에이』의 고사카이 씨를 찾던데요."

고사카이는 수첩을 꺼내 일정표를 살펴봤다. 스케줄이 빼곡히 적혀 있었다. 그중에 '아타미 씨(신인상) 16시'라고 성의 없이 쓴 글자가 보였다.

아아, 신인상 받은 아타미 씨.

그제야 떠올랐다. 교정지를 검토해 달라고 부탁한 일이 있었다. 팩스로 보내면 된다고 했는데도 아타미는 굳이 회사로 가져오겠다고 했었다.

금방 가겠다고 안내 데스크에 말하고 고사카이는 자리에서 일어났다. 그리고 먼저 편집장 아오다에게 갔다.

"아타미 씨가 왔다는데 만나 보시겠습니까?"

아오다의 일자 눈썹이 구부러졌다.

"아타미가 누구야?"

"신인상 수상자입니다."

"으응."

아오다가 이내 흥미 없다는 표정을 지었다.

"됐어, 나는."

"그렇습니까."

"그건 그렇고, 아카오 씨는 어떻게 됐어?"

"아직입니다. 전화를 걸어 봤지만 받지 않더군요."

"내 참."

아오다가 머리를 긁적였다.

"어떻게든 오늘 안으로 연락이 닿도록 해."

알겠습니다, 하고 고사카이는 편집장의 책상에서 물러났다.

안 그래도 고사카이는 아카오 젠타로의 원고 때문에 골치가 아팠다. 우려했던 대로, 약속한 날짜가 지났지만 그는 원고를 한 장도 보내오지 않았다. 더없이 바쁜 인기 작가의 단편이 예정대로 들어오리라고는 애초에 기대하지 않았지만, 이제 더는 미룰 수 없는 지경에 이르렀다. 오늘 중에 절반이라도 들어오지 않으면 도저히 마감을 맞추기 힘들어진다.

로비로 내려가 보니 정장 차림의 퉁퉁한 남자가 기다리고 있었다. 사진으로는 본 적이 있지만 실물을 대하기는 처음이었다. 간단히 인사를 나눈 후 자리에 마주 앉았다.

"교정지는 가져오셨습니까?"

"네, 여기 있습니다."

아타미가 소중하게 품에 안고 있던 가방에서 복사지 다발을 꺼냈다.

고사카이는 그 자리에서 교정지를 대충 넘기며 눈으로 훑었다. 신인상 수상작은 되도록 응모한 그대로 손을 대지 않고 게재하는 것이 관례다. 교정이라고 해야 오탈자를 바로잡는 정도다.

"좋습니다. 일부러 이렇게 와 주셔서 감사합니다."

고사카이가 엉덩이를 들었다.

"저,"

아타미가 입을 열었다.

"삽화는 어떻게 되나요?"

"삽화 말입니까? 어떻게 되냐니, 무슨 말씀인지?"

"그러니까, 누가 그리는지……."

"아아, 그건,"

고사카이가 수첩을 펼쳤다.

"마루카네 다이키치라는 화가 분입니다."

그러자 아타미의 얼굴이 불만스러운 듯이 찡그러졌다.

"그분이 그립니까? 이미지가 제 글이랑 좀 안 맞는 것 같은데요. 날카로움이 부족해서요. 저는 가게야마 도라쓰구 씨 그림이 딱 맞을 것 같은데……."

"아하, 그렇습니까."

"가게야마 씨로 바꿀 수는 없을까요?"

아타미가 태연하게 말했다.

고사카이는 놀라서 아타미의 얼굴을 멀뚱멀뚱 바라봤

다. 농담하는 것 같지는 않았다.

"아니요, 그건 좀……."

"안 됩니까?"

"마루카네 씨가 그림을 이미 완성하셔서요."

"그래요."

아타미가 아랫입술을 비죽 내밀었다.

"상의라도 좀 해 주시지."

"죄송합니다."

그럼 이만, 하고 고사카이가 이번에야말로 자리를 뜨려는데 "아 참, 그리고," 하며 아타미가 다시 그를 불러 세웠다.

"이거 가져왔습니다."

그가 가방에서 커다란 서류 봉투를 꺼냈다.

"뭡니까?"

"수상 후 첫 작품입니다."

"네?"

"그러니까, 신작이지요."

"벌써 쓰셨습니까?"

"전에 써 놓았던 작품인데, 손을 약간 봤어요. '격철의 포엠' 주인공이, 이번에는 홍콩을 무대로 싸우는 내용입니다."

"아, 네……."

고사카이가 봉투 속을 들여다봤다. 워드 프로세서로 빼곡히 인쇄된 종이가 최소한 백 장은 들어 있었다. 원고지로 환산하면 3백 매는 훌쩍 넘을 것이다.

"분량이 상당히 많군요."

"한 번에 게재하기 어려우면 연재해도 괜찮습니다."

아타미가 의자에 기대며 다리를 꼬았다.

"알겠습니다. 일단 편집부에서 검토해 보겠습니다."

"잘 부탁드립니다. 아, 그리고 이번에는 가게야마 도라쓰구 씨의 삽화를 부탁드립니다."

"네, 그건 그때 가서 생각해 보겠습니다."

고사카이가 자리로 돌아오자 동료가 그를 불렀다.

"고사카이, 아카오 씨 전화야."

"아! 네, 네."

그는 아타미에게 받은 교정지를 책상에 놓고 봉투는 책상 밑에 있는 상자에 처넣은 채 허둥지둥 전화기로 달려갔다. 그 상자에는 매직펜으로 '응모 원고 등등(게재 예정 없음)'이라고 적혀 있었다.

5

서점에 진열된 월간지 『소설 규에이』 10월호 표지에 '『소설 규에이』 신인상 발표'라고 인쇄되어 있는 것을 보고 아타미는 순간적으로 현기증을 느꼈다. 물론 기쁨의 현기증이다.

'아, 드디어……'

드디어 꿈에 그리던 작가가 되었다. 떨리는 손으로 『소설 규에이』를 집어 들었다. 목차를 보려는데 손가락이 제대로 말을 듣지 않는다.

겨우겨우 목차를 펼쳤다. 그리고 단번에 눈으로 훑었다. 있다!

'『소설 규에이』 신인상 발표. 수상작은 '격철의 포엠'. 아타미 게이스케의 '격철의 포엠'.'

그 대목을 읽고 또 읽었다. 자신도 모르게 웃음이 터져 나오려는 걸 간신히 억누르고 서점에 있는 『소설 규에이』를 몽땅 집어 들었다.

같은 잡지를 다섯 권이나 계산대에 내려놓자 서점 직원이 의아하다는 듯이 그를 바라봤다.

"아니, 실은 말이죠,"

그러면서 아타미는 목차를 펼쳤다.

"이 신인상 수상자가 바로 접니다. 보세요, 여기 사진이 있잖아요."

서점 직원이 사진과 그의 얼굴을 번갈아 보더니 고개를 끄덕끄덕했다.

"맞네요."

"그렇죠, 틀림없죠?"

"대단하시네요, 신인상이라니."

"대단할 것까지는 없고요."

두 사람의 대화를 들었는지 주위에 있던 손님들이 아타미를 힐끔힐끔 바라보기 시작했다. 살짝 겸연쩍었지만 한편으로 쾌감을 느꼈다.

그날 밤 그의 부모님 집에서 친척들이 모인 가운데 축하 잔치가 벌어졌다. 모두들 밥상을 둘러싸고 디귿 자 모양으로 둘러앉았고, 아타미는 상석을 차지했다. 그의 양옆에는 연로한 부모님이 앉았다. 자식이 소설을 쓰는 걸 지금까지 못마땅해했던 두 사람도 기쁨을 감추지 못했다.

"야, 정말이지 내 아들이 작가가 될 줄은 꿈에도 몰랐지 뭐야. 오래 살고 볼 일이다."

얼굴이 불콰해진 아버지가 혀 꼬부라진 소리로 흥분
한 듯 말했다.

"게이스케가 우리 집안의 유일한 걱정거리였는데, 이
걸로 아무 걱정이 없어졌어. 작가 선생이라니 대단하다,
대단해."

작은아버지도 기쁜 표정이었다.

아타미는 갓 나온 『소설 규에이』를 꺼냈다. 신인상 발
표 내용이 실린 페이지를 모두가 돌려 가며 읽었다.

"대단하네. 이렇게 유명한 작가들이 심사 위원인데 거
기서 뽑혔으니 보통 일이 아니지."

작은아버지가 감탄 섞인 목소리로 말했다.

"게이스케, 이거 책으로는 안 나오니?"

큰엄마가 물었다.

"왜, 있잖니, 단행본이나 문고본 같은 거 말이야."

"아아, 네."

아타미가 고개를 끄덕였다.

"그게 단편 소설이라서 그것만으로는 책이 안 돼요. 하
지만 두 번째 작품을 쓰고 나면 두 편을 묶어서 책 한 권
을 만들 수 있을 거예요."

"아, 그렇구나."

"두 번째 작품도 이 잡지에 실리나?"

아버지가 물었다.

"네. 하지만 좀 길어서 어쩌면 연재될지도 몰라요. 편집부에서 검토해 보겠다고 하더라고요."

"그렇게 금방 다음 작품을 써 줘서 출판사 사람들이 좋아하겠네."

"그럴 거예요. 데뷔를 하고도 후속 작품이 없는 작가가 많거든요."

"너는 옛날부터 재미있는 얘기를 곧잘 꾸며 내곤 했지."

아버지가 마음씨 좋은 할아버지 같은 표정으로 말했다.

"이런 상을 받은 소설이니 책으로 나오면 굉장히 잘 팔릴 거야."

사촌 형이 목소리를 낮추어 말했다.

"얼마나 팔릴까?"

"글쎄."

아타미는 그런 데는 별로 관심 없다는 듯한 표정을 지으며 조그만 사기잔에 담긴 술을 마셨다.

"자세히는 모르겠지만, 추리 소설에 주는 이도가와 단보상(일본 추리 소설에 주는 '에도가와 란포 상'의 패러디 - 옮긴이)을 받은 작품은 10만 부 정도 팔렸다고 들은 적이 있어."

"10만 부? 대개 책값의 10퍼센트가 작가에게 인세로 주어진다던데, 그럼 책이 2천 엔이라고 치고, 음……."

팔짱을 끼고 계산하던 사촌 형의 눈과 입이 크게 벌어졌다.

"2천만 엔이네! 2천만 엔이 들어오는 거야."

와아, 하며 친척들이 술렁거렸다.

"그럼 하루아침에 부자가 되는 거잖아."

작은아버지가 얼빠진 소리를 했다.

"잘됐네요, 형님. 이제 팔자가 폈어요."

"아니야, 그렇게 술술 풀리면 좋기야 하겠지만."

말은 그렇게 하면서도 아버지는 입가가 벌어지는 것을 감추지 못했다.

그러는 동안 아타미의 엄마는 연신 눈가를 훔치고 있었다. 물론 기쁨의 눈물일 것이다.

"정말이지 이렇게 기쁜 일이 있을 줄이야. 고생해 가며 자식을 키운 보람이 있어."

그녀의 눈물에 전염됐는지 할머니도 손수건을 꺼냈다.

"엄마, 이제 아무 걱정 마세요."

아타미가 엄마에게 말했다.

"앞으로 제가 편히 모실게요. 엄마는 아무 걱정 할 필요 없어요."

그의 말에 모두가 눈물을 찔끔거렸다.

축하 잔치는 밤 10시가 넘어서야 끝났다. 잔뜩 취한 작은아버지를 아타미가 집까지 모셔다드리기로 했다. 작은아버지 집은 아타미의 집에서 2백 미터쯤 떨어져 있다. 작은아버지는 딸 사토미와 함께 왔지만, 여자 혼자서는 부축하기 힘들 정도로 몸을 가누지 못했다.

"게이스케 오빠, 미안해."

걸어가면서 사토미가 사과했다.

"괜찮아. 그보다 사토미가 힘들겠네."

작은아버지를 몸으로 떠받치고 걸으며 아타미가 말했다.

"아니야. 나는 익숙해져서 괜찮아."

그녀는 아타미보다 다섯 살 아래다. 어머니가 일찍 돌아가시는 바람에 지금까지 아버지와 둘이서 살아왔다. 결혼이 늦은 것도 아버지에게 마음이 쓰여서다.

"게이스케 오빠, 정말 대단해, 작가가 되다니."

"뭐, 운이 좋았지."

"이제 스타가 된 거잖아. 틀림없이 더 잘될 거야. 엄청나게 유명해져서 텔레비전에도 나오고, 우리 손에 닿을 수 없는 존재가 되겠지."

"그런 일은 없어."

아타미가 힘주어 말했다.

"나는 어디까지나 나일 뿐이야. 작가가 되건 유명해지건 주변 사람들을 절대 잊지 않을 거야."

"그래? 나는 게이스케 오빠가 변해 버릴까 봐 무서운데."

"나는 변하지 않아. 약속할게."

"정말?"

"그럼, 정말이지."

아타미가 걸음을 멈췄다. 사토미도 그 자리에 멈춰 섰다. 두 사람은 서로를 바라봤다.

그때 작은아버지가 눈을 떴다.

"아니, 여기가 어디냐? 술은 더 없나?"

"아빠도 참."

"작은아버지, 오늘 밤 모임은 벌써 끝났어요."

아타미는 다시 작은아버지를 부축하고 걸었다. 그런 그를 보며 사토미가 빙그레 웃었다.

6

"아타미 씨, 잠깐 나 좀 보지."

아까부터 줄곧 못마땅한 표정으로 뭔가 서류를 들여다보던 과장이 마침내 결심했다는 듯이 그를 불렀다.

자기 자리에서 소설을 구상하던 아타미는 건성으로 "네." 하고 무뚝뚝하게 대답하며 과장의 책상 앞으로 갔다.

"왜 그러시죠?"

"자네 말이야, 요즘 실적이 영 안 좋아. 회사에서 우두커니 있지 말고 거래처라도 한 바퀴 돌지 그래."

"오늘은 정리해야 할 보고서가 있어서요."

"보고서? 보고서를 작성하는 것 같지 않던데."

"생각을 정리하는 참이었습니다."

"생각은 거래처를 돌면서도 할 수 있잖아. 효율적으로 일하게, 효율적으로. 자네가 빈둥거리는 시간에도 회사에서는 월급을 지불하고 있단 말일세. ……뭐야, 그 눈빛은. 불만이라도 있나?"

금테 안경 속 과장의 눈이 아타미를 올려다봤다.

아닙니다, 하고 아타미는 고개를 저었다. 여기서 이런 사람과 옥신각신해 봐야 무슨 의미가 있을까 싶어 마음을 고쳐먹은 것이다.

"알았으면 빨리 나가 봐. 이러고 있는 시간에 단골 거래처 하나라도 돌아보면 좋잖아."

과장이 파리를 쫓듯이 손을 휘휘 저었다.

동료들이 눈치를 살피듯이 바라보는 가운데 아타미는 영업소를 나섰다. 그리고 늘 이용하는 라이트 밴에 올라타 시동을 걸고 거칠게 액셀을 밟았다.

왜 내가 저런 사람의 지시를 받아야 한단 말인가, 왜 욕을 먹어야 한단 말인가. 이 아타미가, 신인상을 수상한 프로 작가 아타미가.

질투하는 거야, 하고 그는 결론을 내렸다. 지금까지 안중에도 없었던 부하 직원이 어느 날 갑자기 자신은 상상도 못할 높은 지위를 얻었으니 초조해진 것이다. 혼란에 빠져 어찌하면 좋을지 모르는 것이다. 그래, 틀림없어. 그야말로 무능한 사람이다.

길이 평소보다 붐볐다. 아타미는 혀를 차며 무심코 옆쪽을 바라봤다. 조그만 서점이 시야에 들어왔다. 젊은 여성이 문학 서가 앞에 서 있었다.

그는 자신의 책이 그곳에 꽂혀 있는 모습을 상상했다. 사람들이 앞다투어 그 책을 집어 드는 장면을 머릿속에 그려 봤다. 생각만 해도 마음이 설레었다. 지금까지 몇 번이나 그런 상상을 했던가. 그러나 이제 더는 막연한 꿈이 아니다. 손만 뻗으면 닿는 곳에 있는 현실이다. 책이 팔리면 2천만에서 3천만 엔이 들어온다…….

지금 자신이 받고 있는 월급 액수를 떠올렸다. 멍청한 상사에게 욕을 먹고 거래처에 가서 꾸벅꾸벅 고개를 숙이면서도 그 정도밖에 받지 못한다. 그럴 바에야 창작에 전념하는 편이 낫지 않을까. 그것이 요즘 들어 아타미가 자주 하는 생각이다. 그 매력적인 유혹을 그는 거부하기 힘들었다.

단골 거래처에 도착했다. 아타미가 사무실에 들어서자 사장이 얼굴이 벌게져서 자리에서 일어섰다.

"이봐, 자네! 안 되겠어, 그 기계. 또 고장이야. 이거 어떻게 할 거야?"

"네? 아, 그런가요?"

"그런가요, 라니! 최신형이래서 들여놨더니 이 중요한 시기에 고장이 나서 일을 못 하잖아! 자네 회사에 물어보니까 다른 데서도 클레임이 들어온 기계라고 하던데."

이마까지 새빨개진 사장이 침을 튀기며 말했다.

그게 내 탓이냐고 되묻고 싶은 걸 겨우 참고 "네, 죄송합니다."라고 사과했다.

"자네가 권해서 샀으니까 책임지고 자네가 해결하게. 오늘 중으로."

알겠습니다, 라고 대답한 후 아타미는 회사에 연락했다. 그런데 서비스 담당 직원이 모두 외근 중이어서 오늘 안으로는 수리가 어렵다는 것이었다.

그런 사정을 얘기하자 사장은 길길이 뛰었다.

"우리 회사는 뒷전이라 이거지. 우리가 우습게 보여? 이게 다 자네가 멍청해서 벌어진 일이야. 그러니까 자네가 책임져!"

"멍청하다니……."

"멍청하니까 멍청하다고 하는 거야. 자네가 담당하게 된 후로 제대로 돌아가는 일이 없어. 듣자 하니 자네, 영업소에서도 실적이 꼴찌라며? 그러니까 안 되는 거야!"

"……일단 서비스 부서에 다시 한 번 전화해 보겠습니다."

"그러게. 해결될 때까지 여기서 못 나갈 줄 알아."

회사에 전화하면서 아타미는 사장의 말을 되새겨 보았다. 멍청하다고, 내가? 『소설 규에이』 신인상 수상 작가인 내가?

회사 서비스 부서와 전화가 연결되었다. 재차 사정해 봤지만 상황은 달라지지 않았다. 전화를 받은 담당자도 바빠서인지 말투가 거칠었다.

"고객을 설득하는 게 당신들 업무잖아. 그 정도는 알아서 해야지. 고객이 시키는 대로 하는 멍청이가 어딨어?"

멍청이라고? 아타미가 반문하려는데 전화가 끊겼다.

"이봐, 뭐래?"

사장이 뒤에서 물었다.

"해결해 주겠대?"

"그게 말이죠……."

"안 된대?"

"네."

"이 바보야!"

사장이 옆에 있던 책상을 걷어차는 바람에 책상 위에 놓여 있던 재떨이가 아타미의 발등에 떨어졌다. 눈물이 찔끔 날 만큼 아팠다.

그런데도 사장은 아랑곳하지 않고 욕설을 퍼부었다. 이 무능하고 쓸모없고 덜떨어진…….

아타미의 마음에 조그만 구멍이 뚫렸다. 그리고 구멍은 점점 커졌다. 그곳으로 뭔가 뜨거운 것이 흘러 들어왔다.

"너 같은 놈한테 영업을 시킨 회사가 잘못이야. 아니, 고용한 것 자체가 잘못이지. 너 같은 놈은, 너 같은 놈은 말이야……, 이봐, 어디 가는 거야!"

사장의 고함을 무시하고 아타미는 그 사무실을 나왔다. 라이트 밴에 올라탄 지 얼마 안 되어 휴대 전화가 울렸다. 과장이었다.

"자네, 단골을 내팽개쳐 두고 어디 가 있는 거야?"

화가 잔뜩 난 목소리였다.

"차 안에 있습니다."

"차 안이라고, 대체 어쩔 셈이야?"

"뭐, 딱히……."

"뭐야?"

부하 직원의 예상치 못한 반응에 과장은 할 말을 잃은 듯했다.

"그보다 과장님, 드릴 말씀이 있습니다."

아타미가 담담하게 얘기했다.

"중요한 일입니다."

7

고사카이를 비롯한 『소설 규에이』 편집자들은 머리를 싸맨 채 끙끙거리고 있었다. 다음 달 지면을 메울 만한 원고가 부족했다. 유명 작가 하나가 마감 직전에 잠적했던 것이다.

"큰일이네. 이삼십 매 정도가 아니라 백 매 가까이 부족한데 말이야."

아오다가 신음 소리를 냈다.

"이봐, 고사카이. 자네, 원고 가진 거 없어? 누가 보내온 거라든가, 신인 작가 작품이라든가 말이야."

"네, 있기야 있죠."

그러면서 고사카이는 책상 밑에 놓인 상자를 들여다 봤다.

"어, 이거 어떨까. 분량이 꽤 많은데. 백 매가 넘으면 두세 번에 나눠서 실으면 돼. '늑대의 외톨이 여행'이라, 제목 한번 유치하군. 누가 쓴 거야?"

"아타미 씨 원고예요, 아타미 게이스케."

"아타미 씨, 그게 누구지?"

신인상 수상자라고 말하자 아오다는 고개를 끄덕였다.

"그 별 볼일 없는 친구가 쓴 소설이군. 흥, 벌써 두 번째 작품을 썼어? 어때?"

"형편없어요."

고사카이가 딱 잘라 말했다.

"스토리가 평범한 데다 등장인물도 개성이 전혀 없어요. 문장은 여전히 후지고요. 한마디로 아마추어 소설입니다."

"역시 그렇군. 그 친구는 안 될 것 같더라고. 작가적인 센스가 전혀 없어."

아오다가 원고를 고사카이에게 돌려줬다.

고사카이는 그 원고를 곧장 쓰레기통에 던져 넣었다.

"출판부에서도 그의 수상작을 책으로 낼 생각이 없는 것 같습니다."

그때 전화벨이 울렸다. 전화기 바로 옆에 있던 아오다가 수화기를 들었다.

"네, 『소설 규에이』입니다."

그리고 상대방의 말을 듣고 있던 아오다가 야릇한 표정을 지었다.

"아타미 씨라고요? 아……, 누구신지 잘 모르겠는데요."

고사카이가 쓰레기통을 손가락으로 가리켰다. 아오다

는 입을 크게 벌린 채 고개를 끄덕거렸다.

"아하, 네, 그 아타미 씨요. 네, 안녕하세요. 저는 편집
장 아오다입니다. 수상 이후 어떻게 지내셨습니까?"

그때까지만 해도 웃고 있던 아오다의 표정이 다음 순
간 얼어붙었다.

편집부원 모두가 그를 주목했다.

"그건 좀 힘듭니다. 아타미 씨, 다시 한 번 생각해 보시는
게……, 네? 벌써 사표를 내셨다고요? 그건, ……아니요,
그래도 좀…….'

아오다의 얼굴이 갈수록 창백해졌다.

상황을 알아차린 직원들이 하나둘 자리를 떠났다.

과거의 사람

1

우편물을 열어 본 아타미 게이스케는 주먹을 불끈 쥐었다. 봉투 속에 초대장이 들어 있었다. 규에이 출판사 문학 3상 시상식 초대장이다.

"오오, 드디어."

자신도 모르게 그런 말이 튀어나왔다.

아타미는 컴퓨터 앞에 앉아 초대장에 인쇄된 글자를 다시 한 번 찬찬히 읽었다. 틀림없이 초대하는 내용이었다. 호텔 지도까지 나와 있었다. 그것도 고급 호텔이다. 회비는 없는 듯했다. 다시 말해서 고급 호텔 음식을 공짜로 먹을 수 있다는 뜻이다.

규에이 출판사 문학 3상이란 규에이 출판사가 주최하는 문학상 3개를 통틀어 이르는 말로, 기존 작가의 작품 중에서 선정하는 도라우마 문학상과 일반 공모 작품 중에서 선정하는 규에이 신인상, 문학계에 끼친 공로를 인정

할 만한 인물에게 주는 규에이 공로상으로 이루어진다.

그중 규에이 신인상은 올해 새로 생긴 것으로, 작년까지는 『소설 규에이』 신인상으로 불렸다. 문예지 『소설 규에이』가 주관하며, 엔터테인먼트 작가를 목표로 하는 사람들의 등용문이라고 할 수 있는 상이다.

아타미 게이스케는 지난해 『소설 규에이』 신인상 수상자였다. 수상작은 '격철의 포엠'이라는 하드보일드 소설이다. 수상을 계기로 그는 회사에 사표를 던지고 전업 작가로 생활해 왔다. 하지만 지난 1년간 그가 낸 단행본은 『격철의 포엠』 한 권뿐이었다. 월간지 등에 단편 소설을 쓰거나 해서 간신히 생활비를 벌긴 하지만 형편이 결코 넉넉하지는 않았다. 어서 두 번째 책을 내고 싶어서 규에이 출판사 담당 편집자에게 장편 소설 원고를 써 보냈지만, 아직 연락이 없다.

어떻게 된 일인가 싶어 애를 태우고 있는데 그 초대장이 날아들었다.

내게도 이런 것이 오게 되었구나, 하는 것이 아타미의 솔직한 심정이었다.

문단 파티가 있다는 사실은 알고 있었다. 몇몇 문학상은 시상식을 겸한 파티가 열린다. 그러나 지금까지 아타미는 그런 파티에 초대받은 적이 없었다. 작년까지 『소설 규에이』 신인상은 시상식을 하지 않았다. 규에이 출판사에 초대받아 심사 위원들과 함께 중화요리를 먹었을 뿐이다.

또한 작가들로 구성된 조직에도 친목 모임 같은 것이 있다고 들었는데, 아타미는 아직 그 어느 조직에도 들어가지 못한 상태였다. 들어가는 방법을 몰랐을뿐더러 들어오라고 권유한 적도 없었다.

언젠가는 문단 파티라는 데에 나가 보고 싶었다. 그곳이 얼마나 화려한 세계일지 혼자 상상의 나래를 펼쳐 보기도 했다.

그렇게 동경하던 자리에 나가게 된 것이다. 마침내 초대받은 것이다. 아타미는 자기가 드디어 어엿한 작가로 인정받았다고 느꼈다.

초대장을 다시 한 번 읽어 봤다. 규에이 출판사 문학 3상 시상식. 이 얼마나 무게감 있는 표현이란 말인가. 양복을 새로 맞추는 게 어떨까 생각했다. 이발소에도 다녀와야지.

그건 그런데…… 아타미는 신인상 수상 작가 이름을 들여다보며 생각했다. 이 녀석은 운이 좋군. 1년 차이로 이런 훌륭한 파티를 열어 주다니. 아타미보다 1년 늦게 수상한다는 이유만으로 중화요리 회식에서 이렇게 격이 다른 대접을 받다니.

수상자 이름은 가라카사(唐傘. 종이우산이라는 뜻 - 옮긴이)였다. 웃기는 필명이다. 남자인지 여자인지도 알기 힘들다. 게다가 수상작 제목이 '허무승(虛無僧) 탐정 조피'라니. 어떤 내용인지 전혀 짐작이 가지 않는다.

파티에 가기 전에 어떤 작품인지 확인해 두어야겠다고 생각했다. 어차피 풋내기가 쓴 작품이니 결점투성이겠지. 파티장에서 만나면 조언 한마디쯤 해 주어야겠다고 마음먹었다.

2

『소설 규에이』 편집부의 고사카이 하지메는 당황스럽기 그지없었다. 30분 후면 시상식이 시작되는데 신인상 수상자가 아직 도착하지 않았던 것이다.

호텔 로비에서 안절부절못하며 기다리는데 "고사카이 씨!" 하고 부르는 소리가 들렸다. 라운지 쪽에서 나는 소리였다.

돌아보니 옅은 청색 양복에 분홍 셔츠, 빨간 넥타이 차림의 남자가 고사카이를 보고 빙글빙글 웃고 있다.

누구지, 하고 그는 고개를 갸웃했다. 눈에 익은 얼굴이긴 하지만 누구인지 얼른 떠오르지 않았다.

중요한 인물일지도 모른다고 생각했다. 못 알아봤다가는 큰코다칠 수도 있다. 고사카이는 얼굴 가득 미소를 지으며 남자에게 다가갔다.

"아, 이거, 오랜만입니다."

일단 인사를 했다. 그리고 양복 안주머니에서 명함을 꺼냈다. 상대의 명함을 받으려는 작전이다.

상대가 그의 명함을 보고 빙그레 웃었다.

"뭐야, 전에 계시던 부서 그대로네요. 이 명함은 갖고 있습니다."

아뿔싸! 명함을 이미 교환했군.

그런데 상대가 양복 주머니에서 명함 지갑을 꺼내는 것이다.

"실은 저도 명함을 만들었어요. 고사카이 씨에게 역사적인 첫 번째 명함을 드리지요."

"아이고, 고맙습니다."

다행이라고 생각하며 명함을 받았다. 거기에는 '작가 아타미 게이스케'라고 인쇄되어 있었다. 그제야 그가 신인 작가 중 한 명이라는 사실이 떠올랐다. 단편을 두 편 정도 가져온 적이 있었다. 둘 다 별로 인상적이지 않은 소설이었다.

귀찮은 녀석을 만났다며 고사카이는 속으로 혀를 끌끌 찼다.

"오늘은 무슨 일로……, 누굴 만나러 오셨나요?"

그러자 아타미가 의아하다는 듯이 미간을 찌푸렸다.

"규에이 출판사의 파티에 초대받았는데요."

"아아, 그러세요."

이런 신인에게까지 초대장을 보낸 모양이었다. 예산이 넘치겠다 싶었다.

"조금 일찍 왔어요. 그래서 커피 마시려는 참인데, 같이하실래요?"

아타미가 물었다.

고사카이는 무척 아쉬운 듯한 표정을 지었다.

"아니요, 저는 파티 준비를 해야 해서요."

"아, 그렇군요."

"죄송합니다. 그럼 이따 뵙겠습니다."

커피나 마시며 노닥거릴 여유가 없었다. 아니, 시간이 남아돌아도 아타미와 마실 생각은 없었다. 같이 마시게 되면 커피 값을 자신이 내야 하고, 그에게 원고를 의뢰할 생각이 없는 마당에 굳이 그럴 필요가 없었다.

방금 받은 명함을 다시 들여다봤다. 작가라고 인쇄된 명함은 처음이었다. 무심코 명함 뒷면을 본 고사카이는 눈을 크게 떴다. 거기에는 이렇게 인쇄되어 있었다.

'제7회 『소설 규에이』 신인상(현 규에이 신인상 - 규에이 출판사 문학 3상 중 하나) 수상.

수상작 『격철의 포엠』(규에이 출판사 발간)'

아아, 그래서 초대했군. 그제야 고사카이는 납득했다. 그는 아타미가 전년도 수상자라는 사실을 까맣게 잊고 있었다.

3

예정보다 10분 늦게 시상식이 시작되었다. 첫 순서는 도라우마 문학상 시상이다. 심사 위원의 경과 보고 후에 수상자의 인사말이 이어졌다. 그다음이 규에이 신인상이다. 먼저 심사 위원 한 명이 단상에 섰다. 본격 미스터리를 주로 쓰는 인기 남성 작가다.

"사실 수상작 '허무승 탐정 조피'는 문제가 많은 작품으로, 저희 심사 위원들은 자극을 많이 받았습니다. 그러나 심사에 이견은 전혀 없었고, 처음부터 만장일치였습니다. 훌륭한 재능을 가진 신인의 등장을 기쁘게 생각합니다. 소설의 내용도 어느 곳 하나 건드릴 부분이 없는 문제작입니다. 모쪼록 여러분 자신의 눈으로 그 특이한 세계를 즐기시기 바랍니다."

다음은 수상자의 인사. 가라카사 잔게라는 인물이 단상에 올랐다. 회색 양복 차림에 얼굴이 하얗고 깡마른 청년이다. 기묘한 이름을 보고 어떤 괴짜가 나올까 기대했던 아타미는 더없이 평범한 수상자의 모습에 맥이 빠지고 말았다.

인사말도 지극히 평범했다. 진심으로 감사드립니다, 저 같은 사람이 이런 상을 받아도 괜찮을지 모르겠습니다…… 상투적인 단어들의 나열일 뿐이었다.

입구에서 받은 온더록스 잔을 손에 쥔 채 '별거 아니군.' 하고 아타미는 생각했다. 개성이 강한 신인이라면 앞으로 자신의 라이벌이 될지도 모른다며 경계했을 테지만, 저렇게 평범한 남자가 별다른 작품을 쓸까 싶어 내심 마음이 놓였다.

수상작도 형편없는 소설이라고 생각했다. 아타미는 『소설 규에이』에 게재된 작품을 읽었는데, 아무래도 좋게 평가할 수 없었다. 아니, 그러기 전에 도무지 무슨 내용인지 알 수 없었다. 미스터리인지 아닌지조차 불분명하고, 결말도 이해되지 않았다.

그러니 수상했다는 것 자체가 의아한 작품이지만, 조금 전 심사 경과 보고를 듣고 어느 정도 사정을 짐작하게 되었다. 한마디로, 작품의 부조리함이 심사 위원들을 사로잡은 것이다. 스토리나 테마, 문장력 따위는 이번 심사에서는 나중 문제였던 것이다.

반짝하다 말겠네. 그것이 아타미의 판단이었다. 처음에야 재미있다고 여겨질지 모르지만, 부조리만으로 작가 생활을 계속할 수는 없는 노릇이다. 머지않아 사라질 거라고 아타미는 예상했다. 안심되었다. 중후하고 치밀하며 스케일이 큰 하드보일드를 쓰는 수상자가 아니라서 다행이라며 가슴을 쓸어내렸다.

시상식이 끝나고 그 자리에서 스탠딩 파티가 열렸다. 푸짐하게 차려진 음식 앞으로 득달같이 달려드는 사람이 있는가 하면 아는 얼굴을 찾아 돌아다니는 사람도 있다. 인기 작가의 주위에는 편집자들이 떼지어 몰려 있다.

아타미는 주위를 둘러봤다. 규에이 외에 다른 출판사 관계자들도 많이 와 있을 터였다. 알 만한 사람은 거의 없지만, 출판사 쪽에서 자신을 알아볼 가능성은 있다고 아타미는 생각했다. 월간지 목차 페이지에 몇 번인가 사진이 실렸기 때문이다.

그는 옷 위로 안주머니에 들어 있는 명함을 더듬어 확인했다. 오늘을 위해 만든 명함이다. 이 명함을 꺼내면 사람들이 아타미가 이곳에 초대된 이유를 이해할 것이다. 동시에 선망과 존경의 눈길을 보낼 것이다. 어쩌면 사인을 부탁할지도 모른다. 같이 사진을 찍자고 할 수도 있다. 출판 관계자라면 이번 만남을 계기로 집필을 의뢰할 수도 있다.

자신은 눈에 띄는 존재일 것이라고 확신했다. 그 점을 염두에 두고 복장을 선택했다. 문단 파티라면 개성이 넘치는 작가들이 모일 것이다. 거기서 도드라지려면 차림새도 개성이 있어야 한다고 그는 생각했다. 그래서 시상식장에 들어서기 전에 선글라스도 썼다. 그러는 것이 하드보일드 작가답게 보일 거라는 계산에서였다.

여기 아타미 게이스케가 있어요! 그는 사람들에게 그렇게 외치고 싶은 심정이었다. 지난해 수상자가 여기 있단 말입니다. 올해 수상자와는 비교도 안 되게 개성적이며, 이미 단행본까지 한 권 낸 프로 작가가 있다고요. 여러분, 모르겠어요? 내가 아타미 게이스케라니까요. 『격철의 포엠』 작가란 말입니다.

주위를 힐끔거리던 그가 움직임을 멈췄다. 고사카이가 그의 눈에 들어왔다. 아니, 정확히 말하자면 고사카이 옆에 있는 청년이었다. 올해 수상자인 가라카사 잔게라는 인물이다.

아타미는 그들을 향해 성큼성큼 걸어갔다.

4

'아이고, 이런!'

고사카이는 아타미 게이스케가 자신에게 다가오는 것을 알아채고 몸서리를 쳤다. 그러나 무시할 수도 없는 노릇이었다. 이러니저러니 해도 그는 전년도 수상자가 아닌가.

가라카사 잔게는 그저 우두커니 서 있기만 했다. 영광스러운 무대의 주역이라지만, 이 젊은이에게 패기란 눈을 씻고 봐도 찾을 수 없었다. 대체 어떻게 그런 걸작을 썼는지 의아할 정도다.

편집장 아오다는 아까부터 친한 작가들에게 가라카사를 소개하느라 바빴다. 방금도 어느 인기 작가에게 그를 소개했다. 다음은 누구한테 가 볼까 생각하며 서 있는 참에 아타미가 그들을 발견한 것이다.

"야, 이거, 또 뵙는군요."

그가 싱글벙글하며 다가왔다.

"아까는 실례가 많았습니다."

고사카이는 고개를 꾸벅하고 나서, 궁금한 얼굴로 바라보는 아오다의 귀에 대고 속삭였다.

"지난해 수상자 아타미 씨입니다."

"아이고, 안녕하십니까."

편집장이 다급히 미소를 지어 보였다.

"바쁘실 텐데 와 주셔서 감사합니다. 아! 그렇지. 아타미 선생님께도 소개해 드려야겠군요. 이분이 올해 수상자인 가라카사 씨입니다. 가라카사 잔게 씨요."

그리고 그는 가라카사를 향해 "음, 이쪽은 작년에 『소설 규에이』 신인상을 수상하신 아타미……."

"아타미 게이스케 씨입니다."

고사카이가 얼른 편집장의 말을 이었다.

"처음 뵙겠습니다."

가라카사가 여전히 무표정한 얼굴로 인사했다.

"수상작을 읽어 봤습니다. 상당히 잘 쓰셨던데요."

아타미가 말했다.

"고맙습니다."

"그런 세계를 그려 내는 사람이 나오리라고는 상상도 못했어요. 부조리 소설이라고 해야 할까요. 그런 세계관은 뜻밖이었습니다."

"네……."

"뭐, 문장이야 앞으로 좋아지겠지요. 그러니까 너무 걱정하실 필요 없습니다. 문제는 그런 세계관이 언제까지 통할까 하는 점이죠. 역시 미스터리라는 건 정합성이랄까, 합리성 같은 것도 요구되니까요. 인물 묘사도 굉장히 중요하다고 생각합니다."

가라카사가 말없이 고사카이를 바라봤다. 아타미의 말을 이해하지 못하는 듯했다.

그가 그러는 것도 당연하다고 고사카이는 생각했다. 가

라카사의 수상작은 일견 터무니없는 이야기가 맨 끝에 가서 완벽한 합리성을 드러내는 구조로 이루어져 있다. 그 빼어난 논리와, 그것을 지탱하는 문장력이 작품을 수상으로 이끈 것이다. 그러니 가라카사로서는 이 선배 작가가 도대체 무슨 말을 하는 거야, 하고 생각할 만하다.

아타미는 그런 가라카사의 반응을 눈치채지 못한 채 엉뚱한 얘기를 계속했다. 보다 못한 고사카이가 끼어들었다.

"이야, 역시 선배 작가 얘기가 도움이 많이 되는군요. 아타미 선생님, 가라카사 씨는 신인이니까 앞으로도 조언을 많이 해 주세요."

"네, 신경 쓰이는 점이 있으면 가르쳐 주겠습니다."

"정말 감사합니다."

그리고 고사카이는 가라카사의 등을 떼밀다시피 하며 아타미에게서 멀어져 갔다.

"내 참, 죽겠구먼."

편집장 아오다가 쓴웃음을 지었다.

"그런 말도 안 되는 얘기를 할 줄이야. 아타미 게이스케라고 했지? 어떤 작품으로 수상했지?"

"격철의……, 뭐더라."

고사카이는 아까 아타미한테 받은 명함의 뒷면을 봤다.

"아, 격철의 포엠입니다."

"아아, 그런 제목이 있었지. 어떤 내용이더라?"

"그게……, 하하하. 그러니까…… 하드보일드였던 것 같은데……."

"뭐, 상관없어. 어차피 지나간 일이니까."

5

8시가 조금 넘은 시각이었다. 파티는 이미 종료가 선언된 후였다. 사람들이 하나둘 그 자리를 빠져나가고 있었다. 작가들 중에는 편집자 등등과 함께 롯폰기나 긴자로 몰려가는 사람도 있었다. 수상자의 2차 모임으로 향하는 사람도 적지 않은 듯했다.

아타미 게이스케는 출입구 근처에 서서 누군가 말을 걸어오기를 기다리고 있었다. 몇 안 되는 지인 중 누군가가 지나가지나 않을까 하는 마음도 있었다.

그러나 누구 하나 그를 돌아보지 않았다. 마치 거기에 아무도 존재하지 않는다는 듯이 눈길조차 주지 않고 그대로 지나쳐 가는 것이었다.

어떻게 된 일이지, 하며 아타미는 의아해했다. 물론 오늘 같은 멋진 시상식은 열리지 않았지만, 자신도 수상자인 것은 분명했다. 수상 소감과 함께 화보가 『소설 규에이』에 실리기까지 했다.

단행본이 나왔고, 단편도 발표했다. 그런데 왜, 왜 아무도 나를 알아보지 못한단 말인가.

파티장에는 규에이 출판사에서 고용한 것으로 보이는 카메라맨이 있었다. 그는 주로 작가들을 촬영했다. 특히 올해 수상자의 사진을 여러 장 찍었다. 아타미는 카메라맨이 알아채도록 일부러 그 옆을 지나쳐 다녔다. 그러나 카메라맨은 그를 본체만체했다.

아타미는 자신이 아직 신인이라서 그런가 보다고 해석했다. 그해의 수상자는 별개의 문제고, 데뷔 2년 차 신인 따위는 아직 작가로 취급하지 않는가 보다, 좀 더 세월이 필요한가 보다고 여겼다.

체념하고 그곳을 나가려고 했을 때 그 남자를 발견했다. 규에이 출판사 출판부의 간다 편집장이었다. 간다의 부서에서 단행본 『격철의 포엠』을 출판해 주었다.

"간다 씨!"

아타미가 말을 걸었다.

고개를 숙인 채 걷고 있던 간다가 그 소리에 고개를 들었다. 아타미를 보고 잠시 당혹스러워하던 그가 "아아," 하고 입을 열었다.

"아타미 씨도 오셨군요."

"네, 물론이죠. 지난해 수상자니까요."

"지난해……, 실례지만 무슨 상이었죠?"

"『소설 규에이』 신인상이잖아요."

"아아, 그래요?"

간다가 수첩을 꺼내더니 뭔가 빼곡히 적혀 있는 페이지를 펼쳤다.

"하하, 그렇군요, '격철의 포엠'. 그 작품이 지난해 신인상 수상작이었군요."

"그 수첩은 뭔가요?"

"이거 말씀입니까? 신인상 수상작 일람표입니다. 이렇게 적어 두지 않으면 금세 잊어버려서요."

간다가 펼쳐진 수첩을 아타미에게 내보였다.

그걸 본 아타미는 현기증이 일 것 같았다. 신인 문학상과 그 수상작들이 페이지 한가득 적혀 있었기 때문이다.

"지금까지 수상한 작품을 전부 기록해 놓으셨군요. 대

단합니다."

아타미의 말에 간다는 고개를 저었다.

"지금까지 수상한 작품을 전부 적는 건 불가능합니다. 이건 작년 1년 치예요."

"네, 1년 치요? 설마……."

"사실입니다. 게다가 이게 다가 아니에요. 전국에서 개최되는 소규모 문학상까지 포함하면 400개가 넘습니다."

"400개………"

"그러니까 매년 400명도 넘는 신인상 수상자가 탄생하는 거죠. 도저히 기억하기 힘듭니다. 그래서 이렇게 수첩에 적어 놓는 거예요."

간다가 히죽 웃으며 수첩을 덮었다.

"아니, 아타미 씨, 왜 그러세요? 안색이 좋지 않은데요."

6

"오래 기다리셨죠? 죄송합니다."

고사카이의 말에 아오다가 노골적으로 불쾌한 표정을 지었다.

"왜 이제 왔어? 다른 사람들은 이미 가라카사 씨 2차 모임에 간 지가 오랜데 말이야. 심사 위원들을 너무 오래 기다리게 하는 거 아니야?"

"죄송합니다. 사무카와 선생한테 붙들리는 바람에요."

"사무카와 씨? 그 양반도 왔어?"

"저도 몰랐는데, 파티를 마치고 돌아오는 길에 부르더라고요. 2차 장소가 어디냐고 물으시더군요."

아오다의 입술이 일그러졌다.

"그래서, 가르쳐 줬나?"

"어쩔 수 없잖아요."

"으음."

편집장이 신음했다.

"2차 후에도 내내 우리를 따라붙으려고 할 거야. 긴자 근처로 데려갈 심산이겠지. 이거야, 원. 자기가 여전히 잘나가는 작가인 줄 안다니까."

"사무카와 선생도 문학상 후보로 5년 연속 오른 적이 있었죠?"

"그때가 피크였어. 그때 수상했다면 그 후의 행보도 달라졌겠지만, 끝내 못 받고 말았지. 그 사람은 운이 거기까지였던 거야."

"일선에서 활약하던 분이었지만 이제는 과거의 인물이 되었다는 말씀이군요."

"그런 셈이지. 지금은 어느 출판사든 그를 꺼리는 판이야. 제일 친하게 지내던 출판부의 간다마저 요즘은 그 사람을 피해 다닌다니까."

"그럼 저희가 그분을 떠맡을 이유가 없겠군요."

"당연하지. 2차에서 3차로 이동하는 시점은 사무카와 씨가 화장실에 갔을 때로 하자고. 그 틈에 술집을 나오는 거야. 알겠지?"

"네, 알겠습니다."

"그리고 말이 나온 김에 하는 얘기인데, 니시진 선생이랑 하부 씨도 이제 접대를 적당히 하게."

"네? 그 두 분도 벌써 끝났나요?"

"영업부에서 그러는데, 컴퓨터 분석에 따르면 지금의 인기가 잘해 봐야 앞으로 2년이라는 거야. 게다가 그 두 사람은 향후 2년간 우리 출판사에서 책을 낼 예정이 없단 말이지. 접대가 허사로 돌아갈 가능성이 크다는 얘기야."

"그러니까 2년만 있으면 그 두 분도 과거의 인물이 되는군요."

고사카이가 팔짱을 끼었다. 그리고 이 세계도 참으로 냉혹하다고 생각했다.

"그런데 가라카사 씨는 어디 갔어요?"

"화장실에. 아 참, 그리고 할 얘기가 또 있어."

아오다는 주위를 두리번거리며 보는 눈이 없는 걸 확인한 후 휴대 전화를 꺼냈다.

"후지와라 나나코에게서 메시지가 왔어. 원고가 마무리됐대. 조만간 보여 주겠다는군."

"그 미녀 나나 짱 말이에요?"

고사카이는 자신도 모르게 목소리를 높였다.

후지와라 나나코라면 지난해 신인상에서 최종까지 올랐던 후보다. 젊고 미인에다 소설의 완성도도 웬만해서 규에이 출판사로서는 전면에 내세우고 싶은 인재였다. 그래서 최근 1년간 계속 그녀의 뒤를 봐줬던 것이다. 아쉽게도 올해는 응모 마감 때까지 작품을 내지 못했지만, 원고를 완성했다니 내년에는 수상할 가능성이 있었다.

"기대되네요. 그녀라면 틀림없이 문단의 아이돌로 떠오를 겁니다."

"그렇지. 심사 위원도 내년에는 전원 남자라니까 말이야. 그녀의 사진이 상당히 유리하게 작용할 거야. 이봐,

고사카이. 앞으로 바빠지겠는걸. 일단 원고를 읽고 조언을 해 줘야 해. 어차피 또 달콤하기 짝이 없는 소설일 테니까 말이야."

"알겠습니다. 앞으로 1년간 가라카사 씨 신작에 전력을 기울일 예정이었는데, 어떻게든 시간을 내서 후지와라 나나 짱도 신경을 쓰겠습니다."

고사카이가 힘주어 말했지만 아오다는 왠지 떨떠름한 표정을 지었다. 잠시 입을 다물고 생각에 잠기는 듯했던 그가 이렇게 말했다.

"가라카사의 신작은 적당히 해 둬. 너무 공들이지 말란 말이야. 나나 짱이 우선이야. 후지와라 나나코 쪽에 최선을 다해."

"아니, 하지만, '허무승 탐정 조피'는 걸작인데요."

"나도 알아. 하지만 말이야, 그만한 작품이 계속 나올 것 같아? 다음에 뭘 쓴다 해도 첫 번째 작품보다는 떨어질 거야. 평단에서도 언어맞을 테고. 그렇게 되면 본인은 고민에 빠지게 되지. 고민에 빠지면 글을 못 쓸 테고. 그게 패턴이야. 틀림없다고."

"그런가요."

"그래. 그러니까 일단은 『허무승 탐정 조피』를 팔아 치우는 거야. 나중 일은 생각하지 말고. 가라카사 잔게의 작품은 일생 그거 하나밖에 안 나온다는 기분으로 덤벼들면 돼."

"일생 하나밖에……. 하지만 아직 상장에 잉크도 안 말랐는걸요."

"이 바보야."

아오다가 못마땅한 표정을 지었다.

"시상식이 끝나면 모두 과거의 인물이야."

심사 위원회

1

커피를 마시던 사무카와는 간다의 말에 입안의 커피를 뿜을 뻔했다. 그는 얼른 남은 커피를 삼키고 입 주위를 손등으로 문질렀다. 그리고 간다의 얼굴을 뚫어져라 바라봤다.

"아니, 방금 뭐라고 했어?"

"그러니까,"

규에이 출판사의 편집장인 간다가 싱글거리며 말했다.

"선생님께서 꼭 심사 위원을 맡아 주셨으면 한다는 말입니다."

"내가?"

사무카와는 저도 모르게 웃음이 나오려는 것을 필사적으로 참았다.

"심사 위원이라니, 무슨 심사 위원?"

"이번에 신설된 신인상이에요. 규에이 출판사 추리 소

설 신인상이라는 겁니다."

"그걸 나더러 심사하란 말이야?"

"네."

"흠, 신인상 심사라……, 이거 참. 할 얘기가 있다길래 무슨 일인가 했더니만, 그런 얘기를 꺼낼 줄이야……."

인내에 한계가 왔는지 사무카와의 입가가 벙글어지기 시작했다.

"어떠세요?"

간다가 테이블에 양손을 얹은 채 사무카와를 올려다 봤다.

"글쎄……."

사무카와는 숱이 거의 없는 머리를 손으로 만지작거렸다.

"심사 위원 같은 걸 해 본 적이 있어야 말이지."

"선생님, 누구에게나 처음이란 건 있습니다."

"그야 그렇지만."

사무카와는 괜스레 커피를 스푼으로 저어 댔다.

망설이는 척하고 있지만 사실은 당장이라도 날름 수락하고 싶은 마음이 굴뚝같았다. 하지만 너무 쉽사리 수락해 버리면 상대방이 좋아 죽는다고 여길까 봐 짐짓 거드름을 피우는 것이다.

그리고 사무카와로서는 확인해 두고 싶은 점도 하나 있었다.

"웬일로 나한테 심사를 해 달라는 거지? 나 말고도 작가는 많잖아."

그러자 간다가 사무카와 쪽으로 몸을 들이대며 말했다.

"그렇기는 하지만, 실제로 미스터리 소설을 보는 안목이 높은 분은 별로 많지 않습니다. 선생님께만 드리는 말씀이지만, 제 생각에는 기껏해야 이 정도예요."

그러면서 간다는 양손을 사무카와의 눈 앞에 펼쳐 보였다. 열 명, 이라는 의미인 듯했다.

"그리고 그런 분들은 대부분 이미 그런 상을 여러 개 심사하고 계시거든요. 말하자면 신선미가 떨어진다고 할까요, 아니면 상의 개성을 살리지 못한다고 할까요. 하여간 저희로서는 이번에 신설되는 상의 심사 위원만큼은 아직 때가 묻지 않은 분들을 모시고 싶습니다. 그래서, 말씀드린 것처럼 안목이 뛰어난 데다 아직 심사 위원을 지낸 적이 없는 분을 꼽자니 사무카와 선생님 외에는 떠오르지 않더군요."

간다의 말을 듣는 내내 사무카와는 벌어진 입을 다물

지 못했다.

'그래그래, 내가 듣고 싶었던 말이 바로 그거야.'

"그야, 그럴지도 모르지. 하지만 나는 글을 쓰느라 바빠서 심사 위원을 맡아 달라는 부탁이라면 죄다 거절해 왔거든."

거짓말이었다. 거절은커녕 부탁받은 적도 없었다.

"안 되겠습니까?"

간다가 여전히 사무카와의 얼굴을 올려다보는 자세로 물었다.

"물론 싫으시다는데 억지로 부탁드릴 수는 없겠지만 말이죠."

사무카와는 아차 싶었다. 간다의 얼굴에서 더 거절하면 포기하겠다는 표정이 엿보였기 때문이다. 여기서 더 거드름을 피우다가 상대가 포기해 버리면 본전도 못 건진다.

"아니, 아니, 싫다는 건 아니고, 당장 이 자리에서 대답하기는 곤란하다 이 말이지."

"그럼 생각을 좀 해 보시겠습니까?"

"응, 그러지. 하루 이틀 사이에 대답하겠네."

"알겠습니다. 어려운 부탁을 드려서 죄송합니다. 선생

님께서 힘을 보태 주시면 이번 신인상도 반드시 성공할 겁니다. 모쪼록 잘 부탁드립니다."

간다가 깊이 고개를 숙였다.

찻집을 나와 길모퉁이를 하나 돌았을 때 사무카와는 승리의 브이 자를 그렸다. 주위에 사람이 없다면 만세라도 부르고 싶은 심정이었다.

해냈어. 마침내 내게도 심사 위원 제안이 왔군. 이 사무카와가 심사를 하는 거야. 내가 뽑는다고. 직접 신인상을 뽑는단 말이야. 후보작을 읽고 심사 위원회에 나가서 다른 심사 위원들과 함께 신인상 수상작을 고른 후 비평을 쓰는 거야. 나는 오늘부터 문학상 심사 위원이다!

사무카와는 걸으면서 휴대 전화를 꺼내 친하게 지내는 작가에게 전화를 걸었다.

"여보세요, 나야, 사무카와. 아니, 실은 귀찮은 부탁을 받아서 말이지. 글쎄, 신인상 심사 위원을 맡아 달라는 거야. ……그래, 규에이 출판사. 이거 골치 아파 죽겠어. 간다에게 신세를 많이 졌으니 거절하기도 뭐하고, 그렇다고 덜컥 떠맡았다가 뒷감당이 안 되면 어쩌나 싶기도 하고. 아아, 정말이지 심사 위원 같은 걸 부탁할 줄은 꿈에도 몰랐어. 막상 부탁을 받고 보니 나도 대가로 인정받는 건가 싶기도 해."

사무카와는 신이 나서 떠들어 댔다. 그가 그날 중으로 간다에게 전화를 걸어 심사 위원직을 받아들였음은 물론이다.

2

신인상 후보작 네 편이 사무카와에게 도착한 것은 그로부터 약 반년 후다. 네 편 모두 원고지 50매에서 100매 사이의 단편이었다.

'드디어 왔군.'

단단히 묶인 원고들을 내려다보며 사무카와는 팔짱을 끼었다. 의욕이 충만했다. 이런 날이 오기를 얼마나 고대했던가.

그가 작가가 된 지도 어느덧 30년이 넘었다. 문예지 신인상 공모에서 가작으로 뽑힌 것을 계기로 데뷔해 꾸준히 작품 수를 늘려 왔다. 유감스럽게도, 베스트셀러라고 불릴 만한 작품은 하나도 쓰지 못했다. 책을 출판해도 대개는 초판으로 그쳤다. 문학상 후보에 오른 적도 몇 번 있지만 번번이 수상 기회를 놓치고 말았다. 그럼에도 오늘날까지 작가로서 살아올 수 있었던 것은 쉬지 않고 글을 썼기 때문이다. 원고 청탁이 들어오면 아무리 스케줄이 빡빡해도 거절하지 않았다. 출판사 편집자들 사이에서 '쉬운 작가'로 불린다는 것을 그도 안다. 그것이 자신의 생명선이라는 것도 알고 있다.

하지만 욕심이 사라진 건 결코 아니다. 인기 작가가 되고 싶다는 생각은 예나 지금이나 변함이 없다. 유명해지고 싶고, 모두에게 인정받기를 바란다. 작가로서 일류가 되고 싶고, 필자 중에서도 한 단계 높은 존재로 평가받기를 꿈꾼다.

문학상 심사 위원으로 위촉된다는 건 작가로서 인정받았다는 증거라고 사무카와는 생각한다. 다른 작가의 작품을 평가하고 합격점을 주거나 불합격 낙인을 찍으니 작가 중의 작가라고 해도 과언이 아니다.

언젠가 자신에게도 그런 기회가 오기를 바라 마지않았다. 번번이 문학상 심사에서 탈락했던 그는 단 한 번이라도 좋으니 심사하는 입장이 되어 보고 싶었다.

그 꿈이 마침내 이루어진 것이다.

사무카와는 심호흡을 한 다음, 맨 처음 후보의 원고를

집어 드는 역사적인 순간을 맞이했다. '허무승 탐정 조피'라는 작품으로, 워드 프로세서로 작성된 원고였다. 요즘은 손으로 쓴 글은 거의 찾아보기 힘들다. 예전 심사위원들은 원고를 읽는 데 고생깨나 했겠다고 사무카와는 생각했다.

그 원고를 읽어 나가면서 미간에 주름이 새겨지는 횟수가 점점 늘어났다. 문체에 특유의 습관이 있어서 읽기가 매우 힘들었다. 사무카와는 필통에서 빨간색 볼펜을 꺼내 마음에 안 드는 부분을 첨삭하기 시작했다.

'아니야, 이러면 안 되지.'

그러고서 그는 볼펜을 도로 집어넣었다. 자신의 역할은 작품을 평가하는 것이지 첨삭하는 게 아니라는 데 생각이 미쳤던 것이다.

다시 원고를 읽어 나갔다. 눈에 걸리는 부분이 한두 곳이 아니었지만 꾹 참고 읽었다.

이거 보통 일이 아니군, 하며 그는 한숨을 쉬었다. 물론 그렇다고 해서 그 작업이 싫다는 생각은 전혀 들지 않았다.

원고를 다 읽고 나서 그는 고개를 가로저었다. 이건 안되겠어. 내용이 황당무계했다. 스토리가 도중에 엉망진

창이 되어 버린 느낌이고, 결말도 이해할 수 없었다. 한마디로 어디가 재미있다는 건지, 왜 후보에 올랐는지 도무지 알 수 없었다.

사무카와는 '허무승 탐정 조피'를 내팽개치고 또 다른 후보작인 '살의의 문어발식 배선' 원고를 집어 들었다.

3

드디어 심사 위원회 날이 왔다. 사무카와는 심사 장소인 호텔로 향했다.

그곳에는 간다를 비롯한 편집자 몇 명과 도모비키 사부로라는 심사 위원이 이미 와 있었다. 심사 위원은 한 명이 더 있어서 모두 세 명이다.

두 심사 위원 모두 사무카와가 아는 사람이다. 경력도 사무카와와 비슷하고 지명도도 비슷했다. 게다가 세 명 모두 심사 위원을 맡기는 처음이다.

"사무카와 씨, 어땠어?"

도모비키가 소곤거리며 물었다.

"어땠냐니, 뭐가?"

"후보작 말이야. 재미있는 작품이라도 있었어?"

"흠, 여기서 그런 건 묻지 않았으면 좋겠어. 나중에 천천히 얘기하자고."

"그래도 추천하고 싶은 작품이 있는지 없는지 정도는 얘기해 줄 수 있잖아."

"응, 사실은 생각해 둔 작품이 있어."

"그래?"

"자네는 어떤데?"

"나는 아직 정하지 못했어. 다른 의견을 들어 보고 나서 결정할까 싶어."

"그렇구먼."

사무카와는 의외라고 생각하며 도모비키의 옆얼굴을 바라보았다.

사실 사무카와는 상을 준다면 한 작품밖에 없다는 생각으로 마음을 굳히고 이 자리에 왔다. 누가 봐도 다른 작품과는 차원이 다르다는 확신이 있었다. 그러니 도모비키가 망설이는 이유를 이해할 수 없는 것이다.

또 한 명의 심사 위원인 도도로키 하나코라는 여성 작가가 도착했다. 그녀를 본 간다가 자리에서 일어났다.

"그럼 지금부터 제1회 규에이 출판사 추리 소설 신인

상 심사 위원회를 시작하겠습니다. 저는 사회를 맡은 간다입니다. 잘 부탁드립니다."

커다란 테이블을 사이에 두고 간다를 포함한 네 명이 마주 보고 앉았다. 사무카와 옆에 간다, 맞은편에 도모비키, 도모비키 옆에 도도로키 하나코가 앉았다.

"왠지 긴장되네요. 심사 위원은 처음이라서요. 책임이 무겁게 느껴집니다."

도도로키 하나코의 동그란 얼굴이 발그레했다.

"그렇긴 하지만, 아무래도 신인상인 만큼 마음 편하게 심사해도 되지 않겠습니까. 이걸로 작가 인생이 결정되는 것도 아니니까요."

도모비키가 히죽이 웃으며 말했다.

"아니, 그건 아니죠. 이번 수상을 계기로 본격적으로 작가가 되려는 사람도 있을 텐데요. 그러니까 신중히 결정해야 한다고 생각합니다."

도도로키가 흘끗 도모비키를 쏘아보았다.

"정말로 작가가 되려는 사람은 설사 여기서 탈락하더라도 포기하지 않을 겁니다. 수상하면 계속하고 탈락하면 포기하겠다는 식으로 생각하는 사람은 결코 성공할 수 없습니다."

"그건 알 수 없는 일이죠."

"사람의 앞일은 아무도 모릅니다. 그러니 미래까지 고려할 필요는 없어요."

"제 말은 그런 게 아니라……."

"자, 자, 그만, 그만."

간다가 자리에서 일어나 두 손을 휘휘 저으며 두 사람을 제지했다.

"일단 심사에 들어가시죠. 토론하시는 건 좋지만, 작품에 관한 내용으로 제한해 주셨으면 합니다."

도도로키 하나코는 아직 할 말이 남은 듯했지만 마지못한 얼굴로 고개를 끄덕였다.

도모비키는 말없이 후보작 원고를 들여다봤다.

"그럼 우선 이번에 후보로 올라온 네 작품을 각각 A, B, C의 3단계로 평가해 주시기 바랍니다. 세 분의 평가가 끝나면 개별 작품에 관한 논의로 들어가겠습니다."

간다는 세 명의 심사 위원을 둘러본 뒤 말을 이었다.

"그래도 괜찮겠죠? 그럼…… 도도로키 선생님부터요."

"어머, 저부터요?"

"아, 아니, 누가 먼저 하셔도 상관은 없습니다만."

"그럼 제가 먼저 할까요?"

도모비키가 나섰다.

"아니에요. 저부터 하겠습니다."

도도로키가 등을 쭉 펴고 가방에서 노트를 꺼냈다.

"음, 우선 '살의의 문어발식 배선'을 볼까요. 이 작품은 대가족이 등장하는데, 각 구성원들이 혈연은 아니라는 설정이더군요. 하지만 무리가 많다는 느낌이 들었습니다. 각 인물의 생각이라든가 살의가 문어발식 배선처럼 얽혀 있다는 아이디어는 재미있지만 말이죠. 저는 '멧돼지의 저주' 쪽이……."

"저, 선생님, 도도로키 선생님."

간다가 당혹스러워하며 그녀를 제지했다.

"자세한 평가는 나중에 해 주시고, 우선은 A, B, C로 평가를 부탁드립니다."

"아, 그래요? 죄송합니다. 음, 그러면, 문어발식 배선은 B, 멧돼지는 A예요."

그녀의 평가를 듣고 사무카와는 마음이 어두워졌다. 자신의 평가와 달랐기 때문이다. 심사가 난항을 겪을지도 모르겠다는 생각이 들었다.

"'허무승 탐정 조피'는 C. 이건 애들 장난 같은 작품이에요. '마음껏 죽여 줘'도 C."

"아니……."

도모비키가 뭔가 말하려다가 이내 자신의 메모로 눈길을 떨어뜨렸다.

"그럼 다음은 제가 평가하겠습니다. 솔직히 말해서, A를 주고 싶은 작품이 없습니다. 굳이 꼽자면 '마음껏 죽여줘' 정도죠. 그래요, 이건 A를 줘도 좋겠어요."

도도로키 하나코가 눈을 부릅뜬 채 도모비키를 바라보았다.

"'허무승 탐정 조피'는 거론할 가치가 없어요. C예요. 나머지 둘도 비슷하지만, 문어발은 B로 해 두죠. 멧돼지는 C."

도모비키의 말에 도도로키가 입술을 깨물었다.

사무카와 역시 도모비키의 의견에 놀라워하고 있었다. 자신과 의견이 전혀 달랐다.

어떻게 할까 하고 잠깐 망설였다. 하지만 이런 자리에서 자신의 의견을 굽혀서는 안 된다고 이내 생각을 고쳐먹었다.

"사무카와 선생님은요?"

간다가 재촉했다.

"예, 저는,"

사무카와는 헛기침을 한 번 했다.

"'살의의 문어발식 배선'이 A입니다. '멧돼지의 저주'는 B, '허무승 탐정 조피'는 C, 그리고 '마음껏 죽여 줘'는 그러니까…… B입니다."

사무카와의 발언에 도모비키가 언짢은 듯 입술을 쑥 내밀었다. '마음껏 죽여 줘'에 B를 준 것이 불만인 듯했다.

"이거, 의견이 나뉘는군요."

간다가 난처한 표정을 지었다.

"일단 전원이 C를 준 '허무승 탐정 조피'는 탈락시켜도 무방하지 않을까요?"

"그래도 괜찮을 것 같아요."

도도로키 하나코가 말했다.

"이 작품은 의미를 잘 모르겠다니까요."

도모비키가 고개를 갸웃했다.

"작가가 급하게 쓴 것 같아요. 후반에 모순된 부분이 너무 많이 나와요."

"게다가 이야기가 흐지부지된단 말이죠."

사무카와도 동의했다.

"맞습니다. 애초에 허무승이 현대 일본에서 활약한다는 게 말이 안 돼요. 문장도 조잡하고."

"그러면 '허무승 탐정 조피'는 탈락으로 결정하겠습니다."

간다가 이마의 땀을 손수건으로 닦았다.

"자, 지금부터가 문제인데요."

"저, 사무카와 씨."

도모비키가 말을 꺼냈다.

"'마음껏 죽여 줘'가 왜 B지?"

"그 작품은 미스터리가 아니니까 그렇지. 관능 소설이잖아."

"관능 미스터리지. 의외성이 있고, 정사 장면도 상당히 잘 묘사했던데. 난 재밌게 읽었어."

"하지만 좀 저질이에요."

도도로키가 얼굴을 찡그렸다.

"관능 소설은 그 정도가 딱 좋아요. 고급스러운 관능 소설은 재미가 없어."

"하지만 재미라는 관점에서는 뭐니 뭐니 해도 '멧돼지의 저주'가 최고 아닐까요. 정통파 호러물로 손색이 없던데요."

"그 작품은 음습해요. 별로야."

도모비키가 내뱉듯이 말했다.

"호러물로는 괜찮을지 모르겠지만, 미스터리는 아니잖아요."

사무카와가 도도로키에게 말했다.

"초자연 현상을 메인 트릭으로 사용한 건 좀 그렇다 싶어요. 반칙이잖아요. 미스터리 팬의 입장에서는 흥미가 떨어져요. 반면 '살의의 문어발식 배선'은 상당히 탄탄한 느낌입니다."

"탄탄한 건 사실인데 신선감이 없잖아."

도모비키가 입술을 비틀었다.

"그런가……."

"인간관계를 복잡하게 얽어 놨을 뿐이지 동기는 결국 남녀 간의 애증이나 재산을 둘러싼 갈등 같은 식상한 것들뿐이야. 그 인간관계라는 것도 따지고 보면 아저씨가 첩을 잔뜩 거느려서 그런 거잖아."

"그래도 트릭을 잘 고안했던데. 범인도 의외성이 있고."

"흠, 글쎄."

도모비키가 신음 소리를 냈다.

"트릭이라면 멧돼지 쪽이 한 수 위인 것 같은데요."

"글쎄 그건 트릭이 아니라니까요. 저주로 죽이다니, 너무 비과학적인 거 아닙니까?"

"비과학적이긴 하지만, 일단 그런 방법이 있다는 전제 하에 썼으니까 반칙은 아니잖아요."

"그런 식으로 말하면 세상에 불가능한 일이 없지요."

"나는 반칙이건 뭐건 상관없는데 말이지,"

도모비키가 말했다.

"문제는 얼마나 재미가 있느냐 하는 점이야. 재미있으면 그만이라고 봐. 그런 점에서 '마음껏 죽여 줘'가 최고라고 생각해. 일단 정사 장면을 잘 썼어. 흥분되더라고. 멧돼지는 좀 아니야. 재미가 없어. 따분하기 짝이 없더군."

"아니요, 멧돼지예요. 절대로 양보할 수 없어요."

"아무리 같은 부류라고 해도 그렇게 멧돼지, 멧돼지 하고 편들면 안 되죠."

"뭐라고요?"

도도로키 하나코가 눈을 치떴다.

"그, 그런 무례한 말을⋯⋯. 본인이야말로 에로물이나 밝히는 호색한 주제에."

"뭐야?"

"자, 자, 그만하세요, 그만!"

규에이 출판사 추리 소설 신인상 심사 위원회는 이런 식으로 1회부터 엄청난 격론이 벌어졌다. 그것도 장장

세 시간에 걸쳐서. 결국 간다의 제안에 따라, 사무카와가 A를 주고 나머지 두 사람이 B를 준 '살의의 문어발식 배선'을 수상작으로 결정하기로 얘기가 마무리되었다. 사무카와로서는 대만족이었다. 의견 충돌을 일으킨 도도로키와 도모비키는 싸우다 지쳐서 상대방이 내세우는 작품만 아니라면 어떤 작품을 수상작으로 정하든 상관없다는 식이 되어 버렸다.

나중에 알게 된 사실이지만, '살의의 문어발식 배선'의 작가는 54세 남성으로, 현재 시청에 근무하는데, 얼마 후면 정년퇴직이라니 작가라는 새로운 길을 발견한 것은 본인에게 커다란 행운일 것이다.

심사 위원회가 끝난 뒤 사무카와는 거나하게 취해서 귀갓길에 올랐다. 기분이 무척 상쾌했다. 역시 심사 위원이란 좋은 자리라고 새삼 생각했다.

벌써 내년 심사 위원회가 기다려졌다.

4

간다를 비롯해 심사 위원회에 동석했던 편집자들은

뒤풀이가 끝나자 일단 회사로 돌아갔다. 취한 사람은 아무도 없었다. 그럴 만도 한 것이, 그들에게는 중요한 일이 남아 있었기 때문이다.

"자, 그럼……,"

간다가 부하 직원들을 둘러봤다.

"시작해 볼까."

부하 직원들이 느릿느릿 자리에 앉았다. 하나같이 내키지 않는 표정이다. 간다 역시 마음이 무거웠다. 하지만 위에서 내려온 지시라서 거역할 수는 없었다.

"일단, 결과는 예상대로군."

간다의 말에 부하 직원들이 고개를 주억거렸다.

"역시 문어발이 선정되고 말았어요."

젊은 여성 편집자가 말했다.

"구성이 탄탄하다면 탄탄하다고 할 수 있으니까."

간다가 쓴웃음을 지었다.

"결점이 별로 없고 크게 흠잡을 데도 없어. 누가 공무원 아니랄까 봐서."

"하지만 너무 케케묵었어요."

젊은 편집자의 발언에 모두가 화들짝 놀라는 걸 보고 그녀가 급히 말을 주워 담았다.

"아니, 케케묵었다는 표현은 조금 지나칠지도 모르겠네요."

"아니야, 케케묵은 게 사실이야. 요즘 세상에 그런 작품이 신인상을 수상한다는 건 상상하기 힘들지. 나는 사장의 판단이 옳았다고 생각해."

모두가 동감이라는 듯이 고개를 끄덕였다.

"도도로키 선생님은 '멧돼지의 저주'를 추천하셨잖아요."

여자 편집자가 말했다.

"그건 좀 의외였어요."

"그런가. 그 선생은 그래 봬도 유행에 상당히 신경을 쓰니까 작년에 호러물 붐이 일었던 일을 의식했을 거야."

이번에는 베테랑 남자 편집자가 말했다.

"그보다 도모비키 씨가 '마음껏 죽여 줘'를 추천했다는 게 놀라워. 그 사람은 완고한 면이 있어서 반드시 '문어발식 배선'을 밀 거라고 예상했거든."

"그래, 나도 그랬어."

간다가 말했다.

"그래서 아직은 일말의 희망이 있는 것 같아서 마음이 놓이더군."

"그런데 '허무승 탐정 조피'는 역시 아무도 추천하지 않던걸요."

젊은 편집자가 씁쓸하게 웃으며 말했다.

"그래, 아무래도 무리였나."

간다는 머리 뒤로 손깍지를 끼고 몸을 크게 뒤로 젖혔다.

"그 작품이 편집부 내에서 압도적인 1위였다는 소리를 들으면 세 사람 모두 놀라 자빠질 거야."

"그 작품의 트릭을 아무도 알아채지 못한 모양이더라고요."

여성 편집자가 웃음을 참으며 말했다.

"도모비키 씨는 모순이 많다고 말하던데, 그 모순 자체가 트릭이잖아요."

"문장이 조잡하다는 지적도 있었지."

베테랑 편집자가 말했다.

"우리 모두가 칭찬을 아끼지 않았던 그 획기적인 문체를 그저 형편없는 문체라고 생각했나 봐."

"이야기가 흐지부지된다고 말한 사람은 누구였지?"

간다가 물었다.

"사무카와 선생님입니다."

젊은 편집자가 대답했다.

"그 말을 듣고 저는 의자에서 굴러떨어질 뻔했어요. 어떻게 그렇게 읽었을까 하고 말이죠."

"마지막 한 줄로 그때까지의 세계가 완전히 역전되고, 게다가 왜 허무승인지 수수께끼가 풀리는 트릭이잖아요. 그 선생님 말을 듣고 저도 크게 실망했어요."

"그랬을 거야. 하나같이 그 작품이 뛰어나다는 사실을 모르더라고."

그리고 간다는 고민스러운 표정을 지었다.

"하여간 이걸로 여러 가지가 확실해졌어. 굳이 신인상 심사 위원회라는 것까지 꾸며 내는 게 무슨 의미가 있을까 싶었는데 말이야."

"선생님들이 속았다는 걸 알면 노발대발하시겠죠."

젊은 편집자가 살짝 즐겁다는 표정으로 말했다.

"그야 그렇겠지. 아무리 사장 지시라지만 나 역시 주저하게 되던걸."

간다는 찡그린 표정으로 머리를 긁적거렸다.

"그러니까 절대로 내막이 알려지면 안 돼. 일단 이번에는 수상작을 발표하고, 그걸로 이 상은 끝을 내는 거야. '허무승 탐정 조피'라는 걸작이 손에 들어온 걸 위안으로 삼아야지. 그 작품에는 예정대로 별도의 상을 주기로 하고."

간다는 1년쯤 전에 사장이 내린 지시를 떠올렸다. 책을 내 달라는 작가들을 정리하라는 것이었다.

해가 갈수록 책이 팔리지 않았다. 그동안 언젠가는 히트할지 모른다고 기대하며 인기 없는 소설가의 책도 냈지만, 점점 그럴 여유가 없어졌다. 사장은 희망이 안 보이는 작가들을 정리하라고 했다.

하지만 작가의 장래성을 어찌 알 수 있겠는가. 몇 년 동안 책이 팔리지 않던 작가가 어느 날 갑자기 대박을 치기도 하는 곳이 이 업계다.

그래서 장래성이 있는지, 즉 빛나는 감성이 있는지 판별해 보기로 했고, 그 방법으로 생각해 낸 것이 이번의 신인상 심사 위원회였다.

사무카와 신고로, 도모비키 사부로, 도도로키 하나코. 이 세 명은 경계선을 넘나드는 작가다. 그중에서 도무지 전망이 보이지 않는 한 명을 골라내기로 했다. 그 작가에게는 앞으로 규에이 출판사에서 원고를 청탁하는 일이 없을 것이다.

이번 후보작 네 편은 그들의 재능을 알아보는 도구였다. 그 작품들을 읽고 어떻게 평가하는지에 따라 세 작가의 역량을 측정한다는 것이었다. 만일 '허무승 탐정 조피'를 추천한다면 아직은 감성이 무뎌지지 않았다고 판단될 터였다. 그리고 '살의의 문어발식 배선'을 추천하면 감각을 잃은 것으로 보기로 했다.

"그럼 투표를 시작할까."

간다가 부하 직원들을 둘러보며 말했다.

"평가는 3단계로 하지. A, B, C로 표시하도록. 끝에서부터 순서대로 말해 봐."

베테랑 편집자가 무겁게 입을 열었다.

"도모비키 씨와 도도로키 씨는 B입니다. 사무카와 씨는…… A."

이어서 여성 편집자가 낮은 목소리로 말했다.

"저는 도도로키 씨는 아직 C로 평가해도 좋을 것 같습니다. 도모비키 씨는 B, 사무카와 선생님은…… 죄송하지만 A입니다."

"저도 사무카와 선생님은 A예요. 더 볼 것도 없습니다. 나머지 두 사람은 B요."

부하 직원들의 평가가 끝난 뒤 간다의 차례가 되었다. 그가 고개를 저었다.

"나까지 말할 필요도 없겠어. 나도 사무카와 씨가 A야. 자, 그럼 감각이 둔해져서 장래성이 없는 작가의 그랑프리는 사무카와 신고로 선생으로 결정됐군. 다들 수고했어."

몇 사람이 짝짝짝, 힘없이 박수를 쳤다.

거유 망상 증후군

1

냉장고 문을 여니 커다란 젖가슴 두 개가 나란히 놓여 있었다.

폭신해 보이는 둥그스름한 유방이다. 유륜은 분홍색으로, 크기가 500엔짜리 동전만 하다. 그 위에 같은 색의 유두가 예쁘게 붙어 있다.

냉장고 문을 연 채 잠시 망연히 바라보다가 머뭇머뭇 손을 뻗었다. 한쪽 거유를 손으로 움켜쥘 작정이었다.

그런데 그 감촉이 내 예상을 배신했다. 딱딱하고, 차갑기까지 했다.

나는 눈을 깜빡거렸다.

내가 움켜잡은 것은 고기만두였다. 그제야 생각났다. 어제 편의점에서 고기만두를 세 개 샀는데 하나만 먹고 나머지는 랩을 씌워 냉장고에 넣어 두었다.

고기만두가 여자의 유방으로 보였단 말인가.

피곤한 모양이네, 하고 쓴웃음을 지으며 고기만두를 전자레인지에 넣고 스위치를 눌렀다. 애초에 배가 고파서 냉장고 문을 연 것이다.

따끈해진 고기만두를 덥석 베어 물면서 응접실 소파에 걸터앉았다. 그리고 무심히 옆에 놓여 있는 쓰레기통으로 눈길을 돌린 순간 목이 턱 막혔다.

쓰레기통에서 거대한 유방이 나를 올려다보고 있었다.

머뭇거리며 다가가서 눈을 부릅뜨고 들여다봤다. 다시 봐도 새하얀 유방이다. 아까처럼 손을 뻗어 그 유방을 건드려 봤다. 그 순간, 부드러워 보였던 유방이 스티로폼 용기로 형태를 바꿨다. 그건 어젯밤 내가 먹은 컵라면 용기였다.

술이 아직 덜 깬 모양이라고 생각했다. 하지만 어젯밤에는 캔 맥주를 두 개 마셨을 뿐인데. 그 정도로 취한 적은 한 번도 없다.

별일 아니라고 자신을 다독였다. 누구나 착각할 수 있다. 게다가 요즘 과로로 눈이 많이 피로하다. 내 직업은 일러스트레이터다.

정신을 차리고 일에 집중하기로 했다. 최근에는 일을 대부분 컴퓨터로 한다.

책상 앞에 앉아 컴퓨터를 켰다. 그리고 문득 손을 바라보다가 눈이 휘둥그레졌다.

마우스패드 위에 유방이 떡하니 놓여 있었다.

그럴 리가. 유방일 리 없다. 이건 마우스다. 코드로 키보드와 연결되어 있다는 것이 그 증거다.

나는 유방, 아니 마우스에 손을 올려놓았다. 예상대로 그것은 마우스 본래의 형태로 돌아왔다. 한숨을 내쉰 다음 유두를, 아니 마우스 버튼을 클릭했다. 심장이 여전히 두근거렸다.

컴퓨터 화면에 어제 그린 일러스트를 불러왔다. 미소녀 전사가 검을 든 채 서 있는 그림이다. 어느 게임 회사에서 의뢰한 일이다.

그림을 들여다보고 있자니 미소녀의 가슴이 너무 작지 않나 하는 생각이 들었다. 조금 더 크게 그리면 좋을 것 같았다.

약간 수정을 했지만 흡족하지 않았다. 더 크게 그려야할 것 같았다. 가슴은 클수록 좋다. 나는 유방을 계속 덧그렸다.

현관 벨 소리에 퍼뜩 정신을 차렸다.

인터폰 수화기를 집어 들었다.

"네."

"관리인 야마다입니다."

남자 목소리가 들렸다.

"죄송하지만 지금 잠깐 뵐 수 있을까요?"

귀찮아서 짜증이 났지만, 이 관리인은 용건이 해결되지 않는 한 몇 번이고 다시 찾아온다. 그러니 빨리 처리하는 게 낫다. 나는 "네, 그러시죠."라고 대답했다.

문을 여니 관리인이 작업복 차림으로 서 있었다. 관리인은 대머리다. 그런데 그 머리를 본 나는 으악, 하고 소리를 질렀다. 관리인 머리가 거유로 변해 있었다.

"왜 그러세요?"

관리인이 이상하다는 듯이 나를 바라보는데 그 얼굴의 이마 위쪽이 유방이었다. 정수리께에 유두가 솟아 있었다.

"아니요, 그게, 아무것도……."

나는 시선을 돌리려고 했지만 뜻대로 되지 않았다. 내가 무슨 생각을 하는지 알 리 없는 관리인이 뭔가 열심히 설명했다. 그가 고개를 움직일 때마다 머리 위의 거대한 유방이 푸들푸들 요동쳤다. 그 모습을 보고 나는 살짝 발기하고 말았다.

"저……."

거유 머리 관리인이 말했다.

"그러니까 쓰레기 분리수거에 동의하시면 도장을 찍어 주세요. 사인도 괜찮습니다."

"아, 네, 네. 가만있자, 사인을 어디에……."

"여깁니다."

관리인이 서류를 들여다보며 사인할 부분을 가리켰다. 그러자 그의 머리가 내 눈 쪽으로 다가왔다. 거유가 바로 눈앞에 있는 것이다. 통통하고 하얀, 폭신해 보이는 유방이었다.

"아니, 뭐 하시는 겁니까!"

관리인이 뒤로 펄쩍 물러섰다.

"어?"

"어, 라니요. 느닷없이 남의 머리를 왜 잡아요?"

그제야 나는 정신이 돌아왔다. 분명히 방금 거유를 양손으로 움켜쥐려고 했는데, 어디에도 거유가 없었다. 관리인의 머리는 원래의 대머리로 돌아와 있었다.

"죄송합니다. 제가 좀 피곤해서 정신이 없어요."

나는 관리인이 떨어뜨린 서류에 사인한 후 그에게 건넸다. 관리인은 겁먹은 표정으로 나를 바라보며 총총히 사라졌다.

문을 닫고 다시 컴퓨터 앞에 앉았다. 가볍게 두통이 일었다. 더 자야 하는 거 아닌가 싶었다.

컴퓨터 모니터에는 거대한 원이 두 개 그려져 있었다. 이상하네, 이런 걸 그린 적이 없는데, 하며 그림을 움직이다가 생각났다. 그건 미소녀의 거유였다. 좀 더 크게, 좀 더 크게, 하다가 소녀의 몸보다 가슴이 커져 버린 것이다.

나는 의자에 앉은 채 컴퓨터 전원을 껐다.

2

"거유 망상 증후군이네."

친구 다무라가 시큰둥한 어조로 말했다. 그는 정신과 의사다.

"뭐야, 그게? 처음 듣는 말인데."

"최근에 정신과 의사들이 주목하는 질환의 하나야. 모든 게 여성의 유방으로 보이는 증상이지. 그것도 거대한 유방으로 말이야."

"그래, 바로 그거야! 여기 오는 길에도 과일 가게 앞에 진열된 복숭아가 온통 거유로 보여서 깜짝 놀랐어. 눈이 어떻게 된 거 아닌가 하고."

"눈이 아니라 머리에 문제가 있는 거야. 뇌 질환이지."

"왜 이렇게 된 거야?"

"일종의 강박 의식이야."

다무라가 그림을 집어 들었다. 내가 그린 미소녀 전사의 일러스트다. 증상을 설명하려고 프린트해 왔다.

"여자는 가슴이 커야 한다는 의식이 너무 강해서 그래. 크지 않으면 매력적이지 않다고 보는 거지."

"매력적이지 않다기보다, 클라이언트가 OK를 하지 않아."

"마찬가지 얘기야. 그 어떤 캐릭터든 여자를 그리는 이상 유방이 커야 한다, 그렇지 않으면 자신이 인정받지 못한다, 더 나아가 자신이 부정당한다고까지 생각하는 거야."

"그런가……."

"이 일러스트가 말해 주잖아."

"아닌 게 아니라, 가슴이 빈약한 여성을 그리면 거절당할 거라고 생각하는 건 사실이야."

"그건 네 선입견이지. 매력적으로 그릴 필요는 있겠지만, 반드시 거유여야 할 이유는 없을 텐데."

"하지만 클라이언트가……."

"그 클라이언트도 거유 망상 증후군이야."

다무라가 딱 잘라 말했다.

"클라이언트는 팬들의 요구에 부응하려고 그러겠지만, 거유가 매력적이라는 고정관념에 사로잡혀서 벗어나지 못하는 거지. 가슴을 작게 그리면 상품의 인기가 떨어지지 않을까 두려워하는 거야."

"하지만 실제로도 가슴이 작은 캐릭터보다는 큰 캐릭터가 인기가 있다는데."

그러자 다무라가 한숨을 내쉬며 천천히 고개를 저었다.

"팬이나 소비자에게도 거유 망상 증후군이 생겨나고 있는 거지. 원래는 가슴 크기와 상관없이 매력적인 캐릭터를 추구해 왔는데, 거유 우상에 점점 길들여진 나머지 여자는 가슴이 클수록 매력적이라고 착각하게 된 거야. 그런 요구에 부응해서 너 같은 크리에이터들도 귀여운 소녀의 가슴에 부자연스러울 정도로 큰 유방을 그리게 된 거고. 그걸 본 팬이나 소비자는 다시 열광하며 '좀 더! 좀 더!' 하고 외쳐 대지. 디플레이션의 악순환이 아니라 거유의 악순환이라고 불리는 현상이야."

"하지만 클수록 좋아한다고 말할 수만은 없어. 지나치

게 큰 유방은 역시 거슬린다고 여기는걸. 이상적인 크기나 밸런스가 있는 것 같아."

"그 이상적인 크기나 밸런스가 해마다 미친 듯이 커지고 있다고 생각하지 않아? 이러다가는 이상적인 기준조차 사라지고, 오로지 크기만 하면 좋다는 생각에 지배당할 거야. 너처럼 말이야."

그러면서 다무라는 내가 그린 미소녀 일러스트를 내 쪽으로 돌려놓았다.

나는 그 일러스트를 외면했다.

"당분간 일을 쉬는 게 좋을까?"

"그 정도로는 안 되지. 지금 네 머리는 거유로 가득 차 있어. 말하자면 거유에 지배당하는 상태야. 일상생활의 모든 면에서 거유를 배제해야 해. 거유를 보거나 연상시키는 말을 들어서도 안 돼. 음담패설은 상관없지만 유방에 관련된 얘기는 화제로 삼지 말아야 해."

"그건 너무 잔인하잖아!"

"백 퍼센트 실천하기는 어렵겠지만, 최대한 노력해 봐. 그러지 않으면 증상이 점점 심해질 테니까. 아직은 대머리가 거유로 보이는 정도지만 얼마 안 가서 모든 사람의 얼굴이 유방으로 보이게 될 거야."

"겁주지 마."

"사실을 말하는 것뿐이야. 일단 약을 줄게. 그걸 먹으면 대머리나 고기만두가 거유로 보이는 증상은 사라질 거야. 하지만 어디까지나 대증 요법에 불과해. 근본적으로 치료하려면 내가 말한 대로 해야 해. 알았지?"

신신당부하는 다무라를 뒤로하고 병원을 나섰다.

약을 먹어서인지 길을 걷는 동안 이상한 환각은 보이지 않았다. 과일 가게 앞에 진열된 복숭아도 복숭아 자체로 보였다. 나는 안도의 한숨을 내쉬며 앞쪽을 봤다. 젊은 여성이 걸어오고 있었다. 그녀는 가슴이 파인 옷을 입고 있었다.

게다가 거유였다.

정신이 어찔하고 하반신에서 힘이 빠졌다. 정신을 차려 보니 길가에 쓰러져 있었다.

"괜찮으세요? 왜 그러세요."

여자 목소리가 들렸다. 나는 머리를 흔들고 눈두덩을 문지른 뒤 상대를 봤다. 아까 내 앞으로 걸어오던 여성이었다.

"괜찮으세요? 구급차 부를까요?"

그러면서 그녀가 몸을 앞으로 굽혔다.

그녀의 가슴 계곡이 내 눈으로 날아들었다. 몸속의 피가 혈관을 타고 격렬하게 흘렀다. 심장이 쿵쿵거리고, 머릿속에서 꽝, 하는 징 소리가 울렸다.

주무르고 싶다, 주무르고 싶다, 주무르고 싶다. 빨고 싶다, 빨고 싶다, 빨고 싶다, 빨고 싶다. 주무르고 싶다, 빨고 싶다. 주무르고 싶다, 빨고 싶다……

대체 몸속 어디에 이런 것이 숨어 있었을까 싶을 정도로 노골적인 욕망이 머리를 가득 메웠다.

"저……,"

그녀는 아무것도 모른 채 내 얼굴을 들여다봤다. 가슴골이 더 깊이 들여다보였다.

"ㅇㅇㅇㅇㅇㅇㅇㅇ!"

나는 머리를 감싸며 그 자리에서 웅크렸다.

"빠, 빨리 저쪽으로 가요. 부 부 부, 부탁입니다. 제발요."

거유에 맹렬히 달려들고 싶은 욕망의 파도에 나는 필사적으로 저항했다. 얼마나 그러고 있었는지 모른다. 고개를 들어 보니 그녀의 모습은 보이지 않고 행인들이 불쾌한 듯이 나를 바라보고 있었다.

나는 당황스러운 가운데 그 자리를 벗어나 다무라에게 전화했다.

"역시 그랬구나."

자초지종을 들은 그가 차분하게 말했다.

"약효로 인해서 환각은 사라졌지만, 대신 거유를 원하는 마음이 발산되지 못해서 잠재의식으로 축적된 거야. 그런 상태에서 실제 거유를 마주하니 댐이 무너지듯이 욕망이 폭발해 버린 거지. 그러니까 내가 말했잖아. 거유에는 접근하지도, 보거나 듣거나 생각하지도 말라고 말이야. 지금 네가 살 길은 그것밖에 없어."

"대체 언제까지 그래야 하는 거야!"

"치료될 때까지. 당연하잖아."

다무라가 매몰차게 내뱉었다.

3

그로부터 고뇌의 나날이 이어졌다. 여성의 가슴에 눈길이 가지 않도록 주의하는 건 물론이고, 서점이나 편의점에 가서도 잡지 코너는 바라보지도 않았다. 요즘 남성 잡지 표지에는 거의 예외 없이 거유 아이돌 탤런트의 사진이 실리기 때문이다. 특히 중년 샐러리맨을 표적으로 삼는 것으로 여겨지는 남성 주간지의 경우 가슴골이 보이는 포즈를 취한 사진이 많아서 조금이라도 방심하면 여성의 가슴을 보게 되는 것이다.

집에서도 웬만하면 텔레비전을 켜지 않았다. 요즘 텔레비전 프로그램은 거유 탤런트들이 넘쳐났다. 전에는 심야 버라이어티 프로그램에나 나왔던 것 같은데 이제는 골든아워는 말할 것도 없고 낮 시간 프로그램에서도 활약이 대단했다. 국영 방송인 NHK조차 드라마는 마음을 놓을 수 없었다. 가슴이 크다는 이유만으로 화보를 통해 데뷔에 성공한 아이돌이 곧장 드라마에 출연하는 경우가 늘어났다.

심지어 뉴스도 더는 안심할 수 없었다. 거유 아나운서도 있기 때문이다. 물론 그녀들은 가슴이 드러나는 옷을 입지는 않지만, 나 같은 시청자의 눈을 속일 수는 없었다.

대체 언제부터 일본이 이렇게 거유를 칭송하게 되었을까. 다무라의 설명도 수긍이 간다. 전체적인 밸런스를 무시한 채 일단 가슴이 크면 매력적이라는 불문율이 생겨난 듯하다. 누가 그렇게 만들었을까. 혹시 일본 남자들이 스스로 변한 것일까.

물론 남자들이 가슴이 큰 여자를 좋아하는 건 어제오

늘의 일이 아니다. 예를 들어 1920년대 말에는 아내의 가슴이 너무 작다면서 이혼 소송을 벌인 남자가 있었다고 한다. 당시에는 혼전 섹스가 기본적으로 드물었으니 그 남자도 결혼 전에 신부의 벗은 몸을 볼 기회가 없었을 것이다. 재판에서는 판사가 그 남자 아내의 가슴을 관찰했다. 그러고서 결혼 생활을 계속하는 데 뚜렷하게 곤란하다고 여겨지지는 않는다면서 남자의 소송을 기각했다고 한다. 당연한 일이지만.

쇼와 시대에는 큰 가슴을 '보잉'이라고 불렀다. 쓰키테 이카초라는 만담가가 부른 '슬픔의 보잉'이라는 노래가 히트하여 초등학생까지 부르곤 했다. 보잉이라는 말이 언제부터 사용되었는지는 확실치 않다. 『고지엔』이라는 일본어 사전에는 이 단어가 버젓이 실려 있다.

예로부터 남자들이 가슴이 큰 여성을 동경했던 것만은 분명하다. 그러나 전체적인 균형이 무시되지는 않았을 것이다. 또한 외국의 남성 잡지에는 일본인이 상상하기 힘들 정도로 가슴이 큰 여성의 누드 화보가 실리기도 하지만, 그걸 보는 일본 남자들의 잠재의식 속에는 '어디까지나 외국 여성이니까'라는 단서가 붙을 것이고, 같은 기준을 일본 여성에게 적용하지는 않을 것이다. 그리고 그런 잡지에 나오는 외국인 여성 모델은 가슴만 큰 것이 아니라 키도 크다. 말하자면 균형이 잡혀 있는 것이다.

그런데 언제부터인지 갑자기 거유 탤런트가 세상을 휩쓸게 되었다. 도대체 무슨 연유일까.

아마도 성인 비디오와 무관하지 않을 것이다. 원래 거유라는 단어는 성인 비디오에서 나온 말이다. 거유 외에 미유(美乳), 폭유(暴乳) 등의 단어도 탄생시켰다.

그러자 가슴에 자부심이 있는 여성들이 비디오를 통해 남자들의 성기와 망상을 동시에 부풀렸고, 그 결과 지금의 상황이 벌어진 것 아닐까. 혹은 유방이 천하를 쥐고 흔들 거라는 사실을 일찌감치 알아챈 성인 비디오 업계 종사자들이 그에 대응하는 상품을 한발 앞서 갖추어 놓았는지도 모른다.

분명한 점은 여기에도 거유의 악순환이 존재한다는 사실이다.

가슴의 크기를 표현하는 데는 곧잘 브래지어 사이즈가 사용된다. 그건 옛날에도 마찬가지여서 A컵이면 가슴이 작다, B컵이면 보통, C컵이면 보잉이라는 식으로 생각했다. D컵은 수퍼 보잉으로 여겼을 것이다.

그러던 것이 지금은 어떤가. 거유라고 불리려면 최소

한 E컵은 돼야 한다. D는 꽤 크고 C는 보통, B는 작고 A
는 가슴도 아니라는 느낌이다.

일본 여성의 체격이 변한 건 사실이다. 그러나 불과 20
년 사이에 진화하면 얼마나 진화했을까. 나는 아는 여성
디자이너에게 전화해서 그 문제에 관해 물어보기로 했
다. 그녀는 아마 여성의 하의도 디자인했을 것이다.

"아, 그 이유는 두 가지예요. 하나는 역시 체격의 변화.
식생활이 바뀌었잖아요."

그녀는 상냥하게 대답했다.

"또 하나는 브래지어에 관한 의식의 변화. 예전에도 가
슴이 큰 사람은 있었죠. 그런 사람은 자신에게 맞는 사이
즈가 없어서 무리하게 C컵을 착용했어요. 가슴이 큰 걸
부끄러워하는 사람도 많았고요. 요즘은 딱 들어맞지 않
으면 모양이 안 나니까 외국 제품을 주문하는 여성도 많
아요. 그런데 왜 그런 걸 묻죠?"

나는 별일 아니라고 적당히 둘러대고 전화를 끊었다.

그랬군. 남자만 가슴 크기에 관심이 있었던 게 아니다.
여성도 관심이 많다. 모두가 유방을 좋아하는 것이다.

그래서 문득 생각했다.

왜 모두가, 특히 남자들이 큰 유방을 좋아할까. 보기만

해도 주무르고 싶고 빨아 보고 싶어지는 걸까.

"남자는 누구나 머더 콤플렉스가 있으니까요. 아기처럼 엄마의 가슴을 원해요."

그렇게 말하는 여성도 있었다. 사실일까.

4

"머더 콤플렉스설도 있지만 유력하진 않아."

다무라가 말했다.

약을 타러 간 김에 그에게 예의 근원적인 질문을 해 본 것이다.

"그럼 유력한 설은 뭐야?"

"단언하기는 힘들지만, 나는 네오테니설을 지지하는 편이야."

"그게 뭔데?"

"유형 성숙(幼形成熟)이라고도 하는데, 동물이 성체가 되기 전에 생식을 하는 현상이야. 올챙이가 생식 활동을 하는 식이랄까."

"그런 일이 가능해?"

"멕시코 도롱뇽이 유생 생식으로 유명하지."

"흠, 그게 거유랑 무슨 상관이지?"

"우리 인간의 진화에 네오테니가 관련이 있다는 주장이 있어. 인간은 성인이 되어도 의학적으로 유인원의 유년기 특징이 많이 남는다거든. 얼굴에 털이 없는 점도 그런 특징 중 하나고. 즉 유인원의 아이가 어른이 되기 전에 섹스를 해서 아이를 낳고, 그걸 반복하면서 지금의 인간으로 진화했다는 거지. 이제 내가 하고 싶은 말이 뭔지 알겠지?"

"우리 인간의 마음속에는 영원히 아기의 요소가 남아 있다는 말인가?"

"맞아, 바로 그거야. 아기니까 당연히 모유를 갈망하지. 그러니까 모유가 나오는 유방을 당연히 갈망하고."

"그런 거였군."

나는 팔짱을 끼고 중얼거렸다. 우리가 거유를 추구하는 심리의 배경에 그렇게 어마어마한 이유가 숨어 있을 줄은 꿈에도 몰랐다.

"물론 그건 유력한 학설 중 하나일 뿐이야. 그런데 너, 거유에 관해 그렇게 골똘히 생각했는데도 무사하네. 심장 발작 같은 건 일어나지 않았어?"

"응, 아무 일 없었어."

그러고 보니 다무라가 거유를 떠올리지도 말라고 당부했던 일이 생각났다.

"어쩌면 증상이 호전된 건지도 몰라. 좋아, 당분간 약을 중단하고 경과를 지켜보자."

"그래도 괜찮을까? 또 관리인의 대머리가 거유로 보이지 않을까?"

"만일 그런 증상이 나타나면 곧장 내게 와. 하지만 괜찮을 것 같은데."

"그렇다면 다행이지만. 그런데 거유를 떠올려도 아무 일 없다면 거유를 봐도 괜찮을까?"

"그건 잘 모르겠어. 거유를 보는 건 자극이 너무 강하거든. 혹시 모르니까 조금만 더 참아 봐."

그게 힘들다니까, 하고 속으로는 생각하면서도 나는 고개를 끄덕였다.

병원을 나온 후 나는 땅만 보고 걸었다. 요즘은 외출할 때마다 늘 그런 식이다. 고개를 들면 내가 의도하지 않아도 거유 여성이 눈에 들어올 우려가 있어서다.

하지만 땅만 보고 걸어도 위험하기는 마찬가지다. 아니나 다를까, 행인이 많은 곳에서 누군가와 부닥치고 말왔다. 뭔가 떨어지는 소리가 났다.

"아, 죄송합니다."

고개를 숙인 채 사과했다.

"죄송해요."

상대는 여성인 듯했다.

바닥에 핸드백이 나동그라져 있기에 주워서 상대를 보지 않은 채 건네려고 했다. 그런데 상대도 핸드백을 주우려고 웅크리고 앉는 바람에 그녀의 가슴이 내 눈에 들어오고 말았다. 엄청난 거유였다.

가슴이 두근거리기 시작했다. 나는 발작이 일어날 것을 각오했다.

"고맙습니다."

여성이 빙긋이 웃으며 인사하고 그대로 돌아서 가 버렸다. 그녀의 뒷모습을 눈으로 좇으며 나는 가슴을 눌렀다. 발작이 시작될 거라고 생각했다. 그러나 심장은 차츰 평온을 되찾았다. 현기증도 일지 않았다.

나는 심호흡을 하며 주위를 둘러봤다. 가슴이 큰 여성이 또 한 명 다가오고 있었다. 하지만 그 모습을 봐도 발작이 일어나지 않았다.

만세! 병을 극복했다!

상쾌한 기분으로 얼굴을 들고 걷기 시작했다. 콧노래가 절로 나왔다. 이제 정상적인 생활로 돌아가는 거야, 하고 생각했다.

앞쪽에서 여성 세 명이 나란히 걸어왔다. 세 명 다 멋진 거유였다. 그녀들을 봐도 발작이 일어나지 않았다. 서점의 여자 점원도, 카페에서 나오는 여자 손님도, 횡단보도에서 신호를 기다리는 여자 회사원도 거유였지만 내 몸에는 아무런 변화가 일어나지 않았다.

그리고 거유의 중년 경관이 주차 위반을 단속하는 모습을 봤을 때, 나는 고개를 갸웃했다. 거유가 너무 많다는 생각이 든 것이다. 다무라의 병원을 나온 이후 마주친 여성 중에 거유가 아닌 사람은 한 명도 없었다.

손님들이 줄을 서기로 유명한 케이크 가게가 있었다. 오늘도 여전히 젊은 여성들이 늘어서 있었다. 나는 행렬을 바라보며 걸었다.

너나없이 거유였다.

환각 작용이 다른 방향으로 분출됐다는 것이 다무라의 분석이었다. 거유를 보고 싶다는 욕망은 여전히 남아있지만 약으로 억제된 덕분에 상식적인 범위에서는 차분할 수 있다는 것이다. 대머리가 거유로 보이지는 않지만, 여성의 가슴은 모두 거유로 보인다는 얘기다.

"어쩔래, 당분간 약을 좀 더 먹어 볼래?"

다무라가 물었지만 나는 거절했다. 설령 그것이 환각일지라도 주위가 거유 천지라는 상황은 천국에 있는 것이나 다름이 없다. 이런 행복을 뿌리치고 싶지 않았다.

이전과는 반대로 외출이 더없이 즐거웠다. 카페에 들어가면 여자 종업원이 거유였다. 대각선 방향 테이블에 앉은 여자 손님도 가슴이 크고, 옆에서 재잘대는 여고생들의 가슴도 교복 단추가 뜯겨 나갈 정도로 부풀어 있었다.

물론 집에서 텔레비전을 볼 때도 즐거움이 배가됐다. 가슴이 빈약하기로 유명한 여성 탤런트까지 화보의 여왕급 폭유였다.

"무슨 일 있어? 요즘 기분이 굉장히 좋아 보이는데."

알고 지내는 편집자가 말했다.

"아니, 뭐, 그럴 일이 좀 있어."

"뭔데 그래? 이거 기분 나쁘네."

롯폰기의 술집에서였다. 우리를 둘러싼 여자들이 하나같이 거유였다. 그런 여자들만 있는 곳은 아니지만 내게는 그랬다.

행복한 기분에 젖어 있으면 매사가 잘 풀리는 법이어서 요즘은 하는 일도 순조로웠다. 게다가 애인까지 생겼다. 말할 것도 없이 그녀도 거유다. 아직 육체관계는 가지지 않았지만, 이번 휴일에 집에 놀러 오기로 했으니 그때는 그녀의 벗은 몸을 볼 수 있을 것이다.

취기가 돌면 말도 막하게 된다. 나는 옆에 앉은 여자의 가슴을 보고 말했다.

"야, 가슴이 대단한걸. 계곡이 아주 멋져."

여자가 약간 불쾌한 표정을 지었다. 편집자가 낄낄 웃는다.

"그거 비꼬는 말 같은데."

"비꼬다니, 나도 모르게 만져 보고 싶어지는걸."

그러면서 나는 그녀의 가슴을 손가락으로 찔렀다.

그 순간, 풍만했던 가슴이 공기가 쑥 빠지기라도 한 것처럼 쪼그라들었다.

"어머, 뭐 하시는 거예요?"

너무하다며 여자가 양손으로 가슴을 감쌌다. 거유는 커녕 B컵도 의심스러운 빈약한 가슴이었다.

다음 날 애인이 집에 찾아왔다. 그녀는 나를 위해 요리를 만들었다. 앞치마가 잘 어울렸다. 가슴은 당연히 빵빵했다.

그녀가 만든 요리를 먹으며 와인을 마셨고, 우리는 조금 취했다. 소파로 옮겨 간 뒤에도 좋은 분위기가 이어졌다. 그녀가 내게 몸을 기대 왔다. 가슴이 내 눈앞에 있었다.

그녀가 나름으로 각오했다는 걸 충분히 느낄 수 있었다. 드디어 거유를 만지게 된 것이다. 하지만 그녀의 가슴을 건드리는 순간 환각이 사라질지도 모른다. 만일 그녀가 진정한 거유가 아니라면 꿈 같던 시간도 그걸로 끝이다. 그래도 그녀를 좋아할 수 있을까.

만지지 않으면 그녀는 거유로 남는다. 앞으로도 눈으로 즐길 수 있을 것이다. 하지만 계속 그러는 건 무리다.

나는 마음을 굳히고 그녀의 가슴으로 손을 뻗었다. 손끝이 그녀의 하얀 피부에 닿으려는 찰나, 그녀가 내 손을 잡았다.

"있잖아, 나랑 결혼할래?"

그녀가 눈을 살짝 올려뜨고 나를 보며 물었다.

"뭐, 결혼?"

"적당히 놀다가 헤어지는 건 싫어. 이젠 나이도 있고."

"그건……."

문득 아내의 가슴이 작다는 이유로 이혼 소송을 냈다는 남자의 이야기가 떠올랐다.

"어떻게 생각해?"

그녀가 재촉했다.

내 입에서 신음이 새어 나왔다. 일단 가슴을 만져 보고 나서 대답할게, 라고 말하면 싫어하겠지.

임포그라

1

의논하고 싶은 일이 있다길래 퇴근길에 다쓰타의 연구실에 들르기로 했다. 다쓰타는 대학 약학부에서 조교수로 일한다. 나와는 고등학교 동창으로, 어쩐지 죽이 잘 맞아서 마흔이 넘은 요즘에도 친하게 지낸다.

대학 연구실로 찾아가자 다쓰타는 평소처럼 흰 가운 차림으로 나를 기다리고 있었다.

"여기까지 불러내서 미안해."

다쓰타가 내 얼굴을 보고 말했다.

"그건 괜찮은데, 의논하고 싶은 일이 뭐야? 돈 얘기라면 다른 사람을 찾아봐."

"돈 얘기가 아니야. 아니, 어떤 의미에서는 돈 얘기일 수도 있지. 하지만 걱정 마. 자네한테 돈을 빌려달라는 건 아니니까. 빌리고 싶은 건 자네 지혜야."

"지혜?"

"이걸 좀 봐."

다쓰타가 내 앞에 조그만 병을 내려놓았다. 분홍색 알약 같은 것이 들어 있는 병이었다.

"뭐야, 이게. 약 같은데?"

병을 집어 들고 내가 말했다.

"맞아. 아니, 아직 약이라고 부를 수 있을지 어떨지는 모르겠어. 얼마 전에 개발했는데, 획기적인 물건이라는 것만은 보장하지. 세계에서 누구도 만든 적이 없는 거야."

나는 담담히 얘기하는 다쓰타의 얼굴을 가만히 바라봤다.

"그런데…… 어디에 효과가 있다고 해야 할까."

"이봐, 그것도 모르면서 세계 최초라느니 획기적이라느니 하는 거야?"

나는 병을 도로 내려놓았다. 진지하게 의논할 만한 일은 아닌 모양이라고 생각했다.

"농담이 아니야. 그걸 몰라서 자네를 불렀어. 일단 결론부터 말하지. 그건 남성의 하반신에 작용하는 화학 물질이야."

"하반신에? 거기 말이야?"

갑자기 흥미가 치솟았다.

"응, 거기."

다쓰타가 무표정하게 대답했다.

"아아, 그렇구나."

나는 무릎을 쳤다. 하지만 이내 고개를 갸웃거렸다.

"하지만 그쪽에 관해서는 좋은 약이 굉장히 많이 개발
됐잖아. 덕분에 부부 관계가 부활했다는 얘기도 자주 들
리고 말이야. 혹시 그런 약이 아닌가?"

"그건 아니야."

다쓰타가 고개를 저었다.

"오히려 그 반대지."

"반대라고?"

"응. 이걸 먹으면……."

다쓰타가 병을 집어 들었다.

"발기하지 않아."

"뭐야?"

"실험 결과로는 한 알을 먹으면 24시간 동안은 무슨
일이 있어도 발기하지 않아. 아무리 건강한 남자라도 꼼
짝하지 않는다고. 말하자면 임포가 되는 거지. 그런 물질
이야."

"아니, 잠깐만."

나는 그의 말을 막듯이 양쪽 손바닥을 내밀었다.

"하나 물어봐도 돼?"

"그래, 뭔데?"

"네가 잘못 들은 게 아니라면 방금 자네가 한 말은 이런 의미야. 이건 발기 부전 치료제가 아니라 발기 부전으로 만드는 약이다."

다쓰타가 고개를 끄덕였다.

"정확히 들었군. 내 말이 제대로 전달됐어. 이건 발기 부전 유발제야. 우리는 이걸 임포그라라고 부르지. 하나 먹어 보겠어?"

"됐어."

나는 손을 내저었다.

"이런 약을 뭐 하러 만들었어?"

"만들려고 작정한 게 아니라 우연히 만들어졌어. 원래는 강력한 발모제를 만들 생각이었는데 말이지."

나는 고개를 끄덕이며 그의 머리를 봤다. 마흔이 갓 넘었는데 머리가 허전했다.

"아하, 그러니까 이런 거구나. 이걸 먹으면 발기는 안 되지만 그 대신 머리카락이 쑥쑥 자란다……."

하지만 다쓰타는 고개를 저었다.

"아니, 머리카락도 나지 않아. 발모 효과는 전혀 없어. 단지 발기가 안될 뿐이야."

"뭐라고?"

나는 팔짱을 끼고 그를 다시 보았다.

"그럼 이건 대체 어디에 쓰이는 거야?"

"바로 그거야."

다쓰타가 내게 바짝 얼굴을 들이밀었다.

"이게 어디에 쓰일 수 있을지 자네가 좀 생각해 봐."

2

나는 광고 대행사에 근무하는 광고 기획자다. 그래서 팔 수 있는 물건은 무엇이든 판다. 팔기 위해서라면 무슨 짓이든 한다. 과대광고라고 비난받지 않는 한 어떠한 수단도……, 아니, 약간의 비난쯤은 눈도 깜짝하지 않는다.

그런 나지만 다쓰타의 부탁은 난감했다.

"특허는 이미 신청했고, 임상 실험 결과도 좋아. 현재로서는 부작용도 없고. 그런데 계약하겠다는 제약 회사가 없어. 그런 약을 출시한들 누가 사겠느냐며 비웃기만

한단 말이지."

그러는 것도 당연하다고 나는 생각했다.

일단 검토해 보겠다고 말하고 그날은 다쓰타와 헤어졌다.

집에 돌아와서 아내에게 임포그라 얘기를 해 보았다. 보나 마나 아무짝에도 쓸모없는 약이라고 말하겠지, 했는데 반응이 예상과 달랐다.

"흠, 그런 약이 있단 말이지. 재미있네."

"재미있어?"

"강간범 같은 경우, 교도소에 집어넣는 대신 평생 그 약을 먹도록 하면 좋잖아. 아마 죽기보다 괴로울걸."

"그렇겠네."

역시 여자는 남자와 발상이 다르다며 감탄했다.

"그것 말고도 쓸모가 많을 거야."

"예를 들면?"

"그건…… 당장은 떠오르지 않지만, 설문 조사를 한번 해 보면 어떨까?"

"그래, 그런 방법이 있었네."

다음 날 회사 인터넷 게시판에 발기하지 않게 하는 약

을 사고 싶은 사람이 있으면 메일을 보내 달라는 글을 올렸다. 아무 반응이 없을 거라고 생각했는데 곧바로 메일이 날아들어 깜짝 놀랐다.

'저는 못생긴 데다 인간관계가 서투른 20대 남자입니다. 그런 약이 있다면 꼭 사고 싶습니다. 앞으로 여자랑 사귈 가능성이 없고, 섹스할 기회도 아마 없을 겁니다. 그런데 성적으로는 왕성해서 자위할 때마다 허무감을 느낍니다. 이럴 바에야 발기 불능이었으면 좋겠습니다. 그저 인생이란 무엇일까, 그런 것만 생각하며 조용히 살고 싶습니다.'

내용이 너무 음울해 또 한 번 놀랐다. 이렇게 퇴행적인 생각을 하다니. 이런 녀석에게 임포그라를 줘서는 안 된다. 자위행위를 할 때마다 허무감을 느끼는 것은 남자라면 누구나 마찬가지 아닌가. 게다가 발기 없이 인생이 무엇인지 깨닫는다는 것은 어불성설이다.

그런 생각을 하고 있는데 메일이 또 한 통 도착했다. 내용은 이랬다.

'그런 약이 있다면 내게 줘. 조금 있으면 크리스마스잖아. 애인과의 멋진 밤을 기대하는 남자가 많겠지? 그런 녀석들에게 몰래 먹여야겠다. 히히히.'

거기까지 읽고 나는 컴퓨터를 꺼 버렸다. 이렇게 득달같이 메일을 보내는 녀석들은 하루 종일 컴퓨터 모니터만 노려보고 있는 인터넷 중독자일 것이다. 그러니 정상적인 반응을 기대하기 어렵다.

"뭐 하는 거야?"

옆 자리의 다마오카가 말을 걸어왔다. 곧잘 짝을 이뤄 일하는 상대로, 믿을 만한 녀석이다.

임포그라에 관해 그에게 얘기해 줬다. 그러자 다마오카의 눈빛이 확 변했다.

"그 약, 나도 좀 얻을 수 있을까?"

"얻다 쓰려고?"

"그게 말이지, 아들 녀석한테 먹이려고."

다마오카의 말에 따르면 중3에 올라가는 아들이 자위행위를 하느라 공부에 집중하지 못한다는 것이다.

"마누라가 그 녀석 방에서 도색 잡지를 잔뜩 발견했어. 본인에게 주의를 주자니 좀 딱하기도 하고 그래서 어쩔까 고민하던 참이야. 다른 때라면 또 모르겠지만, 지금처럼 한창 공부해야 할 시기에는 발기되지 않는 편이 나을 것 같아."

다마오카의 말에 일리가 있었다. 나 역시 수험생 시절

에는 공부에서 도피할 겸 자위행위에 몰두했었다.

다쓰타에게 받은 임포그라를 세 알 건네며 결과를 알려 달라고 그에게 부탁했다.

이틀 후, 다마오카가 떨떠름한 얼굴로 찾아왔다.

"안 되겠어. 역효과야."

"잘 안 들어?"

"아니, 그게 아니라, 비타민이라고 속여서 먹였는데, 약효는 확실한 것 같아. 하지만 부작용이 나타났어."

"무슨 부작용?"

"자위행위는 하지 않는 것 같아. 그런데 안절부절못하면서 영 공부에 집중을 못하는 거야. 아무래도 아들 녀석에게는 자위행위가 일종의 기분 전환이었던 모양이야."

"그렇군. 나도 이해할 것 같아."

"맞아. 젊을 때는 적당히 자위행위를 하는 게 도움이 될지도 모른다 싶더군. 그래서 약은 그만 먹일 생각이야."

"그러는 게 좋을지도 모르지. 그럼 그 약은 역시 쓸모가 없는 물건이군."

"그런데 말이야, 그 약에 관심을 보이는 사람이 있더라고."

다마오카 말로는 거래처 사장의 부인이 관심을 보이

더라는 것이었다. 어제 어느 모임에서 만났을 때 무심코 임포그라 얘기를 했다고 한다.

"웃자고 한 얘긴데 관심을 나타내더라고. 돈은 얼마든지 줄 테니 자기한테 팔라는 거야."

"그게 정말이야?"

"이따가 만나기로 했는데, 같이 갈 테야?"

나는 물론이라고 대답했다.

3

그 사장 부인은 나도 잘 아는 사람이었다. 얼마 전까지 긴자에서 호스티스로 일했었다. 나이가 일흔에 가까운 사장과는 마흔 살도 넘게 차이가 난다. 결혼한다는 얘기가 돌았을 때, 알 만한 사람은 누구나 그녀가 재산을 노린다고 생각했다.

"솔직히, 재산을 보고 결혼했어요."

우리를 만난 젊은 부인이 태연히 말했다. 화려한 화장하며 노출이 심한 의상이 예전 그대로였다.

"하하, 그렇습니까?"

우리는 맞장구를 칠 수밖에 없었다.

"밤일에는 젬병이라고 들어서, 그렇다면 결혼해도 괜찮지 않을까 싶었죠. 그런데 그 할아버지가 최근에 병원을 다니기 시작한 거예요. 요즘, 발기 부전 치료제가 많이 나와 있잖아요. 그런 처방을 받은 것 같아요. 큰일이에요. 그런 할아버지랑 죽어도 섹스는 하고 싶지 않은데."

"하지만 부부 아닙니까."

다마오카가 슬쩍 떠보았다.

부인이 눈을 치켜떴다.

"여태 뭘 들은 거예요. 나는 재산이 목적이었다니까요. 그런 할아버지랑 섹스할 마음이 눈곱만치도 없어요. 그 나이에 펄떡거리면 곤란하다고요. 그러니까 그 약을 부탁했죠. 긴말하지 말고 그 약, 내게 팔아요. 돈이라면 얼마든지 줄 테니까요."

부인이 샤넬 백에서 돈다발을 한 뭉치 꺼냈다.

나는 수중에 있던 약을 전부 넘기고 부인과 헤어졌다. 그리고 다마오카와 둘이 눈을 마주치며 웃었다.

"놀랍군. 임포그라를 그렇게 사용하는 방법이 있다니. 여자는 무서워."

다마오카가 감탄과 두려움이 뒤섞인 목소리로 말했다.

"남편이 밤에 무능하면 아내 입장에서는 심각한 문제라고 생각했는데 예외도 있네. 새로운 걸 알았어."

"하지만 어디까지나 예외적인 경우지. 모든 여자가 돈을 노리고 결혼하지는 않으니까."

"그렇겠지. 제대로 된 여자라면 임포그라 같은 약이 필요할 리 없지."

그런데 그런 생각이 집에 돌아오자마자 무너져 버렸다. 나를 본 아내가 이렇게 말하는 것이었다.

"여보, 임포그라 아직 있지?"

"응. 그런데 왜?"

"중대한 사건이 발생했어. 아무래도 그 약이 필요할 것 같아. 사키코를 도와주고 싶어."

응접실에 아내의 친구 사키코가 와 있었다.

"사키코 남편에게 여자가 생긴 것 같아. 접대니 뭐니 하면서 늦게 들어오는 일이 많아졌는데 사실은 그 여자를 만나는 거래. 사키코 남편보다 스무 살이나 어린 계집애라는데, 어떻게 생각해?"

마흔 살이나 많은 남자와 돈 때문에 결혼한 여자를 만나고 온 직후라서 그런지 하나도 놀랍지 않았지만, "그거 큰일이네." 하고 장단을 맞춰 주었다.

"나는 이혼하라고 충고했는데, 애들 문제도 있고 해서 사키코는 헤어지고 싶지 않대. 그래서 상대 여자와 떨어지게 할 방법이 없는지 의논하던 참이었어."

"죄송해요, 소란을 피워서."

사키코가 면목이 없다는 듯이 고개를 숙였다.

"아니요, 죄송하실 건 없죠. 그런데 그 약이 왜 필요한 거죠?"

"몰라서 물어? 바람피울 기미가 보이면 남편에게 약을 먹이려는 거지. 그럼 어떻게 될 것 같아?"

"어떻게 되긴, 발기가 안 되…… 아! 그렇구나."

눈이 확 트이는 느낌이었다.

"좋은 생각이지? 사키코 남편이 그 계집애랑 하려고 해도 안 설 거 아니야. 한두 번이면 피곤하다는 변명이 통하겠지만, 매번 그러면 실없어 보이지 않겠어? 그러다 보면 '이 아저씨 뭐야!' 하면서 상대가 떨어져 나갈 테지."

"그거 좋은 아이디어네."

동시에 무서운 아이디어라고 생각했다.

"알겠지? 그러니까 임포그라 좀 줘."

아내가 손을 내밀었다.

"그게, 내가 가지고 있던 건 다 팔렸어. 내일 다쓰타한테 받아 올게. 하지만 공짜로는 안 될 텐데."

"얼마면 될까요?"

사키코가 고개를 들고 나를 쳐다봤다.

"그 약, 얼마에 주실래요?"

"아니, 그건 약 만든 친구와 의논해서……"

사키코의 눈이 더없이 진지했다. 그 눈을 바라보며 이
건 새로운 비즈니스 기회라고 생각했다.

4

'남편의 바람 때문에 고민하는 분들에게 희소식!

획기적인 외도 방지 약이 개발되었습니다. 아무리 틀어진
사이라도 저희와 상담하시면 한 방에 해결해 드립니다!

—임포그라 연구소'

나는 다쓰타와 축배를 들었다.

"자네랑 의논하길 잘했어. 역시 광고맨이라니까. 이걸
팔게 되리라고는 생각도 못했어."

"뭐, 나도 이 정도로 반응이 좋을 줄은 몰랐어. 어쨌든

약이나 충분히 만들어 줘."

"그래야 할 텐데, 실험실에서는 한계가 있어. 대량으로 생산할 수 있는 시스템을 서둘러 갖추어야겠어."

"그래, 돈 걱정은 하지 말고."

나는 가슴을 툭툭 쳤다.

임포그라를 남자의 외도 방지용으로 사용한다는 아이디어는 적중했다. 인터넷으로 광고하자 주문이 쇄도했다. 다쓰타에게는 제약 회사에서도 문의가 왔다고 한다.

"내가 말한 우리 마누라 친구도 임포그라 작전이 주효해서 남편을 되찾는 데 성공했대. 사실, 되찾았다기보다는 그 남자가 애인에게 차였지만 말이야."

아내 말에 따르면 사키코 남편은 지극히 얌전해져서 이제는 집에 일찍 들어온다고 한다.

"하지만 임포그라가 유명해져서 남편들이 그 약을 알게 되면 먹지 않으려고 조심할 거야. 그렇게 되면 몰래 먹이는 방법을 찾아내야 하니까 아내들도 힘들 테고."

다쓰타가 말했다.

"그런데 그게 그렇지 않아. 오히려 반대야. 예를 들어 사키코네 집에서만 해도, 남편이 술 약속이 있어서 귀가가 늦어진다고 하면 출근하기 전에 약을 먹인대. 그것도

몰래 먹이는 것이 아니라 이건 임포그라라고 분명하게
말하면서 건넨다는 거야. 그러면 남편으로서는 당연히
거부할 수 없잖아. 밖에 나가서 발기할 일이 없으니까.
거부할 명분은 단 하나뿐이지."

그리고 나는 집게손가락을 세웠다.

"오늘 밤 당신을 안고 싶은데, 라고 말할 때."

"그렇군."

다쓰타가 감탄하며 고개를 끄덕였다.

"거부하는 날 밤에는 반드시 부인을 즐겁게 해 줘야 한
다는 말이네."

"그렇지. 임포그라는 남편의 발기를 조종하는 마법의
약이기도 한 거야."

"그렇다면 주문이 쇄도하겠네."

우리는 또다시 건배했다.

5

하지만 기뻐하는 것도 잠시, 어느 시점부턴가 주문이 급
격히 줄어들기 시작했다. 약효의 문제는 아닌 것 같았다.

•

"이유가 뭘까. 임포그라는 약효가 24시간밖에 유지되지 않으니까 남편의 외도를 방지하려면 약을 계속 구입해야 할 텐데 말이야."

다쓰타가 고개를 갸웃거렸다.

"유사품이라도 나왔나?"

"그 생각도 해 봤는데, 그런 약이 판매되고 있다는 정보는 없어. 우리랑 계약한 제약 회사도 영문을 모르겠다면서 생산 계획을 조정하는 중이야."

"거 참, 이상하네. 일단 분석을 더 해 보자."

나는 회사에 와서 다마오카와 의논해 봤다. 임포그라 판매량이 줄어들었다는 말에 그는 의외라는 표정을 지었다.

"아니, 정말이야? 내 주위에서도 애인이나 남편의 외도를 막는 데 임포그라를 사용한다는 얘기가 종종 들리던데. 아니, 사실은,"

그가 목소리를 낮추었다.

"우리 마누라도 샀더라고."

나는 깜짝 놀라 다마오카의 얼굴을 마주 봤다.

"뭐야?"

"그렇게 됐어. 내 참."

다마오카가 쓸쓸한 표정을 지었다.

"퇴폐 업소에 갔다가 걸렸거든. 이제 거래처 접대가 있는 날에는 아침에 반드시 임포그라를 먹어야 해. 너 때문에 나까지 피해를 보게 됐지 뭐야. 덕분에 거래처 사람들이 한창 즐길 때 나는 만화 카페에서 시간을 보내야 하는 비참한 처지야."

안됐다는 생각은 들었지만, 동정하고 있을 때가 아니었다. 이렇게 주변에도 사용자들이 있는 걸 보면 임포그라의 수요는 여전한데 왜 주문이 줄었을까.

고민에 빠져 회사를 나섰다. 이런 날에는 기분 전환이 필요하다. 휴대 전화를 꺼내 버튼을 누르자마자 상대가 받았다.

"어머나, 자기?"

모모코의 귀여운 목소리가 들려왔다.

"응, 나야. 저녁이라도 같이 먹을까?"

"좋지요."

약속 장소를 정하고 전화를 끊었다. 모모코는 롯폰기의 술집에서 일하는 아가씨다. 병아리 모델이기도 한데, 모델 일만으로는 먹고살기 힘들어서 아르바이트를 하고 있다. 광고 일로 만났다가 친해졌다.

모모코와 만나서 이탈리안 레스토랑으로 갔다. 저녁을 먹으며 그녀에게 임포그라 얘기를 해 주었다. 그녀도 그 약의 존재를 알고 있었다.

"그 약 때문에 애인과 계약 관계가 깨진 친구가 몇 명 있어요. 아저씨들이 얌전해진 건 좋은 일이지만, 그 때문에 힘들어진 여자들도 있다고요."

"애인 입장에서는 남자가 건전해지는 게 사활이 걸린 문제라는 얘기군."

"섹스가 불가능해진 아저씨들은 내연녀가 필요 없거든요."

"그렇겠네."

임포그라가 우리가 알지 못하는 사이에 남녀에게 다양한 영향을 미친 듯하다. 그렇다면 더욱더 주문이 줄어들 리 없는데.

"자기는 괜찮아요? 부인이 임포그라를 먹이려고 하지 않아?"

"나는 문제없어. 워낙 감쪽같으니까."

나는 빙긋 웃으며 와인을 마셨다.

식사를 마치고 우리는 늘 그랬듯이 그녀의 집으로 갔다. 원룸이기는 해도 꽤 넓은 아파트다.

그녀가 샤워를 마치기를 기다리는데 휴대 전화가 울렸다. 아내였다. 나는 부랴부랴 베란다로 나갔다.

"응, 나야."

"아, 여보. 오늘 아침에 깜빡 잊고 말하지 않은 게 있어."

"뭔데?"

"오늘 아침에 커피 마셨죠?"

"마셨지. 그게 왜?"

"그 커피에 말이야,"

아내가 한 박자 쉬었다가 말을 꺼냈다.

"실은 임포그라를 넣었거든."

"뭐라고?"

나는 하마터면 휴대 전화를 떨어뜨릴 뻔했다.

"임포그라를 넣다니, 왜 그런 짓을……."

"그야 걱정되니까 그랬지. 당신이라고 바람피우지 말란 보장이 없잖아."

"그, 그, 그게 무슨 소리야. 내가 그런 짓을 할 리 없잖아. 하하하하."

"의심하는 건 아니지만, 만약을 대비하는 거지. 그러니까 오늘 하루는 발기가 안 돼도 걱정 마. 발기 부전이 아니니까."

"아, 아, 알았어. 그러고 보니 오늘은 아무 느낌이 없었던 것 같아. 너무 바빠서 그런 생각을 할 겨를도 없었지만 말이야."

"그래, 그럼 그런 줄 알아."

그러고서 아내는 일방적으로 전화를 끊었다.

나는 휴대 전화를 손에 든 채 그 자리에 잠시 망연히 서 있었다. 나도 모르게 눈길이 아랫도리로 향했다.

다시 안으로 들어가니 마침 모모코가 욕실에서 나오는 참이었다. 살이 적당히 붙은 몸을 타월로 휘감은 모습이었다. 평소의 나라면 그녀의 그런 모습을 보는 것만으로도 욕정이 불타올랐을 것이다.

"왜 그렇게 우두커니 있어요?"

모모코가 내게 바짝 다가왔다. 그런데도 아랫도리에 아무런 변화가 없었다.

"미안, 오늘은 그냥 돌아갈게."

"어머, 왜요?"

"할 일이 갑자기 생각났어. 그럼 다음에 봐."

허둥지둥 아파트를 나와 택시를 잡아탔다. 그리고 깊이 한숨을 쉬었다.

지금까지 남들에게 임포그라를 소개하기만 했지 내가

먹은 적은 없었다.

'거, 효과 한번 확실하군. 이러니 바람을 피우려야 피울 수가 없지.'

그건 그렇고, 아내는 언제 임포그라를 손에 넣었을까. 인터넷이 아니면 주문할 방법이 없는데 그녀는 컴퓨터를 다룰 줄 모른다. 혹시 사키코에게 얻었나?

고개를 갸우뚱거리는데 또 휴대 전화가 울렸다. 이번에는 다쓰타였다.

"알아냈어, 임포그라 주문이 줄어든 이유를."

그가 말했다.

"뭐야, 이유가?"

"'절약 생활'이라는 인터넷 사이트에 그 해답이 있었어. 거기에 이런 글이 있더라고. '요즘 화제인 임포그라 말인데요, 많이 살 필요가 없어요. 처음에는 진짜 임포그라를 먹이다가 조금 지나면 밀가루를 뭉친 다음 식용 색소를 칠해서 임포그라라고 속이고 먹이세요. 똑같은 효과가 나타납니다. 한번 해 보시라니까요.' 어때, 알 만하지?"

"뭐야, 그럼 주부들이 가짜 임포그라를 만들고 있단 말이야?"

"그런가 봐. 임포그라라고 믿게 해서 남자의 발기를 방해하는 거지. 소위 플라시보 효과라는 거야."

황당하기 짝이 없었다. 아무리 절약을 해도 그렇지, 그런 짓까지 하다니.

"그게 전부가 아니야. 주부들이 다양한 버전을 개발해내고 있어. 그중 압권은 조금의 수고도 필요 없는 방법이야. 뭐냐 하면, 남편이 음식을 먹은 후에 '지금 먹은 음식에 임포그라를 넣었어'라고 말하는 거지."

"아……."

"그런 거짓말이 얼마나 효과가 있을지는 잘 모르겠지만, 일단 임포그라로서는 위기적 상황이지. 약 이름과 그 효과가 사회적 인지도를 얻은 결과 임포그라 자체가 불필요해진 거야. 정말 아이러니한 얘기지? 이제부터 제약회사 사람들과 대응책을 논의할 거야."

"그래, 그럼 수고해."

전화를 끊고 나는 다시 내 아랫도리를 내려다봤다.

어처구니가 없었다. 아내는 다쓰타가 말한 플라시보 효과를 노린 것이 분명하다. 내 외도를 의심하고 절묘한 시간에 전화를 걸었던 것이다.

택시 기사에게 유턴해 달라고 부탁하려고 했다. 임포그라를 먹지 않았다면 모모코와 즐거운 시간을 보낼 수 있을 터였다.

그러나 입 밖으로 뱉기 직전에 나는 그 말을 삼켰다.

사실일까. 정말로 아내의 말은 거짓말이고 실제로는 내게 임포그라를 먹이지 않은 것일까.

만에 하나 진짜로 임포그라를 먹였다면 어쩔 것인가. 모모코 앞에서 망신을 당할지도 모른다. 자칫하다가는 그녀가 나를 싫어하게 될지도 모른다.

나는 택시 기사가 눈치채지 못하도록 아랫도리를 살살 비볐다. 만일 이렇게 해서 발기하면 모모코 앞에서도 문제가 없을 것이다.

하지만 내 물건은 쪼그라든 채로 아무런 변화가 없었다. 발기할 기미라고는 조금도 느껴지지 않았다. 어떻게든 발기시켜 보려고 애쓸수록 물건은 더 힘이 없어졌다. 발기 부전 환자의 태반이 발기하지 않으면 어쩌나 하는 강박 관념 때문에 그렇게 되었다는 얘기를 들은 적이 있다.

나는 아랫도리에서 손을 뗐다. 이제는 약 때문인지 아니면 플라시보 효과 때문인지조차 구분이 가지 않았다. 확실한 점은, 오늘 밤 모모코를 안는 일은 포기하는 게 낫다는 것뿐이었다.

다시 한 번 깊이 한숨을 쉬었다. 거짓말이 얼마나 효과가 있을지는 잘 모르겠다고 다쓰타는 말했다. 하지만 나로 말할 것 같으면 그 효과가 절대적이었다.

남자란 정말이지 약하디약한 존재다.

너무 잘 보여

1

아침에 일어나 보니 주위가 온통 뿌옇게 보였다. 마치 안개가 끼어 있는 것 같았다. 눈을 비벼 보았지만 마찬가지다. 혹시 눈병이 났나 싶어서 눈을 깜빡거리다가 문득 깨달았다.

안개가 일정하지 않고 공중에 떠다니는 느낌이다. 색이 아주 옅은 연기, 라고 표현하면 이해될까.

그 순간 소스라쳐서 침대에서 벌떡 일어났다. 그러자 하얀 뭔가가 춤추듯이 피어올랐다. 그리고 순식간에 내 몸을 감쌌다.

"으악, 불이다!"

잠옷 바람으로 기다시피 해서 방을 빠져나왔다. 동시에 콧구멍을 벌름거려 봤다. 어디서 불이 났지. 뭐가 타는 걸까.

하지만 탄내는 전혀 나지 않았다. 우리 집이 아니라 다른 집인가? 그래서 연기가 새어 들어오는 건가? 그렇다 해도 위험하기는 마찬가지다.

우리 집은 10층짜리 아파트의 7층에 있다. 꾸물거리다가 미처 대피하지 못할 수도 있다. 언젠가 봤던 '타워링 인페르노'라는 영화가 떠올랐다. 삭은 화재라고 방심하는 사이에 사람들이 초고층 빌딩에 갇혀 하나둘 죽어갔다.

안개가 조금 걷힌 듯해서 일어나 부엌으로 갔다. 역시 불이 난 기색은 없다. 혼자 사는 나는 집에서 좀처럼 불을 사용하지 않는다. 차도 전기 포트로 끓인다.

바깥 상황을 살펴보려고 현관으로 갔다. 신발을 신으려고 발을 내밀다가 또다시 이상한 걸 보았다. 검정 구두에 뽀얗게 먼지가 앉아 있다. 이상하다고 생각했다. 어제 산 신발인데.

구두를 건드린 순간 뭔가 훅, 피어올랐다. 조금 전 침대에서 일어났을 때와 비슷했다. 먼지 같기도 하지만 그렇게 보기에는 좀 이상한 구석이 있다. 이 정도로 먼지가 쌓였다면 숨을 들이쉰 순간 목구멍이 턱 막혔을 텐데 그런 느낌이 전혀 없었다.

현관 밖으로 나가 보았다. 복도에도 안개가 끼어 있기

는 마찬가지였다. 하지만 소란스러운 낌새는 없었다. 오늘은 일요일이니까 아파트 전체에 사람이 단 한 명도 없으리라고는 생각하기 힘들다. 불이 났다면 소동이 벌어졌을 터였다.

엘리베이터를 타고 1층 버튼을 눌렀다. 내려가는 도중에 6층에서 여자 하나가 탔다. 흰 고양이를 안은, 하얀 스웨터 차림의 중년 여성이다. 이 아파트에서는 반려동물을 키울 수 있다. 그녀가 잠옷 차림에 구두를 신은 내 모습을 보고 기분 나쁜 표정을 지었다.

하지만 기분이 나쁘기는 나도 마찬가지였다. 그녀가 안고 있는 고양이에게서 뭔가 연신 뿜어져 나오고 있었기 때문이다. 여자가 고양이를 움직일 때마다 뿜어져 나오는 양도 늘어나는 듯했다. 자세히 보니 그것은 고양이 털 같았다. 고양이에게서 빠진 무수한 털이 고양이의 온몸에 뒤덮여 있었다. 그것들은 정전기의 힘으로 간신히 고양이에게 달라붙어 있다가 조그만 충격이라도 가해지면 공중으로 날아올라 흩어졌다. 나는 엘리베이터 벽에 바짝 붙어 되도록 고양이에게서 멀어지려고 애썼다.

1층에서 내린 나는 아파트 현관 안에서 유리문을 통해 바깥을 내다봤다. 별다른 이상은 없어 보였다. 젊은이들이 유유자적하게 보도를 걷고 있다.

　밖으로 나가 봤다. 잠옷 차림이라 2월의 찬 공기에 피부가 따가울 정도였다. 하지만 그 추위도 눈앞에 펼쳐진 광경으로 인해 이내 잊혔다.

　주위가 온통 잿빛 안개로 뒤덮여 있었다. 안개는 도로 위를 떠다니다가 빌딩 외벽을 타고 주위의 건물을 삼켰다. 바람이 불면 안개가 크게 요동쳤다.

　자동차 몇 대가 아파트 앞 도로를 지나고 있었다. 자동차들은 하나같이 뭔가 큰 덩어리를 질질 끌면서 달렸다. 자세히 보니 그건 덩어리가 아니라 매연이었다. 증기 기관차의 굴뚝마냥 배기관에서 풀풀 매연을 토해 내는 것이다. 주변에 가득 찬 연기의 정체는 아무래도 그 매연인 듯했다.

　대체 어떻게 된 일이지. 자동차 엔진이 죄다 망가져 버렸나.

　하지만 그럴 리 없다. 게다가 거리의 행인들은 조금도 신경을 쓰지 않는 것 같다.

　"무슨 일이신가요, 그런 잠옷 차림으로?"

　뒤에서 소리가 들려 돌아보니 관리인이 아파트 앞을 청소하고 있었다. 그런데 그가 비질을 할 때마다 먼지가 엄청나게 피어올랐다가 그의 몸에 쏟아져 내렸다. 그런데도 그는 싱글거리며 비질을 하고 있었다.

"뭘 하고 계시죠?"

"보시다시피 청소하고 있습니다. 현관이 깨끗해야 기분이 좋잖아요."

그리고 관리인은 담배를 하나 꺼내 문 뒤 불을 붙였다.

다음 순간 그는 거대한 연기 덩어리를 마치 괴수처럼 내뿜었다.

2

"그래, 그런 증상이 네게도 나타났단 말이지. 이제 스물여덟 살이니 그럴 때가 됐는지도 모르겠다."

자초지종을 듣고 난 아버지가 내 얼굴을 들여다보며 차분하게 말했다. 내가 나름 심각하게 털어놓은 데 반해 아버지의 말투는 사뭇 느긋했다.

아버지는 안과 의사다. 어제부터 계속 이상한 일이 벌어져 당황스러워하다가 아무래도 그런 현상이 내게만 보이는 것 같아 아버지 병원으로 상담하러 온 것이다.

"그러니까 역시 병일까요?"

"병이라는 표현은 적절치 않아. 특이 체질이라고 할까. 뭐, 일종의 초능력이라고 여겨도 좋아. 언젠가는 네게 얘기해야 한다고 생각했지만, 설명하기가 어려워서 말이지."

"그럼 아버지는 내가 이렇게 되리라는 걸 이미 알고 계셨어요?"

"아니야, 반드시 그럴 거라고 예상하지는 않았다. 그런 체질이 우리 집안 내력이긴 하지만, 몇 대에 한 번씩 나오는 정도니까. 돌아가신 아버지, 그러니까 네 할아버지에게 그런 능력이 있었어. 내게는 나타나지 않았고."

할아버지에 관해서는 잘 알지 못한다. 철이 들었을 때는 이미 돌아가신 뒤였기 때문이다. 물론 사진은 남아 있다. 어느 사진을 봐도 커다란 마스크와 안경을 쓰고 계셨다. 그래서 나는 할아버지가 눈이 나쁘고 늘 감기를 달고 사셨나 보다고 생각했다.

도대체 무엇 때문이냐고 아버지에게 물었다.

"한마디로, 보통 사람에게는 보이지 않는 작은 입자까지 네게 보이는 거야. 주위에 안개가 낀 것처럼 보이는 이유는 공기 중에 떠다니는 각종 분진 때문일 거다. 침대에서 일어났을 때 하얀 안개가 피어올랐다고 했지? 그게 바로 '집 먼지'라는 거야. 자동차 배기가스도 결국 입자가 모인 것이라서 네 눈에는 연기처럼 보였을 테고."

"담배 연기가 마치 구름처럼 보였어요."

"그랬을 거야."

아버지가 굵고 짧은 목을 끄덕였다.

"보통 사람들에게는 연기를 내뿜은 직후에 미립자가 뭉쳐 있는 상태일 때만 담배 연기가 보이지만 네게는 연기가 옅어졌을 때도 보여서 그래."

"왜 그런 현상이 일어나는 거죠?"

"나도 자세히는 모른다. 사실 내가 안과 의사가 된 것도 그걸 연구하고 싶어서였지. 눈이 빛 외의 것까지 감지할 수 있어서 그러는 것 같다는 데까지는 알아냈다. 각각의 입자에서 나오는 전자파를 감지함으로써 보는 것과 비슷한 또 하나의 감각을 지니게 된 거지."

문과 출신인 나는 뭐가 뭔지 도통 이해하기 힘들었다.

"과학적인 이치는 모르겠고요, 일단 이걸 해결할 수 없을까요?"

"해결하다니, 그게 무슨 말이냐?"

"원래대로 돌아가고 싶어요. 이런 상태로는 일상 생활

을 해 나가기 힘들어요."

그러자 아버지는 단박에 고개를 저었다.

"유감이지만, 불가능해. 원인을 모르니 치료할 도리가 없는 거지. 숙명이라고 여기고 받아들이렴. 아까도 말했지만 병은 아니야. 할아버지도 여기에 익숙해지면 나름 재미있고 꽤 도움이 되기도 한다고 말씀하셨다."

"너무 낙관적이셨네요. 세상이 이상하게 보이는 게, 불편해서 살 수가 없어요. 안과 의사니까 환자라고 생각하고 부탁 좀 들어주세요."

"이거 참, 난감하네."

아버지가 머리를 긁적였다. 그러자 백발이 섞인 머리에서 뭔가가 공중으로 날아올랐다. 비듬과 빠진 머리카락인 것 같았다.

그때 아버지가 무릎을 탁, 쳤다.

"그래, 안경을 써 보는 거야."

"안경을요?"

"응, 그 특수한 전자파는 유리나 플라스틱을 통과하지 못하니 안경을 쓰면 입자가 보이지 않을 거야."

그러고 보니 유리문을 통해서 본 거리 풍경은 평소와 다름없었다.

•

"눈이 나쁘지도 않은데 안경을 쓰란 말씀인가요?"

"선글라스의 일종이라고 생각하면 되잖니. 할아버지도 대개는 안경을 쓰셨다. 어쨌든 정밀 검사를 한번 해보자꾸나. 그리고, 다른 의사에게는 가지 말거라. 내 연구를 가로챌지도 모르니까."

귀한 연구 재료를 찾았다고 여겼는지 아버지가 빙긋 웃으며 말했다.

근무 중에 빠져나온 터라 병원을 나오자마자 회사로 들어가기로 했다. 내가 다니는 회사는 오테마치에 있다.

연기를 풍풍 내뿜으며 달리는 택시를 잡아탔다. 유감스럽게 금연 택시가 아니어서 먼저 탔던 손님이 피운 담배 연기가 차 안에 그득했다. 그런데도 아버지 말대로 차창을 통해 내다본 바깥 풍경은 평소와 다름없었다.

회사 안은 공기 조절과 환기가 잘되어 있어 배기가스 같은 오염은 거의 없었다. 그렇다고 공기가 맑은 것은 아니었다. 누군가 걸을 때마다 바닥에서 먼지가 옅게 피어올랐다. 그런데도 다들 아랑곳하지 않고 걸어 다녔다. 옛날에 TV 가요 프로그램에서 가수의 발목까지 드라이아이스 수증기가 차오르는 모습을 보곤 하는데 그것과 비슷했다.

안내 데스크로 가니 안내 담당 여사원 둘이 앉아 있었다. 왼쪽이 나의 연인 유미다. 유미가 나를 발견하고 싱긋 웃었다. 그런데 그녀의 얼굴 주위에 옅은 베이지색 안개가 감돌고 있다. 오른쪽 여사원도 마찬가지다. 하지만 안개의 색깔이 조금 다르다.

"근무 중에 화장이나 하고 말이지."

짓궂게 웃으며 말했다.

"무슨 말이에요, 화장을 하다니."

그녀가 살짝 당황스러워했다. 그 옆 자리 동료는 시선을 아래로 떨궜다.

"나는 못 속이지. 파운데이션을 두드렸잖아."

그러자 유미가 주위를 슬쩍 둘러보며 듣는 사람이 없는지 확인한 후 내 귀에 대고 속삭였다.

"봤어요?"

"아니. 하지만 다 아는 방법이 있지. 그보다, 저녁 같이 먹을까?"

"좋아요."

"그럼 늘 보던 곳에서 7시에."

그러고서 나는 내 자리로 돌아왔다.

사무실은 여전히 연기로 자욱했다.

사무실 한쪽 구석에 연기를 대량으로 방출하는 구역이 있는데, 오늘 아침에 거기서 새어 나오는 연기를 봤을 때는 소스라치게 놀랐다.

그 구역의 정체는 흡연실이다. 요즘은 사내 금연이 정착되어 어느 부서나 흡연실이 따로 설치되어 있다. 흡연실이 환기구 바로 아래에 있기는 하지만, 흡연실에서 나오는 연기를 환기구만으로 처리하기는 어려운 모양이다. 흡연실에서 새어 나온 연기가 거기서 멀리 떨어진 자리까지 흘러든다. 담배를 피우지 않는 사람들이 흡연실을 사무실 밖으로 옮겨 달라고 호소하는 이유를 이제는 알 것 같다.

자리에 앉아 업무를 보고 있는데 맞은편 자리의 스즈키 기미코가 종이컵을 손에 들고 돌아왔다. 종이컵 속에서 뜨거운 수증기가 올라오고 있었다. 그 색깔을 보고 컵 속의 내용물이 홍차라는 것을 알아챘다.

스즈키 기미코는 우리 부서 최고의 미인이다. 만일 내게 유미라는 연인이 없었다면 그녀에게 구애했을지도 모른다. 그런데 기미코는 '철벽녀'로도 유명하다.

그녀는 내 쪽으로는 눈길도 주지 않은 채 일을 시작했다. 나는 '어라!' 하고 생각했다. 그녀에게도 화장을 고치고 온 흔적이 있었기 때문이다. 게다가 어깨부터 목까지 아주 미세하지만 파란색 아지랑이 같은 것이 감돌고 있다. 저게 뭘까 생각해 봤지만 떠오르지 않았다.

내 시선을 눈치챘는지 기미코가 의아해하는 표정으로 나를 봤다.

"왜 그래요?"

"아니야, 아무것도."

나는 눈을 내리떴다. '변함없이 아름다워서.'라고 가볍게 농담이라도 하고 싶었지만, 요즘은 그런 말도 성희롱으로 여기니 참을 수밖에 없었다.

흡연실에서 커다란 도깨비 같은 형체가 밖으로 나왔다. 사람의 형상이기는 하지만 온몸에 황갈색 연기가 휘감겨 있어 그 윤곽만 희미하게 보일 뿐이다. 그 형체가 몇 걸음 내딛자 연기가 분산되어 안에 있던 사람의 모습이 드러났다. 우리 부서 과장이었다.

"이봐, 그 보고서 어떻게 됐어?"

과장이 나를 보자마자 고압적으로 물었다. 연기는 거의 사라졌지만, 원래 회색이었을 그의 양복은 뭔가가 엷게 뒤덮여 갈색처럼 보였다. 아마도 연기 입자가 붙어 있는 거겠지, 하고 짐작했다. 그의 얼굴과 벗어진 이마도

평소보다 노랬다. 두피와 안면에서 번들거리던 피지에 연기 입자가 엉겨붙어서 그런 듯했다.

"지금 작성하고 있습니다."

"서둘러. 내일 회의에서 무슨 일이 있어도 발표해야 하니까."

그러고서 내 바로 옆에 있는 의자에 털썩 주저앉은 과장이 크게 재채기를 했다. 그와 동시에 나는 몸을 홱 틀었다. 과장의 입에서 시궁창 같은 색깔의 입자가 대량으로 방출되었다. 그중에서도 특히 색이 짙은 덩어리는 가래의 일부인 듯했다.

과장이 뿜어낸 침과 가래의 입자가 분수처럼 공중에 흩날렸다. 그리고 그 대부분이 바로 앞에 앉아 있던 기미코의 온몸에 비처럼 내렸다. 특히 그녀의 손에 들린 종이컵 속으로 가래 덩어리가 몇 개나 날아들었다. 그러나 그녀는 눈치채지 못한 듯, 맛있게 홍차를 마셨다.

과장은 자기가 무슨 짓을 했는지도 모른 채 서류를 들여다보다가 내 뒤쪽으로 눈길을 향한 순간 자리에서 벌떡 일어섰다.

내 뒤로 나타난 사람은 스타일리스트로 유명한 우리 회사 상무였다.

"자네가 이번 사내 골프 대회 간사지? 나는 사정이 있어서 빠졌으면 하는데."

상무 말에 과장은 부동자세로 대답했다. 양복도 얼굴도 여전히 갈색이었다.

나는 상무에게서도 이상한 점을 감지했다. 하얀 와이셔츠 가슴께에 파란색 입자가 감돌았다. 아무래도 향수인 것 같았다. 이번에는 기미코를 봤다. 그녀의 목 부위에 어려 있는 파란색 아지랑이가 상무에게 감도는 입자와 똑같은 색이다. 기미코는 상무와 과장의 대화에 귀를 쫑긋 세우고 있는 것처럼 보였다. 상무가 골프 대회를 빠지겠다는 이유도 어쩌면 애인과 은밀한 데이트를 즐기려는 것일지 모른다.

익숙해지면 나름 재미있고 꽤 도움이 되기도 한다…….

나는 아버지가 한 말을 떠올렸다.

3

"거짓말! ……세상에! ……에이, 그럴 리가요!"

내 얘기를 들으며 유미는 연신 탄성을 질러 댔다. 우리는 이탈리안 레스토랑에 마주 앉아 있었다.

"사실이야. 나도 이렇게 될 줄은 꿈에도 몰랐어."

"아유, 신기해라."

유미가 눈을 깜빡거렸다. 그녀의 목 주위에는 옅은 분홍색 가스가 토성의 고리처럼 둘러쳐져 있었다. 그것의 정체가 향수라는 걸 나는 알고 있다. 데이트 직전에 뿌리고 왔을 것이다.

나의 특수한 능력은 시간이 갈수록 뚜렷해지는 것 같았다. 오늘 아침까지만 해도 연기 입자가 보이는 정도였는데 이제는 공기 중의 불순물까지 식별되었다.

음식이 나왔다. 웨이터가 우리 두 사람의 잔에 와인을 따랐다. 나는 웃옷 주머니에서 방금 산 도수 없는 안경을 꺼내 썼다.

"이걸 쓰는 동안은 평상시와 똑같이 보여."

그러나 유미는 떨떠름한 표정을 지었다.

"안경을 쓰니까 낯선 사람처럼 보여서 기분이 안 나요. 나랑 있을 때는 쓰지 말아요."

"어, 그래?"

나는 이내 안경을 벗었다.

그러자 음식에서 나오는 대량의 수증기와 각각의 식

재료가 지닌 냄새의 성분, 기름과 조미료의 미립자 같은 것들이 공기 중으로 흩어졌다. 그 모습이 내게는 테이블 위에 엷은 구름이 생겨난 것처럼 보였다. 와인 잔에서는 뭔가가 마치 슈, 슈 소리를 낼 듯한 기세로 솟아오르고 있었다. 그것이 알코올 성분이라는 걸 깨닫고 나는 서둘러 와인을 입에 털어 넣었다.

주위로 눈을 돌린 나는 진저리를 쳤다. 놀라울 정도로 많은 먼지와 티끌이 공중에서 춤추고 있었다. 그리고 그것들은 음식 위에 속속 내려앉았다. 레스토랑 벽과 천장, 바닥, 사람들의 머리카락과 옷, 그 모든 곳이 먼지와 티끌의 발생원이었다. 웨이터의 말쑥한 옷차림조차 노숙자의 누더기 옷처럼 보일 지경이었다.

"안 되겠어. 이래서는 도저히 밥을 먹을 수 없어."

나는 다시 안경을 썼다.

의아해하는 유미에게 사정을 설명하자 그녀도 식욕을 잃은 듯한 표정을 지었다.

"우리가 그렇게 더러운 곳에서 식사하는 거야?"

"보이지 않으면 상관없어."

말은 그렇게 했지만 도무지 음식으로 손을 뻗을 수가 없었다. 조금 전에 본 광경이 뇌리에서 떠나지 않았다.

그날부터 나는 안경 없이는 지낼 수 없게 되었다. 식사할 때뿐 아니라 다른 일을 할 때도 주위에서 발생하는 가스와 안개, 아지랑이 따위가 신경 쓰여 일이 손에 잡히지 않았다. 처음에는 안경 쓴 내 모습을 탐탁지 않아 하던 유미도 마침내 나름대로 어울린다고 말해 주기에 이르렀다.

그런데 어느 날 아침 회사 엘리베이터를 내리다가 실수로 안경을 떨어뜨려 렌즈가 깨지고 말았다. 원래 눈이 나쁘지 않은 터라 여분의 안경이 없었던 나는 그날 하루를 안경 없이 지내게 되었다.

오랜만에 맨눈으로 보는 세상은 나를 아연실색하게 했다. 사방이 정체 모를 기체로 가득했다. '물질'이라는 이름이 붙은 것들은 모두 많든 적든 뭔가를 분출하고 있었다. 사람들은 옷과 소지품에서 뭔가를 분출하는 동시에 더러운 공기를 입과 코, 피부를 통해 체내로 빨아들였다. 머리카락에서도 뭔가가 나왔다. 특히 여성의 얼굴에서는 실로 다양한 색깔의 가스가 뿜어져 나왔다.

나는 신중한 걸음걸이로 회사 안을 오갔다. 빨리 걷고 싶어도 눈앞에 늘 안개가 끼어 있어 그러기 힘들었다.

과장이 큰 소리로 전화 통화를 했다. 그러자 입에서 옆은 갈색 입김이 뿜어져 나왔다. 나는 그가 어젯밤에 마늘을 먹었다는 걸 눈치챘다.

공중으로 퍼져 나간 과장의 입김은 에어컨 바람을 타고 이동하기 시작했다. 나는 황급히 자리에서 일어나 그 입김을 피했다. 하지만 맞은편 자리의 스즈키 기미코는 그대로 자리에 앉아 있었다. 컴퓨터 모니터를 마주하고 생각에 잠긴 그녀의 얼굴에 과장의 입김이 도달했다. 다음 순간 그녀의 표정이 변했다. 얼굴이 고통으로 일그러지더니 증오가 가득한 눈빛으로 주위를 두리번거렸다. 마침내 악취의 원인이 과장이라는 사실을 알아챈 그녀는 노골적으로 코를 감싸 쥐고 자리에서 일어섰다.

과장의 입김은 천천히 다른 직원들 쪽으로 이동했다. 직원들이 차례로 불쾌한 듯한 표정을 지었다. 그 표정으로 추측하건대 입김이 늦게 도달할수록 냄새가 옅어지는 것 같았다. 과장은 부하 직원들이 노골적으로 자신에게 불쾌감을 나타내고 있다는 것도 모른 채 계속 수화기에 대고 뭔가 지껄여 댔다.

여사원 한 명이 서랍에서 스프레이를 꺼내 공중에 한 바탕 뿌렸다. 방향제인 듯했다. 주위에 있던 직원들이 살짝 박수를 쳤다.

방향제 안개는 금세 퍼졌다. 내 쪽으로도 날아왔다. 달콤한 향기가 콧속으로 들어왔다. 그 기체가 내 눈에는 화려한 분홍색으로 보였다. 다들 그 기체를 흡입하고 만족스럽다는 듯이 미소를 지었다.

점심시간이 되자 나는 옥상으로 올라갔다. 거기서 유미가 준비해 온 도시락을 먹는 일이 내게는 최고의 즐거움이다. 날씨가 추운데도 옥상으로 올라가는 데는 이유가 있다. 실내보다는 공기가 깨끗하다고 여겨지기 때문이다.

우리는 하나뿐인 벤치에 나란히 앉았다. 유미가 오렌지색 플라스틱 도시락을 꺼냈다.

"오늘은 특제 명란젓 주먹밥이에요."

그녀는 도시락 뚜껑을 열고 주먹밥을 내게 보여 주었다.

"우아, 맛있겠다!"

그러면서 주먹밥을 집으려던 나는 도중에 움직임을 멈췄다.

주먹밥 가장자리가 오렌지색으로 물들어 있었기 때문이다. 그 이유는 금세 알 수 있었다. 플라스틱 용기의 성분이 미세하게 용해되어 주먹밥에 묻은 것이다. 물론 유미에게는 보이지 않을 터였다.

"왜 그래? 맛이 없어 보여?"

유미가 불안한 듯이 물었다.

"아니, 그렇지 않아. 잘 먹을게."

나는 주먹밥을 집어서 가능한 한 보지 않고 입에 넣었다. 맛있다. 평소와 다름없었다.

"아 참, 차가 있었지!"

유미가 물통을 꺼냈다. 도시락과 한 세트인 물통이다. 예감이 좋지 않았다.

그녀는 하얀 플라스틱 컵에 차를 따른 뒤 내게 "여기요." 하고 내밀었다.

"응, 고마워."

컵을 받아 든 나는 컵 속에 든 차를 들여다봤다.

예감은 적중했다. 차가 뿌옜다. 내 눈에는 그렇게 보였다. 하얀 플라스틱 성분이 섞여 있는 것이다.

눈을 꼭 감고 차를 마셨다. 딱히 맛이 이상하지는 않았다. 만일 안경을 썼다면 아무것도 모른 채 마셨을 것이라고 스스로를 다독였다. 맛에 아무런 이상이 없는 것이 그 증거다.

"맛있어요?"

유미가 물었다.

"응, 맛있어. 언제나 그렇듯이."

나는 플라스틱 성분이 섞인 주먹밥을 계속 먹었다.

4

다음 날인 토요일, 나는 유미를 따라 도쿄의 어느 초등학교에 갔다. 그녀의 조카가 참가하는 합창 대회를 보러 간 것이다.

"새로 생긴 학교래요. 굉장히 화려하고 멋지다는데?"

유미가 신이 나서 말했다.

그녀 말대로 멋진 학교였다. 하얀 외벽은 눈부실 정도였다. 우리는 합창 대회가 열리는 체육관으로 갔다.

전교생이 모두 나온다는데 구경하러 온 가족들은 생각보다 많지 않았다. 그 이유를 물어보자 유미가 고개를 갸웃한 채 대답했다.

"내가 들은 바로는 몸 상태가 좋지 않다면서 학교를 쉬는 학생이 많대요. 하지만 독감 같은 것 때문은 아닌가 봐. 이 학교가 학습 수준이 너무 높아서 공부를 따라가기 힘든 나머지 등교를 거부하는 게 아니냐는 얘기도 있어요. 쉬고 있는 학생들이 집에서는 멀쩡하다거든요. 교과서만 펼치면 머리가 아파진다는 학생도 있다니 정신적인 이유라고 봐야겠죠."

유미 얘기를 듣고 나는 일단 고개를 끄덕였다.

"잠깐 화장실에 다녀올게."

그렇게 말하고 체육관을 나왔다.

모두가 체육관에 모여 있으니 교실은 텅 비어 있었다. 멋대로 돌아다녀도 뭐랄 사람이 없어 보였다. 계단을 올라가던 도중에 나는 그때껏 쓰고 있던 안경을 벗었다.

동시에 눈앞이 회색으로 변했다.

정확히 말하자면 회색이 아니라 여러 색이 마구 뒤섞여 있었다. 자세히 보니 빨강과 파랑, 검정, 오렌지색의 기체 분자가 공중에 떠다녔다.

복도는 요즘 보기 드문 나무 바닥으로, 왁스가 칠해져 있었다. 그 왁스에서 짙은 회색 증기가 솟아오르고 있었다. 왁스에 유기인제(인을 함유한 유기 화합물 가운데 살충제로 쓰이는 약제 - 옮긴이)가 섞여 있다는 얘기를 들은 기억이 났다.

벽과 천장에서도 미세하나마 뭔가가 나오고 있었다. 그 가스는 전에 본 기억이 있었다. 포름알데히드다.

나는 앞에 있는 교실 문을 열어 봤다. 그곳에도 왁스

증기가 가득 차 있었다. 그뿐 아니라 책상이나 의자에 사용된 것으로 보이는 접착제의 입자도 공기 중에 날아다녔다. 벽에 붙은 시간표에서도 뭔가가 나오고 있었다. 시간표가 매직펜으로 씌어 있어서, 매직펜에 함유되어 있는 용제가 기화한 탓인 듯했다.

교탁 위에 국어 교과서가 한 권 놓여 있었다. 그것을 펼쳐 봤다.

잉크에서 나오는 증기가 내 얼굴을 덮쳤다. 그리고 잉크 냄새가 콧구멍을 자극했다. 초등학교 시절이 떠올랐다. 새로 받은 교과서를 펼치면 나는 그 냄새에 가슴이 뛰곤 했다. 하지만 그렇게 낭만적으로만 생각해도 괜찮을까. 교과서만 펼치면 머리가 아프다는 아이도 있다는 유미의 얘기가 귓가에 되살아났다.

교실을 나온 나는 화장실로 들어갔다. 어디선가 화려한 색깔의 증기가 흘러오기에 고개를 돌려 보니 방향제가 공중에 매달려 있었다.

교사를 나와 화단 쪽으로 걸음을 옮겼다. 그 부근에서 수상한 가스가 떠다니는 모습을 봤기 때문이다. 가까이가 보고 그 정체를 알았다. 제초제가 여기저기 뿌려져 있었다.

"화장실에 왜 그렇게 오래 있다 오는 거예요?"

체육관으로 돌아가 보니 유미가 잔뜩 골이 나 있었다. 그녀는 화학 물질로 이루어진 기체를 거의 온몸으로 발산하고 있었다. 빨갛게 칠한 손톱 하나하나에서도 그 기체가 나왔다.

"응, 그게 좀……."

나는 다시 안경을 썼다.

합창 대회는 생각보다 싱겁게 끝났다. 유미 말대로 빠진 학생이 많았다. 그리고 출전한 학생들 역시 어딘가 모르게 피곤해 보였다. 뭔가에 기를 빨린 듯한 느낌이었다.

"미안. 재미가 별로 없었죠?"

돌아가는 길에 유미가 미안한 듯이 말했다.

"괜찮아. 덕분에 많이 배웠어."

"배우다니, 뭘요?"

"뭐, 여러 가지."

"흠."

그러고 나서 유미가 연속 두 번 재채기를 했다. 그리고 곧바로 코를 움켜쥐었다.

"아이 참."

"왜 그래?"

"연례행사예요. 어느덧 봄이잖아요."

그때였다.

"아니!"

나는 안경을 벗었다.

노란색 연기가 서서히 마을 전체에 스며들었다. 그 모습이 마치 쓰나미가 밀려드는 것처럼 보였다. 연기가 너울거리며 하늘에서 내려왔다.

노란색 입자가 내 눈앞을 가로질러 유미 쪽으로 흘러가더니 그녀의 조그만 콧구멍으로 빨려 들어갔다.

"에취, 에취, 에취."

유미가 재채기를 연발했다. 눈에서는 눈물이 흘러나왔다.

"괜찮아?"

"괜찮겠어요?"

준비성이 있는 그녀는 그러면서도 가방에서 마스크를 꺼냈다. 그걸 귀에 걸고 투명한 고글까지 썼다.

"꽃가루는 정말 싫어. 제발 없어져 버렸으면!"

눈물이 그렁그렁한 눈으로 그녀가 말했다.

꽃가루가 없어지는 걸로 해결된다면 다행이게? 마음속으로 그렇게 중얼거렸다. 나는 다시 안경을 썼다. 그리

고 앞으로는 마스크를 쓰는 게 좋을지도 모르겠다고 생
각했다.

그러고 보니 돌아가신 할아버지도 늘 마스크를 쓰고
계셨다.

인기 팡팡 스프레이

1

가와시마 다카시는 점심시간이 되기 전 회사 옥상에서 일생일대의 승부에 나섰다. 눈앞에는 서무과의 아유미가 있었다. 그가 아유미를 불러낸 것이다.

다카시는 아유미의 입을 주시했다. 그는 불과 몇십 초 전에 아유미에게 사귀자고 말했다. 그녀는 별로 놀라는 것 같지 않았다. 전부터 다카시의 태도에서 이미 눈치를 챘을 테고, 이런 곳으로 불러낼 때는 용건이 뻔하다고 짐작했을 것이다.

아유미는 놀라지도 않았지만 기쁜 표정을 짓지도 않았다. 눈을 내리깔고 뭔가 생각에 잠긴 듯했다.

이윽고 고개를 든 그녀의 입에서 나온 말은 다카시로서는 비극적인, 그러나 어느 정도 예상했던 것이었다.

미안합니다, 였다.

"가와시마 씨를 싫어하지는 않지만, 사귄다거나 연인

으로 지내기는 힘들 것 같아요. 그런 감정은 도무지 들지 않거든요. 지금까지 그랬던 것처럼 사이좋은 직장 동료로 지내면 어떨까요?"

"하지만……, 그래, 그러면 우선 친구로 지내는 건 어때?"

다카시가 매달려 보았다.

아유미가 빙긋이 웃었다.

"지금도 친구인걸요. 여럿이 어디 놀러 간다든지 하는 거라면 좋아요. 그럼 나, 자리로 돌아갈게요."

그리고 그녀는 휙 돌아섰다.

때마침 점심시간을 알리는 차임벨이 울리기 시작했다. 다카시는 차임벨 소리가 끝날 때까지 그 자리에 멍하니 서 있었다.

자리로 돌아와 보니 모두 식사하러 나갔는지 사무실에 아무도 없다. 켜 놓은 채로 두었던 자신의 컴퓨터 화면에는 아까 검색한 건강식품들이 그대로 떠 있었다.

한숨을 쉬며 컴퓨터 전원을 끄려던 다카시는 문득 떠오르는 생각이 있어 인터넷 검색창에 다음과 같은 글자를 쳐 넣었다.

'인기 있는 사람이 되려면.'

이런 말을 검색해 봤자 무슨 소용이 있으랴 싶었지만, 지금 그는 자신의 마음을 어디엔가 털어놓지 않으면 견디기 힘들 것 같았다. 하지만 남에게 들려줄 만한 얘기도 아니어서 인터넷에 한번 던져 보기로 한 것이다.

검색 버튼을 누른 지 몇 초 후 화면에 나타난 내용은 당연히 그의 상처를 다독거려 줄 만한 것이 아니었다. 누군가 블로그에 쓴 일기, 또는 게시판에서 무책임하게 주고받은 말들, 아니면 사기로밖에 보이지 않는, '운을 부르는 물건'을 선전하는 내용뿐이었다.

그럼 그렇지, 하고 그는 생각했다. 여자에게 인기 있기를 바라는 건 이 세상 모든 남자의 꿈이다. 그러나 쉽지 않은 일이기 때문에 일기나 인터넷 게시판에 푸념을 늘어놓거나 신에게 기대는 것이다.

이유가 뭘까. 왜 나는 인기가 없을까. 외모도 그리 나쁘지 않고 여자한테도 친절한 것 같은데 막상 사귀자고 하면 백이면 백 거절당하고 만다.

지금까지의 인생이 내내 그랬다.

도대체 뭐가 문제지, 하고 그는 울상을 지었다.

그런데 멍하니 검색 결과를 들여다보던 다카시의 눈길이 화면의 한 지점에서 멈췄다. 거기에는 이런 글이 씌어 있었다.

'아무리 노력해도 인기를 끌지 못하는 남자가 있다. 성격이나 외모도 별로 나쁘지 않은데 왜 그럴까. 왜 늘 친구 사이로 지내자는 말을 들을까. 당 연구소에서 이런 의문을 파고든 결과 하나의 해답을 찾아내는 데 성공했다.'

수상쩍은 내용이었다. 하지만 다카시는 그 글에 이상하리만치 신경이 쓰였다. 특히 그의 마음을 사로잡은 대목은 '왜 늘 친구 사이로 지내자는 말을 들을까'라는 문장이었다. 그것이야말로 그가 오랫동안 품어 온 의문이었다.

다카시는 그 연구소의 홈페이지에 들어가 보기로 했다. 화면 가득 나타난 홈페이지 제목은 '인류애 정상화 연구소'였다. 점점 더 수상쩍다고 여기면서 '소장의 말' 부분을 클릭했다. 다음과 같은 글이 나왔다.

'연애란 무엇인가. 사람은 왜 사람을 좋아하게 되는가. 그에 대한 답은 의외로 간단합니다. 한마디로 인류가 번영하기 위해서죠. 사람이 누군가에게 끌린다는 것은 사실은 보이지 않는 무언가를 원하는 것입니다. 그 원하는 대상은 정신적인 것이 아니라 과학적으로 분명히 설명할 수 있는 실체입니다. 즉 그것을 제어할 수만 있다면 목적하는 상대의 마음을 사로잡는 일도 가능하다는 얘기겠죠. 자, 만일 당신이 연애 문제로 고민한다면 당 연구소를 찾으세요. 주소는…….'

컴퓨터 앞에서 다카시는 신음했다. 그럴듯한 얘기이기는 하지만 결국 '운을 부르는 물건'과 무엇이 다른가 하는 의문이 가시지 않았다. 그럼에도 그는 연구소 주소를 메모하고 있었다. 위치는 그가 사는 아파트 바로 근처였다.

2

연구소는 다카시가 사는 곳보다 더 낡고 더러운 아파트에 있었다. 문 옆에 '인류애 정상화 연구소'라고 매직펜으로 쓴 종이가 붙어 있었다.

그냥 돌아가는 게 좋을 것 같다고 생각한 순간 문이 열리더니 깡마른 노인이 모습을 드러냈다.

"손님이 오셨군."

노인이 말했다.

"들어오시오."

"아니, 그러니까 저는……."

"감출 필요 없어. 온몸에서 인기를 떨어뜨리는 아우라가 뿜어져 나오고 있구먼."

"인기를 떨어뜨리는 아우라라고요?"

다카시는 화가 치밀었다.

"아니, 나는 인기가 없어서가 아니라……."

"허세 부리기는. 보아하니 그리 추남은 아니구먼. 그럼 그거네. 허구한 날 친구 사이로 지내면 좋겠다는 말을 듣는 게로군."

노인의 말에 다카시는 놀라 자빠질 뻔했다.

"그걸 아시겠어요?"

"이 길에 들어선 지가 몇 년인데 그걸 모를까. 하여간 들어오게."

노인의 재촉으로 현관에 발을 들이민 다카시는 집 안 풍경을 보고 눈이 휘둥그레졌다. 커다란 테이블 위에 갖가지 실험 기구와 약품이 놓여 있고 그 주위에는 복잡한 전자 기기가 널려 있었다.

"여긴 어떻게 알고 왔나?"

노인이 물었다.

"네? 아아, 홈페이지를 보고요."

다카시의 말에 노인이 눈을 동그랗게 떴다.

"뭐야, 그걸 보고 왔어? 허허, 그런 걸 믿다니, 어지간히 급했던 모양이구먼."

"아니, 그런 게 아니라…… 왠지 재미있을 거 같아서……, 집에서 가깝기도 하고요."

"변명할 필요 없어. 홈페이지에 구체적인 연구 내용을 공개하지 않은 건 재미 삼아 찾아오는 녀석들을 배제하려는 의도였거든. 자네처럼 뛰어난 인재를 만나게 돼서 기쁘네. 자네가 뿜어내는 아우라가 챔피언급이거든."

"그 '인기를 떨어뜨리 아우라'라는 게 뭡니까?"

"아, 그거? 내 설명해 주지."

노인이 헛기침을 했다.

"혹시 MHC가 뭔지 아나?"

"모르겠는데요."

"풀어서 말하자면 '주요 조직 적합 유전자 복합체'지. 백혈구 같은 걸 구성하는 단백질을 만드는 유전자의 복합체야. MHC는 지문처럼 사람에 따라 그 유형이 다르다네. 다만 비슷한 경우는 있어. 여기까지는 이해하겠지?"

"네."

"이 MHC는 병에 대한 면역력의 질을 나타내기도 해.

그래서 서로 다른 유형의 남녀가 결혼하면 면역력을 보완해서 생존 능력이 뛰어난 아이가 태어나게 되지. 반대로 유형이 비슷한 사람끼리 결혼하면 아이의 면역력이 별로 진화하지 않아. 이게 뭘 뜻하는지 알겠나?"

노인의 말이 이해되지 않았던 다카시는 고개를 저었다.

"사람에게는 누구나 우수한 자손을 남기고 싶은 본능이 있어. 그래서 MHC의 유형이 자신과 다른 이성에게 끌리는 거야. 그런 의미에서 MHC를 연애 유전자라고 부르기도 하지. 이건 실험으로 증명된 사실이야. 그러니까 만일 자네가 누군가를 좋아하는데 그 상대도 자네를 좋아하게 만들고 싶으면 자네가 상대와 다른 유형의 MHC를 가지면 되는 거야."

"하지만 MHC의 차이를 무슨 수로 분간합니까?"

"그건 냄새로 알 수 있네."

노인이 자신의 큼지막한 코를 가리키며 말했다.

"다만 일반적인 냄새와는 달라서 우리가 의식하기 힘들지. 내가 발명한 기계로 분석하면 그 MHC를 금세 알 수 있다네."

그러면서 노인은 옆에 있는 모니터를 톡톡 두드렸다.

"실은 현관문 앞에 센서를 설치해 놓고 그 앞에 서 있는 사람의 MHC를 체크해 왔어. 지금 화면에 비친 것이 바로 자네의 MHC 분석 결과야."

모니터에는 선이 하나 그어져 있었다. 아무런 기복이 없이 직선에 가까운 모양이었다.

"이걸로 뭘 알 수 있는데요?"

"거의 직선이지?"

"그렇군요."

"이 선은 MHC의 특징을 나타낸다네. 특징이 다양하고 풍부하면 선이 굵고 격렬히 물결치는데, 특징이 없으면 곧아지지. 자네의 MHC는 특징이 별로 없군."

"그건 다시 말해서……."

"상대로서는 맺어져 봐야 별 가치가 없다는 뜻이지. 자네와 결혼해도 그 자녀에게 새로운 면역력이 더해지지 않으니까."

"아, 이런……."

다카시는 울상이 되었다.

"무슨 방법이 없을까요?"

"그러니까 그걸 연구해 보자는 거지. 우선 자네가 좋아하는 여자의 MHC를 분석해야 해. 자네는 여자의 땀이 묻어 있는 물건을 가져오게. 나머지는 내게 맡기고."

인기 팡팡 스프레이 ●

노인이 가슴을 툭툭 두드렸다.

3

일주일 후 점심시간. 다카시는 회사 휴게실 옆에 서 있었다. 안에는 아유미가 있다. 그는 심호흡을 한 뒤 품에서 조그만 스프레이 용기를 꺼냈다. '인류애 정상화 연구소' 소장이 어제 그에게 건네준 것이다.

"자네가 가져온 그녀의 손수건으로 MHC를 분석했어. 이 용기에는 그녀의 것과 180도 다른 유형의 MHC 액체가 들어 있네. 이걸 몸에 뿌리면 그녀의 마음이 자네에게 끌릴 거야."

사실인지 의심스러웠지만, 시험해 보지 않고서는 알 수 없는 일이었다. 게다가 아직 연구 중인 제품이라며 소장은 돈도 요구하지 않았다. 밑져야 본전인 것이다.

다카시는 양쪽 겨드랑이 밑에 스프레이를 뿌렸다. 아무 냄새도 나지 않았다.

휴게실에서 나오던 아유미가 그를 보고 어, 하며 놀라는 표정을 지었다.

"안녕."

다카시가 그녀에게 인사했다.

"네, 안녕하세요."

지난번 일 때문인지 아유미가 거북해하는 것 같았다.

"저, 오늘 저녁에 같이 식사하면 어떨까? 아, 물론 친구로서 초대하는 거야."

"식사를요? 또 누가 오나요?"

"아무도 안 와. 우리 둘뿐이야."

"둘이서요? 그건 좀……."

아유미가 거기까지 말했을 때 다카시가 그녀에게 한 걸음 다가섰다. MHC를 감지하게 하려면 가능한 한 가까이 다가가는 게 좋다고 소장이 조언했다.

그 순간, 굳어져 있던 그녀의 표정이 눈 녹듯이 부드러워졌다.

"하긴, 때로는 그러는 것도 괜찮을지 모르죠. 그럼 일이 끝나는 대로 연락해요."

"아, 알았어. 휴대 전화 번호 좀 가르쳐 줄래?"

"그러죠."

전에는 절대 안 가르쳐 주던 휴대 전화 번호를 아유미는 술술 불러 줬다. 다카시는 속으로 뛸 듯이 기뻐하며 그 번호를 자신의 휴대 전화에 저장했다.

일이 끝나는 오후 5시가 너무나 까마득하게 느껴졌다. 마침내 업무 종료를 알리는 벨이 울리자마자 아유미에게 전화를 걸어 회사 근처 카페에서 만나자고 했다.

카페에 가 보니 그녀가 먼저 와서 기다리고 있다가 미소 띤 얼굴로 그를 맞았다. 하지만 그가 자리에 앉는 순간 그녀의 표정이 어두워졌다.

"저, 가와시마 씨, 오늘은 아무래도 안 되겠어요."

"아니, 왜?"

"여기 올 때까지는 나도 기분이 좋았는데, 실제로 만나고 보니 데이트할 기분이 나지 않아요. 그러니까 미안하지만……."

다카시는 몹시 초조해졌다. 아무래도 약효가 떨어진 모양이다.

"잠깐, 잠깐만 기다려."

그는 자리에서 일어나 화장실로 향했다. 그리고 그녀의 시야에서 벗어나자마자 얼른 예의 스프레이를 꺼내 다시 양쪽 겨드랑이에 뿌리고 다시 자리로 돌아갔다.

"미안. 아까 뭐라고 했지?"

"그러니까 오늘 식사는 취소하는 게……."

거기까지 말하고 나서 아유미의 표정이 변했다. 차가웠던 눈초리가 다시 부드러워진 것이다.

"취소하는 게 어떨까 했는데, 그래도 약속은 약속이고, 또 나도 가와시마 씨를 조금 더 알고 싶으니까 예정대로 저녁 먹으러 가요. 어디로 갈까요?"

"아유미 좋을 대로 해."

그러고서 다카시는 안도의 한숨을 살짝 내쉬었다.

이날 데이트는 다카시의 인생을 통틀어 가장 행복한 사건이었다. 아니, 그렇게 순조로운 데이트 자체가 처음 있는 일이었다. 계획했던 코스를 하나하나 거치며, 미리 준비한 화제로 즐겁게 대화를 나눴다. 아유미는 그를 황홀한 표정으로 바라보기까지 했다.

물론 그건 모두 스프레이 덕분이었다. 그 증거로, 약효가 떨어질 때마다 그녀의 눈빛도 변했다.

"가와시마 씨, 식사까지 대접받고 나서 이런 말 하기는 미안한데, 둘이서 만나는 건 그만했으면 해요. 역시 가와시마 씨가 남자로 보이지 않아서······."

이런 말이 나오면 적신호다. 그러면 다카시는 얼른 다른 곳으로 가서 스프레이를 뿌린다. 자리로 돌아오면 그녀의 기분도 바뀐다.

"미안해요. 내가 왜 그런 말을 했을까. 함께 있으면 이렇게 즐거운데 말이에요. 아까 한 말은 잊어버려요."

"괜찮아, 전혀 마음에 두지 않으니까."

말은 그렇게 했지만 다카시의 등은 식은땀이 흥건했다.

그런 일이 몇 번 있었고, 그럴 때마다 다카시는 스프레이를 뿌렸다. 그러다 보니 마지막으로 들어간 바에서는 약이 얼마 남지 않아 마음이 조마조마했다. 잘하면 호텔에 갈 수 있을지 모른다던 기대는 접을 수밖에 없었다.

4

다음 날 연구소를 찾은 다카시는 약효를 인정하면서 이번에는 좀 더 큰 용기에 담아 달라고 소장에게 부탁했다.

"그래? 하지만 그렇게 약효가 빨리 떨어지지는 않을 텐데……."

소장이 고개를 갸웃거렸다.

"하지만 실제로 그녀의 태도가 변한걸요. 그래서는 호텔까지 가기 힘들잖아요."

"그건 안 되지. 좋아, 이번에는 큰 스프레이 용기에 담아 줄게."

그러고서 소장이 가져온 용기는 살충제 스프레이 정도의 크기였다.

그걸 본 다카시는 든든한 생각에 벌써부터 아랫도리가 팽창했다.

그다음 토요일, 다카시는 두 번째 데이트에 나섰다. 카페에서 그녀와 만난 후 그녀가 가고 싶어 하는 테마파크로 향했다.

날씨가 더워서 가만있어도 땀이 흐를 정도였다. 그 탓인지 약효가 지난번보다 더 빨리 떨어졌다. 제트코스터를 타려고 줄을 서 있는 동안에도 다카시는 뻔질나게 스프레이를 뿌려야 했다.

"땀 억제 스프레이를 왜 그렇게 자주 뿌려요?"

그의 행동을 알아챈 아유미가 물었다. 스프레이 용기가 너무 커서 가방에 들어가지 않으니 숨길 방법이 없었다.

"내가 땀이 많은 체질이라서 그래."

그러면서도 연신 겨드랑이에 스프레이를 뿌렸다.

"그렇구나. 그런데 그 냄새를 맡으면 어쩐지 기분이 좋아져요."

"그래?"

"응. 황홀해지기까지 하는걸요."

아유미가 슬그머니 다카시의 팔짱을 끼었다. 다카시의 입이 벌어지는 것과 동시에 아랫도리가 팽팽하게 부풀어 올랐다.

하지만 15분이 지나자 그녀의 태도가 달라졌다. 다카시의 팔에서 떨어져 나가는가 싶더니 심각한 목소리로 이렇게 말했다.

"우리, 친구로 지내는 게 낫겠어요. 그저 그런 기분으로 데이트하는 건 옳지 않다고 생각해요."

"잠깐. 다시 잘 생각해 봐."

그리고 다카시가 겨드랑이에 스프레이를 뿌리자 그녀는 다시 돌변했다.

"그러네요, 다시 생각해 보는 게 좋겠어요. 이렇게 좋은데 말이죠."

기분 탓인지 약효가 지속되는 시간이 점점 짧아지는 것 같았다. 테마파크를 나오자 다카시는 서둘러 그녀에게 식사하러 가자고 청했고, 그다음은 거의 뛰다시피 해서 바에 갔다. 그리고 그녀가 살짝 취한 틈을 타 과감하게 호텔로 가자고 했다. 그러기 직전에는 스프레이를 좀 넉넉히 뿌렸다.

아유미는 뺨을 살짝 물들이며 고개를 끄덕였다.

호텔 방으로 들어간 그녀는 샤워를 하고 싶다고 말했다. 다카시는 마음 같아서는 약효가 떨어지기 전에 일을 치르고 싶었지만 안 된다고 할 수도 없었다. "빨리 나올 거지?"라며 기도하는 마음으로 승낙했다. 그녀를 기다리는 동안에도 자신의 몸 곳곳에 부지런히 스프레이를 뿌렸다.

이윽고 아유미가 수건으로 몸을 감싼 채 나왔다. 피부가 살굿빛으로 물들어 있었다. 다카시는 앞뒤 가리지 않고 그녀에게 덤벼들려고 했다.

"잠깐만요. 자기도 샤워하고 와요."

"어? 나는 괜찮아."

"하지만 기념할 만한 밤이잖아요. 서로 몸을 깨끗이 해야죠. 땀도 상당히 많이 흘리던데."

자신이 땀이 많은 체질이라고 말한 이상 그녀의 말을 무시할 수 없었다. 다카시는 떨떠름한 표정을 지으며 욕실로 들어갔다. 샤워하고 싶은 마음은 조금도 없었다. 기껏 뿌린 약이 씻겨 내려갈 테니까. 하지만 몸에서 비누 향기가 나지 않으면 그녀가 의심할 것 같았다.

울며 겨자 먹기로 샤워한 후 다시 스프레이를 뿌리려

고 했다. 그런데 스프레이를 뿌리기 시작하자마자 노즐이 푸, 푸, 하는 매정한 소리를 냈다.

어, 제발!

하지만 다카시의 안타까운 마음은 아랑곳없이 스프레이의 내용물이 떨어지고 말았다.

그는 황급히 욕실을 나와 이미 침대에 들어가 있는 아유미의 곁으로 미끄러지듯이 들어갔다.

"불을 꺼 줘요."

그녀가 조그만 소리로 속삭였다.

응, 하며 다카시는 나이트 테이블의 조명을 껐다. 제발 일을 무사히 치를 때까지 약효가 지속되기를 빌었다.

"아유미, 사랑해."

그는 지금까지 입에 담아 본 적 없는 말을 속삭였다. 1초라도 빨리 행동에 나서야 한다는 초조감에서였다.

"고마워요."

어둠 속에서 아유미의 목소리가 들렸다.

"나도 자기를⋯⋯."

"아유미⋯⋯."

다카시가 그녀에게 다가가며 팔을 뻗었다. 부드러운 무언가가 손에 닿았다. 그녀의 어깨인 듯했다. 그걸 쭉

삼아당겼다.

"나는…… 나는……."

숨이 거칠어졌다.

"미안해요."

다음 순간 머리 위에서 그녀의 목소리가 들려왔다.

"오늘 밤은 도저히 그럴 기분이 아니에요. 조금 전까지만 해도 그렇지 않았는데……. 그럼 다음에."

아유미는 빠른 속도로 옷을 입은 후, 어안이 벙벙해 있는 다카시를 남겨 둔 채 방에서 나가 버렸다.

자신의 품에 있는 것이 베개라는 사실을 다카시는 그 몇 초 후에 깨달았다.

5

"연구 결과 엄청난 사실이 밝혀졌어."

소장이 담담하게 말을 꺼냈다.

"한마디로 자네의 MHC가 너무 강력하다는 거야."

"그게 무슨 뜻이죠?"

"스프레이 약으로 그녀의 마음을 끄는 일은 가능했어.

하지만 그걸로는 한계가 있어. 자네처럼 강력한 MHC를 발산하는 사람은 약으로 속이기 어려워. 그런데도 자네가 약을 너무 많이 사용해서 그녀에게 내성이 생긴 거야. 유감스럽게도 약이 더는 듣지 않게 된 거지."

"그럼 어떻게 하죠?"

다카시가 필사적으로 매달렸지만 소장은 고개를 저을 뿐이었다.

"방법이 없어. 데이트를 몇 번 했으면 그걸로 되지 않았나?"

"그렇게 무책임할 수가……."

다카시는 소장의 멱살을 잡았다.

"이봐, 이거 놓게. 자네의 MHC가 너무 강해서 그런 걸 난들 어쩌겠나."

"약을 내게 줘요. 남은 약을 전부 다!"

"줄 수야 있지만, 방금 말했듯이 약효가 금방 떨어질 텐데."

"상관없어요. 남은 시간 동안 어떻게든 해 볼 테니까."

"그만두는 게 좋을 거야."

소장이 캐비닛 아래쪽에서 2리터들이 페트병을 꺼냈다.

"이게 전부야."

다카시는 그 페트병을 양손으로 집어 들며 "반드시 해 내겠어."라고 중얼거렸다.

6

다카시를 본 아유미가 눈을 동그랗게 떴다.

"그 꼴이 뭐예요?"

"사정이 있어서 그래. 왜, 이상해?"

"아니, 뭐, 그렇지는 않지만……."

다카시는 양복 위에 배낭을 메고 있었다. 배낭 속에는 물론 예의 페트병이 들어 있다. 그 페트병에서 튜브를 통해 그의 겨드랑이로 약이 흐른다. 그때그때 스프레이를 뿌리는 것만으로는 도저히 당할 수 없다고 판단한 끝에 그가 고안해 낸 것이다.

"차를 빌렸으니까 드라이브 가자."

그의 말에 아유미가 기쁜 듯이 그와 팔짱을 꼈다.

"나, 친구들에게 자랑했어요. 멋진 애인이 생겼다고요."

조수석에 앉은 아유미가 수줍은 듯 말했다.

"애인이라면…… 나 말인가?"

"아이, 알면서."

아유미가 그의 무릎을 꼬집었다.

우후후후. 다카시는 여자처럼 교태를 부렸다. 이런 기분은 태어나서 처음이었다. 이렇게 예쁜 여자와 데이트를 하다니, 이런 여자를 애인으로 만나다니. 정말 꿈만 같았다.

하지만 이건 꿈이 아니다. 그는 그렇게 속으로 되뇌었다. 약이 떨어지면 그녀의 이런 감정도 끝이 나고 만다. 또한 약이 떨어지지 않더라도 언젠가는 약이 듣지 않는 날이 온다.

드라이브를 마치고 레스토랑에서 식사한 뒤 두 사람은 볼링을 즐겼다. 다카시는 배낭을 등에 멘 채 볼링공을 던졌다. 아유미가 의아해하는 것 같았지만 별로 신경 쓰지 않았다. 그녀는 행복해 보였다. 다카시도 당연히 행복했다.

볼링장을 나와 다카시는 항구로 향했다. 밤바다가 보이는 벤치에 아유미와 나란히 앉았다.

"멋진 하루였어요. 정말 기분 좋아요."

아유미가 말했다.

"나도야."

그러면서 다카시는 절망적인 기분에 휩싸였다. 겨드랑이 밑이 말라 가는 느낌 때문이었다. 끝내 약이 떨어진 것이다.

"나, 자기를 만나서 무척 행복해요."

그녀의 말에 다카시는 감격했다. 동시에 그는 결심을 굳혔다.

"고백할 게 있어."

그가 말했다.

"뭔데요?"

아유미가 불안한 듯이 눈을 깜빡거렸다.

"실은 말이지……."

침을 삼킨 후 다카시는 지금까지의 일을 모두 얘기했다. 이상한 연구소에서 약을 얻은 일과 그 약으로 아유미의 마음을 얻으려고 했던 일을. 그리고 배낭에서 이제는 비어 버린 페트병을 꺼내 그녀에게 보여 줬다.

그녀가 놀랄까, 아니면 화를 낼까 조마조마했지만 아유미는 웃음을 터뜨렸다.

"그게 말이 돼요? 내 감정이 약 때문이라고요? 다카시, 지금 날 놀리는 거죠?"

"아니야, 사실이야. 아유미가 나를 사랑한다고 말한 건 모두 이 약 때문이야. 이제 곧 약효가 사라질 거야. 그래서 마지막으로 그 사실을 알려 주고 싶었어."

"농담이죠?"

"사실이라니까. 농담이면 얼마나 좋겠어."

어느새 다카시의 눈에서 눈물이 흘렀다.

아유미의 표정이 진지해졌다. 그의 태도로 보아 아무래도 농담은 아닌 것 같다고 판단한 모양이었다.

"정말이라고요?"

"응."

그는 고개를 숙였다.

아유미가 세차게 고개를 저었다.

"나는 믿지 않아요. 아니, 자기는 사실을 말하는지 모르지만, 지금의 내 감정이 약 때문이라고는 절대 인정할 수 없어요. 이렇게 자기를 좋아하는데."

"아유미……."

다카시가 그녀의 얼굴을 바라봤다.

"처음에는 약 때문이었는지도 모르죠. 하지만 지금의 내 감정은 거짓이 아니에요. 나, 자기를 좋아해요. 믿어 줘요."

그녀의 진지한 눈빛을 보며 다카시는 형언할 수 없는

기쁨을 느꼈다. 만일 약 없이도 그녀가 자신을 사랑한다면 이보다 더한 행복은 없었다.

다카시가 그녀의 등에 팔을 두르고 그녀를 자기 쪽으로 끌어당겼다. 그리고 잠시 그녀의 입술을 바라보다가 그곳에 자신의 입술을 가까이 가져갔다.

"당신을 좋아해요."

그녀가 말했다.

"고마워."

다카시가 입술을 좀 더 가까이 가져갔다.

"당신에 대한 내 마음은 변치 않을 거예요. 앞으로도 내내."

"나도야."

"내내, 앞으로도 내내."

아유미가 말을 계속했다.

"당신은 소중한 친구예요."

"뭐라고?"

"우리의 우정은 거짓이 아니에요. 영원히 친구로 지내요."

그러면서 그녀는 고개를 끄덕였다.

아유미와 헤어진 뒤 다카시는 휘청거리며 소장의 아
파트로 향했다. 비록 한순간이었지만 행복한 시간을 갖
게 해 준 데 대해 감사의 마음을 전하기 위해서였다.

그런데 소장의 아파트 안에서 이상한 소리가 흘러나왔
다. 잘 들어 보니 소장이 신나게 노래를 부르고 있었다.

다카시가 문을 열자 소장이 정종 병을 손에 든 채 취한
목소리로 말했다.

"아아, 자네군. 그런데 얼굴이 왜 울상이야? 일단 한잔
하게. 축배를 들어야지."

혀 꼬부라진 소리로 소장이 말했다. 그의 눈도 풀려 있
었다.

"좋은 일이라도 있어요?"

"있다마다. 마침내 내가 해냈지 뭔가. 엄청난 히트 상
품을 만들어 냈어."

"뭡니까? 그 인기 팡팡 스프레이 말이에요?"

소장은 손을 휘휘 내저었다.

"그보다 상품 가치가 훨씬 뛰어난 걸 생각해 냈어. 한
번 보겠나?"

소장이 컴퓨터 모니터를 가리켰다. 지난번에 본 '인류애 정상화 연구소' 홈페이지였다. 거기에 다음과 같은 광고 문구가 씌어 있었다.

'남편이나 애인의 바람기 때문에 고민하는 당신에게 희소식! 획기적인 약품이 완성되었습니다. 이름하여 '인기 뚝 스프레이'. 이걸 남편이나 애인 몸에 뿌리기만 하면 OK. 이제 바람 걱정도 뚝. 어느 여자에게도 전혀 인기 없는 남자로 변신합니다. 샘플을 원하시는 분은……'

"뭡니까, 이게?"

"거기 씌어 있는 대로야. 샘플을 나눠 줘 보니 반응이 엄청나더군. 오늘도 주문이 얼마나 많이 들어왔는지 몰라. 이제 가난도 끝이야, 끝."

"그 인기 뚝 스프레이라는 게 혹시……"

"맞아, 자네의 MHC로 만든 거라네. 자네의 MHC가 인기를 떨어뜨리는 효과가 하도 커서 역발상을 해 본 거지. 야, 정말 대단하더군. 지금까지 인기 없는 남자를 많이 봐 왔지만, 자네 같은 경우는 없었어. 정말 대단해. 인기를 떨어뜨리는 아우라가 질적으로 다르더군. 앞으로도 계속 차여서 인기를 떨어뜨리는 아우라를 갈고닦아 주게. 힘내라, 다카시! 파이팅, 다카시! 인기가 없어서 행복한 남자, 다카시와 함께!"

다카시는 소장을 때려눕히고 말았다.

신데렐라 백야행

1

"이것 좀 봐, 내 드레스 밑단이 뜯어졌잖아. 바느질 좀 제 대로 하라니까. 이런 멍청한……."

큰딸의 새된 목소리가 쩌렁쩌렁 울렸다. 정원에서 풀을 베던 하인은 '또 시작이네.'라고 생각하며 창문으로 집 안을 들여다봤다.

"미안해요, 언니. 금방 손봐 드릴게요."

쩔쩔매며 사과하는 사람은 막내 신데렐라다. 신물이 나도록 봐 온 광경이었다.

"됐어, 다른 거 입을 거야. 정말이지 아무짝에도 쓸모가 없다니까."

큰딸이 있는 대로 골을 내며 드레스를 벗으려 했다. 하지만 뚱뚱한 몸을 억지로 품이 작은 드레스에 욱여넣은 탓인지 좀처럼 지퍼가 내려가지 않았다. 급기야는 드레스가 죽, 죽, 찢어지고 말았다.

"아아, 이런. 다 너 때문이야. 너 때문에 드레스가 이렇
게 됐잖아!"

"미안해요, 정말 미안해요."

"신데렐라, 너, 내 구두는 닦아 놨지?"

계모가 물었다.

"안 닦았으면 가만 안 둘 줄 알아."

"닦아 놨어요, 어머니."

"아이, 난 몰라. 드레스에 어울리는 목걸이가 없잖아. 이
를 어째."

둘째 딸이 징징거리기 시작했다.

"맞다! 신데렐라, 너한테 좋은 게 있던데. 그것 좀 가져
와 봐."

"네? 하지만 그건 돌아가신 엄마의 유품인데……."

"시끄러워. 가져오라면 냉큼 가져오지 무슨 말이 그렇
게 많아?"

"그래도……."

"너 지금 반항하는 거니?"

계모와 두 언니가 한목소리로 으르댔다. 신데렐라는
눈물을 글썽이며 네, 하고 가냘픈 목소리로 대답한 뒤 방
을 나갔다.

창문에서 떨어진 하인은 고개를 저으며 한숨을 쉬었다. 늘 저런 식이지. 정말 진절머리가 난다니까. 주인님은 왜 하필 저런 여자를 후처로 맞았을까. 아무리 생각해도 이해되지 않는 일이었다. 얼굴도 못생기고 성질도 사나운 데다가 못돼 먹은 딸까지 둘이나 있는 여자다. 그녀와 결혼해서 좋은 점이라고는 경제적으로 조금 편해진 게 전부다.

그녀는 고리대금업으로 돈을 많이 벌었다고 들었다. 신데렐라 아버지가 그녀와 결혼한 이유도 금전적인 이유가 클 거라고 하인은 상상했다. 신데렐라 아버지는 귀족이지만 경제력이 전혀 없었다. 지금까지는 선대의 유산으로 먹고살았지만 마침내 그 유산도 바닥을 드러내고 토지와 건물까지 팔아야 하는 상황에 내몰렸다.

그러던 차에 단다라는 저 악녀가 나타난 것이다. 단다라는 돈은 많지만 명문가 출신이 아니라는 점에 콤플렉스가 있었고, 그런 연유로 신데렐라 아버지를 점찍었다. 말하자면 귀족 신분을 얻고 싶었던 것이다.

하지만 그 결혼으로 신데렐라는 희생양이 되었다. 어느 날 집으로 밀어닥친 계모와 두 언니는 자기들 덕분에 먹고사는 줄 알라며 그녀를 하녀처럼 대했다. 그런데도 신데렐라는 자신이 그들의 기분을 상하게 하면 아버지의 입장이 곤란해질까 봐 그들이 무슨 짓을 해도 꾹 참고 지냈다. 그런 상황을 아버지가 눈치채지 못했을 리 없었지만, 무능력한 그는 단다라와 이혼하면 살아갈 길이 막막하기에 그들에게 아무 말도 할 수 없었고, 신데렐라의 고초도 못 본 척하기로 마음먹었다.

계모와 언니 둘은 자신들에게 조금도 어울리지 않는 화려한 옷으로 치장한 뒤 마차를 타고 나갔다. 오늘 밤에도 어디선가 파티가 열리는 모양이었다. 물론 신데렐라는 집을 지켜야 했다.

그들을 배웅하고 났을 때 등 뒤에서 하인이 신데렐라에게 말을 걸었다.

"아가씨."

신데렐라가 뒤를 돌아보고 방긋 웃었다.

"잔디, 다 깎으셨나 봐요? 수고하셨는데, 차라도 한잔 할까요?"

"차는 됐습니다. 그보다 아가씨, 왜 저들이 시키는 대로 하십니까? 아가씨야말로 이 집안의 정식 후계자가 아닙니까. 주인님께 말씀드려 한바탕 혼을 내시라고 해야겠습니다."

그러자 신데렐라의 얼굴에 슬픈 기색이 얼핏 비치더니 이내 웃는 얼굴로 돌아왔다.

"아버지를 곤란하게 하고 싶지 않아요. 그러니 아버지께 아무 말씀도 하지 마세요. 그건 그렇고, 오늘 밤에도 집을 지켜 주실 수 있을까요?"

"그건 물론입니다만, 또 아르바이트하러 가시게요?"

"네, 돈을 조금이라도 벌어야죠."

"저런. 주인님이 일을 하시면 아가씨가 이런 고생을 하지 않을 텐데……."

"그런 말씀은 하지 마시라니까요."

상냥하면서도 단호한 신데렐라의 말에 하인은 그만 입을 다물었다. 그녀가 실은 매우 강인한 여성이라는 것을 그도 충분히 알고 있었다.

2

그 가게는 고급 양품점이었다. 드레스나 액세서리는 물론이고 장신구란 장신구는 모두 취급했다. 게다가 얼마 전에는 호화 마차 렌털까지 시작했다. 이른바 귀족 전용 상점이다.

저녁 8시 30분. 르메로는 그 가게 뒤편으로 돌아갔다. 그녀가 노크하자 뒷문이 살며시 열렸다.

안에서 그녀를 맞이한 사람은 신데렐라다.

"어서 와. 늘 이렇게 와 줘서 고마워."

신데렐라의 말에 르메로가 고개를 저었다.

"고마워해야 할 사람은 나야. 덕분에 먹고사는걸."

"그럼 다행이고. 어서 들어와."

두 사람은 가게의 창고 겸 재봉실로 들어갔다. 가게에서 파는 드레스 같은 것들은 모두 그곳에서 만들었다. 가게에 미처 내걸지 못한 상품들도 그곳에서 보관했다. 그렇다고 해서 화려해 보이는 공간은 아니다. 상품이 모두 상자 안에 들어가 있어서 드러나 보이지 않기 때문이다. 오히려 재봉이나 조립을 한 뒤에 남은 천과 부품들이 여기저기 흩어져 있어서 어수선하고 지저분하기까지 했다.

그걸 말끔히 청소하는 것이 르메로의 일이다.

"이거 지난달 월급이야."

신데렐라가 건넨 봉투를 손에 쥔 르메로의 눈에서 금방이라도 눈물이 떨어질 것 같았다.

"신데렐라, 정말 뭐라고 감사해야 할지······."

"울긴 왜 울어, 일을 했으니 당연히 받아야 하는 돈인데. 그걸로 편찮으신 어머니께 약이라도 사 드리렴."

르메로는 고마운 마음을 거듭 표현하고 싶었지만, 신데렐라가 싫어한다는 걸 알기에 잠자코 고개만 끄덕였다.

청소는 원래 신데렐라가 할 일이었다. 그런데 르메로가 일을 구하지 못해 생활이 어렵다는 걸 알고 신데렐라가 기꺼이 양보해 주었다. 하지만 가게 주인에게는 비밀이었다. 르메로의 어머니가 전염병에 걸렸다는 소문이 퍼져 하나같이 르메로를 고용하기를 꺼렸기 때문이다.

그래서 표면적으로는 고용된 사람이 신데렐라인 것처럼 꾸며 놓고 실제로는 르메로가 일하면서 월급도 가져가는 것이다. 그 덕분에 르메로는 어머니와 둘이 살아갈 수 있었다.

"그럼 12시에 돌아올 테니까 그때까지 잘 부탁해."

"그래, 걱정하지 마. 오늘도 배달하러 가니?"

"응, 오늘 밤 안으로 꼭 보고 싶다고 해서."

신데렐라가 드레스가 든 상자를 품에 안았다. 가게 단골에게 신상품을 한발 앞서 보여 주러 가는 것도 그녀가 맡은 일 중 하나다. 때로는 창고에서 마차를 꺼내 타고 가기도 한다.

12시까지 돌아와야 하는 이유는 그때 경비원이 오기 때문이다. 경비원에게 들키지 않고 르메로를 가게에서 내보내려면 그때까지는 반드시 돌아와야 했다.

옷상자를 품에 안은 신데렐라가 "그럼 이따 보자."라고 인사하고 가게를 나섰다.

3

그 거리에는 귀족과 재계 인사가 여럿 살았다. 그들은 매일같이 무도회나 파티를 연다. 규모가 큰 파티가 열릴 때도 있고, 조촐한 파티가 열릴 때도 있다. 대개는 초대받은 파티에만 참석하지만, 개중에는 이 파티 저 파티 돌아다니기를 즐기는 사람도 있었다. 그런 사람들은 요컨대 마음에 드는 여자를 찾아서 이곳저곳을 전전하는 것이다.

소위 파티 마니아라고 불리는 사람들인데, 최근 그들 사이에서 화제로 떠오른 여자가 있었다.

그녀는 곳곳의 무도회와 파티에 출몰했다. 늘 눈에 띄는 화려한 드레스와 액세서리를 몸에 휘감고 멋지게 춤을 추며 여러 남자의 마음을 사로잡아 놓고는 홀연히 어딘가로 사라졌다. 남자들은 그녀를 레이디 마스크라고 불렀다. 가면무도회가 아니라도 언제나 가면으로 눈 주위를 가렸기 때문이다. 그런데도 그녀가 대단한 미녀라는 사실을 의심하는 사람은 아무도 없었다.

레이디 마스크는 오늘 밤에도 어느 무도회에 나타났다. 당연히 그녀의 주위에는 그녀와 춤을 추려는 남자들이 몰려들었다.

"저 가느다란 허리선 좀 봐. 저런 여자가 내 사람이 된다면 남자로서 최고의 기분을 맛볼 거야."

젊은 남자 귀족 하나가 친구에게 소곤거렸다.

"포기하지 그래. 레이디 마스크는 어지간한 귀족이나 부자는 상대해 주지도 않아. 우리가 유혹해 봤자 대뜸 차이고 말걸."

"그럼 가난한 귀족은 손가락이나 빨고 있으란 말인가. 안타깝기 짝이 없군. 그런데 저 여자는 대체 누구일까."

"왕실 친척이라느니 다른 나라 왕녀라느니 소문은 많은데 하나같이 근거 없는 억측인 모양이야. 하지만 보통 여자가 아닌 건 확실해. 차림새가 늘 초호화판인 걸 보면 말이야. 오늘 끼고 온 반지 봤어? 그런 다이아몬드는 난

생처음 봤어."

"그녀를 바라보고 있자면 내가 얼마나 하잘것없는 사람인지 깨닫게 된다니까. 어! 새로운 손님이 들어오는군."

그 말에 기대에 찬 눈으로 연회장 입구를 바라보던 친구의 표정이 확 변했다.

"아이고, 아기 돼지 세 마리 납시었네!"

"아기 돼지 세 마리라니, 그게 뭐야?"

"그 유명한 고리대금업자 엄마랑 두 딸 말이야. 귀족과 결혼해서 이런 곳에 드나들고 싶다는 꿈을 이뤘나 본데, 도무지 이런 곳과 어울리지 않아서 보는 사람이 다 부끄러울 지경이라니까."

그쪽으로 눈을 돌린 젊은이들이 하나같이 얼굴을 찡그렸다.

"아아, 저 여자들 또 왔네. 돈을 처발랐는데도 전혀 멋진 구석이 없어. 졸부 근성만 드러나고 말이지. 아니, 레이디 마스크가 돌아가는데!"

"아기 돼지 세 마리랑 한곳에서 춤추고 싶지 않은가 봐. 이런, 레이디 마스크가 가니까 남자들도 하나둘 빠져나가는군."

"우리도 이만 돌아가지. 우물쭈물하다가는 아기 돼지

들을 상대해야 할지도 몰라."

두 젊은 귀족은 서둘러 연회장 출구로 향했다.

4

단다라와 두 딸은 밤이 늦어서야 집에 돌아왔다. 큰딸은 집 안으로 들어오자마자 핸드백을 내던졌다.

"아이, 짜증 나. 뭐야, 오늘 밤 무도회는. 그 가면 쓴 여자가 돌아가니까 남자들도 다 가 버리고 말이지. 그런 실례가 어딨어."

"엄마, 나도 다음부터 가면을 쓸까 봐. 그러면 그 여자처럼 남자들이 알짱거릴지도 모르잖아."

둘째 딸의 말에 단다라는 대꾸하지 않았다. 다 소용없는 짓이라는 생각이 들었던 것이다. 가면으로 뚱뚱한 몸과 굵은 다리를 가릴 수는 없지 않은가.

"신데렐라! 야, 신데렐라! 어디 있는 거야."

단다라가 소리쳤다.

문이 열리고 허름한 옷을 입은 의붓딸이 나타났다.

"다녀오셨어요, 어머니. 언니들도 어서 오세요."

"야식은 어떻게 됐어? 무도회에 갔다 오면 배가 고프니까 먹을 걸 준비해 놓으라고 했잖아."

"죄송해요. 얼른 샌드위치를 준비할게요."

"꾸물거리지 말고 빨리 만들어!"

단다라는 드레스를 벗어 던지고 속옷 차림으로 의자에 앉아 담배를 피워 물었다.

"참, 너희들, 성에서 무도회가 열린다는 얘기 들었니?"

"응, 들었어. 왕자비를 뽑는다면서?"

큰딸의 눈이 빛났다.

"이건 다시없는 기회야. 만약 너희 둘 중 누가 뽑히기라도 하면 언젠가는 왕비가 되는 거야. 나는 왕비의 엄마가 되는 거고. 나라를 손아귀에 넣는 거나 마찬가지지. 무슨 수를 쓰든 왕자를 유혹해야 해."

"엄마, 나, 최선을 다할게."

둘째 딸이 주먹을 불끈 쥐었다.

하지만 그런 둘째 딸을 바라보는 단다라의 표정은 떨떠름했다. 지금 상태라면 아무리 발버둥을 쳐도 희망이 없어 보였다.

"너희들, 내일부터 전신 미용실에 다녀라. 무도회 전까지 지금보다 최소한 10킬로그램, 아니 20킬로그램은 빼야 해."

"뭐? 그건 무리야, 엄마."

큰딸이 울상을 지으며 말했다.

"2킬로그램이라면 몰라도."

"이 멍청아, 그래서야 왕자님 마음을 뺏을 수 있겠니?"

그때 신데렐라가 샌드위치가 담긴 접시를 쟁반에 받쳐 들고 들어왔다.

"어머니, 지금 하신 얘기가 사실이에요? 왕자님이 다음 무도회에서 신붓감을 고르신다는 게……."

"너랑은 상관없는 일이야."

단다라가 차갑게 내뱉으면서 샌드위치 접시로 뻗는 둘째 딸의 손을 냅다 후려쳤다.

"뭐 하는 거야. 내가 방금 한 말 못 들었어? 너희들은 지금부터 다이어트야. 그것도 그냥 다이어트가 아니라 완전 단식이야. 무도회 때까지 물만 마시도록 해. 알았지?"

"뭐어?"

두 딸이 몸을 획 젖혔다.

"그럼 이 샌드위치는 어쩌고?"

큰딸이 물었다.

"내가 먹어야지. 당연하잖아. 야, 신데렐라. 왜 그렇게

멍하니 서 있어. 샌드위치만 먹으면 목이 메잖아. 얼른 마
실 것 좀 가져와."

"네, 금방 가져올게요."

두 딸이 침을 질질 흘리며 지켜보는 가운데 단다라는
샌드위치를 볼이 터지도록 입에 넣었다.

5

페트로는 구두의 장인으로, 신데렐라의 돌아가신 어머
니와 친척뻘이다. 그에게 신데렐라가 찾아왔다.

"뭐라고, 유리 구두를 만들어 달라고?"

페트로는 눈을 둥그렇게 떴다. 그녀에게 구두를 만들
어 달라고 부탁받은 적은 있지만 소재를, 그것도 유리로
정하기는 처음이었다.

"네, 저, 유리 구두가 꼭 갖고 싶어요. 구두장이는 많지
만 그런 걸 만들 수 있는 사람은 페트로 아저씨뿐이잖아
요. 안 그래요?"

착하고 예쁜 그녀가 그런 말을 하는데 기분 나쁠 사람
이 있으랴. 페트로도 예외가 아니었다.

"그야, 내가 만들지 못할 구두는 없지. 한데 왜 그런 게 갖고 싶지?"

그러자 신데렐라가 그 예쁜 눈을 반짝이며 말했다.

"전에 아저씨가 말씀하셨잖아요. 신데렐라, 네 발은 참으로 예쁘고 작아서 이 세상 그 누구도 네 신을 신지 못하겠구나, 라고요. 하지만 사실은 무리해서 밀어 넣으면 못 신을 것도 없잖아요. 언니들도 제 구두에 그 큰 발을 꾹꾹 집어넣곤 하니까요. 그러면 나중에는 원래의 모양을 짐작하기 힘들 만큼 엉망이 되고 말아요. 그래서 저는 이 세상에서 저만 신을 수 있는 신발을 갖고 싶어요. 제 발에만 맞고 다른 사람은 신을 수 없는 신발을 말이에요. 그러자면 변형되지 않는 소재여야 하잖아요. 그런 점에서는 유리가 딱이죠."

페트로는 그녀의 말을 이해했다. 아닌 게 아니라 가죽이나 천은 늘어나고, 나무는 깎아 내면 그만이다.

"그런 얘기로구나. 알았다, 신데렐라. 내 만들어 주마."

"고맙습니다, 아저씨!"

신데렐라가 페트로의 뺨에 키스했다.

페트로는 한껏 기분이 좋아져서 그녀의 발 크기를 재기 시작했다.

6

마침내 성에서 무도회가 열리는 날이 되었다.

왕자는 내키지 않는 마음으로 무도회에 나갈 채비를 했다. 거울에 부루퉁한 그의 얼굴이 비쳤다.

솔직히 말해 그는 아직 아내를 맞을 생각이 없었다. 여러 여자와 사귀며 독신 생활을 즐기고 싶었다. 결혼하면 자유가 없어질 것 같았다.

하지만 부모님, 즉 왕과 왕비의 잔소리가 심했다. 방황하는 아들을 빨리 안정시키려는 것이었다.

"왕자님, 무도회가 시작됐습니다. 어서 연회장으로 가시죠."

시종이 다가와서 말했다.

"에이, 귀찮아."

왕자가 마지못해 엉덩이를 들었다.

연회장에는 전국에서 선발된 아가씨들이 모여 있었다. 그녀들이 아름답게 춤추는 모습이 마치 움직이는 꽃밭 같았다.

"흥, 어쨌든 미인들을 불러 모으기는 한 것 같군."

왕자는 주위를 한 번 슬쩍 둘러본 뒤 단상에 마련된 의자에 앉았다.

아름다운 외모만으로는 내 마음을 움직이지 못해, 라고 그는 생각했다. 플러스알파가 있어야지. 기필코 이 여자를 내 사람으로 만들고 말겠다는 마음을 갖게 하는 그무엇, 가슴을 두근거리게 하는 그 무엇이 있어야 한다.

그런 생각을 하며 여자들을 바라보던 왕자의 눈이 갑자기 크게 열렸다. 그가 시종에게 물었다.

"저기 있는 두 여자, 기둥 옆에 있는 여자들 말이야. 춤도 안 추고 걸신들린 듯이 먹기만 하는 뚱뚱이들 있잖아."

"아아, 저 여자들 말씀인가요?"

시종이 참가 리스트를 들여다봤다.

"아하, 단다라 부인의 딸들이군요."

"내보내."

네, 하고 시종이 곧바로 움직였다. 병사들이 뚱뚱한 두 아가씨를 연회장에서 끌어내려고 다가갔다.

"네? 왜 우리가 나가야 하나요?"

"케이크를 한 입만 더 먹으면 안 될까요?"

두 사람이 쫓겨나는 모습을 보고는 왕자가 한숨을 내쉬며 다시 한 번 장내를 둘러봤다. 이윽고 그의 시선이 한 점에서 멈췄다. 그곳에는 여느 아가씨들과 전혀 다른 아가씨가 한 명 서 있었다.

왕자는 아까처럼 시종에게 그녀가 누구인지 물었다. 리스트를 들여다보던 시종이 고개를 갸웃거렸다.

"레이디 마스크, 라고만 되어 있는데요. 어느 가문의 누구인지는 적혀 있지 않습니다."

"레이디 마스크라……."

이름처럼 그녀는 가면을 쓰고 있었다. 하지만 그녀가 다른 여성들과 달라 보였던 이유가 가면 때문만은 아니었다. 온몸에서 뿜어져 나오는 아우라가 왕자의 마음을 끌었다.

"이리 불러오도록."

그가 시종에게 지시했다.

모두가 놀라서 바라보는 가운데 왕자는 레이디 마스크와 춤을 추었다. 그녀는 춤 솜씨도 뛰어났다.

"그대를 좀 더 알고 싶군. 다른 방으로 갈까."

왕자가 그녀의 귓가에 속삭였다.

그 방에는 침대가 놓여 있었다.

좀 더 알고 싶다는 말은 섹스하고 싶다는 뜻이다. 레이디 마스크는 저항하지 않고 옷을 벗었다. 하지만 가면은 그대로 쓰고 있었다.

"왜 얼굴을 보여 주지 않지?"

왕자가 물었다.

"아름다운 얼굴이라면 질리도록 보셨을 테죠. 그러니 얼굴 따위는 안 보셔도 괜찮지 않을까요?"

레이디 마스크가 대답했다.

틀린 말은 아니라고 생각한 왕자는 곧바로 섹스에 들어가기로 했다. 가면녀와의 섹스도 나쁘지 않겠다고 생각을 고쳐먹은 것이다.

하지만 왕자가 여유를 부릴 수 있었던 건 거기까지였다. 섹스가 시작되자 그는 완전히 수세에 몰렸다. 그럴 정도로 그녀의 테크닉이 뛰어났다. 수많은 여자를 경험한 그였지만, 이런 희열을 맛본 적은 없었다.

꿈꾸는 듯한 기분으로 다섯 번째 사정을 마쳤을 때 어디선가 종소리가 들려왔다.

레이디 마스크가 침대에서 벌떡 일어났다.

"큰일이네. 12시야."

"별로 늦지도 않았는데 뭘 그래."

"그건 안 될 일이에요. 그럼 안녕, 달링. 당신의 섹스는 그저 그랬어요."

그리고 그녀는 왕자의 뺨에 키스한 뒤 재빨리 드레스

를 입고 바람처럼 방을 빠져나갔다.

　한동안 그 자리에 우두커니 앉아 있던 왕자가 문득 정신을 차리고는 벌떡 일어섰다.

　그녀의 정체를 전혀 모른다는 사실을 깨달았던 것이다. 그는 서둘러 옷을 입고 방을 나와 시종을 찾았다.

　"레이디 마스크는?"

　"조금 전에 마차를 타고 떠났습니다."

　낙담한 왕자는 방으로 돌아왔다. 그야말로 최고의 여자였는데, 하고 생각했다. 자신이 찾아 헤매던 여자다. 하지만 어디 사는 누구인지조차 알지 못했다. 찾을 도리가 없었다.

　그때였다. 고개를 푹 숙이고 있던 왕자의 눈에 실마리가 하나 들어왔다. 말할 것도 없이 유리 구두였다.

7

　신데렐라를 발견하기까지는 그리 오랜 시간이 걸리지 않았다. '신부 탐색대'로 명명된 군사들이 유리 구두를 들고 혼기가 찬 딸이 있는 집들을 샅샅이 훑은 덕분이다.

그 구두가 발에 맞으면 왕자의 신부가 된다는 걸 알고 다들 있는 힘을 다해 발을 욱여넣었지만 그 누구의 발에도 구두는 맞지 않았다.

그리고 신데렐라의 차례가 왔다. 그녀는 처음에는 유리 구두를 신으려고 하지 않았다. 그래서 강제로 신겨 본 결과 발에 딱 들어맞았던 것이다.

그녀는 이렇게 말했다.

"맞아요, 제가 레이디 마스크입니다. 하지만 이렇게 초라한 저의 실제 모습에 왕자님이 실망하실까 봐 선뜻 나서지 못했습니다."

그녀의 고백에 단다라와 두 딸은 아연실색했다. 하지만 누구보다 놀란 사람은 그녀의 아버지인 미모넬이었다. 그는 딸이 아름다운 의상을 몸에 걸치고 마차를 탄 채 나타났다는 사실이 믿기지 않았다. 그녀에게 그럴 만한 돈이 없다는 걸 알기 때문이었다.

"믿기 어려우시겠지만."

이렇게 전제하고 그녀가 꺼낸 얘기는 아닌 게 아니라 믿기 어려운 내용이었다.

그 모든 걸 마법사가 마련해 줬다는 것이었다. 드레스도 액세서리도 마법으로 생겨난 것이고, 마차는 원래 호박과 쥐였다고 신데렐라는 말했다.

황당했지만 믿지 않을 도리가 없었다.

그래도 의문은 여전히 남았다. 12시가 되면 마법이 풀리므로 급히 돌아가야 했다고 하는데, 그럼 왜 유리 구두는 사라지지 않았을까.

미모넬이 그 점에 관해 묻자 신데렐라는 늘 그랬듯이 애매하게 얼버무렸다.

어찌 됐건 크게 중요한 일은 아니라고 생각하며 미모넬은 웨딩드레스 차림의 딸을 바라보았다. 오늘, 딸은 왕자와 결혼을 한다.

신데렐라는 평소보다 더 아름답고 청초해 보였다.

결혼식에는 온 나라의 귀족과 재계 인사가 모두 모였다. 이 세상에서 가장 화려한 결혼식이 될 터였다.

하지만 신부 가족 중에서 참석한 사람은 미모넬뿐이었다. 계모인 단다라도 언니들도 참석하지 않았다. 미모넬이 단다라와 이혼했기 때문이다. 미모넬에게 그러라고 권한 사람은 신데렐라였다.

"그들의 역할은 이제 끝났어요. 얼마간 돈을 주고 헤어지세요, 아빠."

미모넬은 딸이 시키는 대로 했다. 단다라는 이혼을 거

부했지만, 왕실에서 압력을 가하자 더는 어쩔 수 없게 되었다.

미모넬도 단다라와 이혼하게 되어 한시름 덜었다고 여겼다. 원래 그는 단다라와 재혼할 마음이 없었다. 단다라의 성품이 좋지 않다는 사실을 알았을 뿐만 아니라 그녀에게 딸린 두 딸이 신데렐라를 괴롭힐 것이 불 보듯 뻔했기 때문이다.

그런데도 재혼한 이유는 신데렐라의 설득 때문이었다.

"아빠, 이 세상은 돈이 우선이에요. 여자와 결혼한다고 생각하니까 거부감이 드는 거지, 돈과 결혼한다고 생각하면 아무 문제가 없을 거예요. 단다라와 결혼하면 먹고 사는 데 걱정이 없어지잖아요. 그러는 동안 제가 기회를 잡아 볼게요."

"하지만 그 세 사람이 분명 너를 괴롭힐 거다. 네게 그런 고생을 시키고 싶지 않구나."

미모넬의 말에 신데렐라는 빙긋이 웃으며 대답했다.

"그런 건 아무렇지도 않아요. 저는 언젠가 분명 히로인이 될 테니까요. 히로인에게는 비극적인 일이 한두 가지쯤 있어야 그림이 보기 좋잖아요."

마침내 결혼식이 시작되었다. 모두의 축복 속에 왕자

와 신데렐라가 맹세의 입맞춤을 했다. 미모넬도 박수를 치며 그 모습을 지켜봤다.

신데렐라가 하객들을 향해 얼굴을 돌렸다. 그 입가에 깃든 미소의 의미를 미모넬은 곰곰이 생각해 보았다.

스토커 입문

1

"미안하지만 우리, 헤어져."

하나코가 느닷없이 그렇게 통보한 날은 하늘이 맑은 어느 일요일이었다. 우리는 오모테산도에 있는 노천카페에 마주 앉아 있었다. 나는 아이스커피를 마시는 중이었다.

"뭐라고?"

빨대에서 입을 떼고 나는 눈을 깜빡거렸다.

"헤어지자니, 아니, 저, 그게 무슨 말이야?"

얼빠진 내 반응에 화가 치밀었는지 하나코가 망고 주스 잔에 꽂혀 있던 빨대를 팽개치고 잔을 손으로 쥐는가 싶더니 벌컥벌컥 주스를 들이켰다.

"거참, 답답하네. 헤어지자는 게 무슨 뜻인지 몰라? 나랑 자기랑 끝내잔 말이야, 빠이빠이 하자고. 이 카페를 나서서 오른쪽 왼쪽으로 갈라지면 그걸로 끝이야. 알아들겠어?"

"아니, 잠깐만. 왜 갑자기……."

꼴사납다는 걸 알면서도 나는 당황해서 어쩔 줄을 몰랐다. 우리의 대화를 들었는지 옆 테이블에 앉은 여자 둘이 이쪽을 힐끔힐끔 바라보았다.

"자기한테는 갑작스러울지 몰라도 나는 아니야. 하여간 지금 같은 관계는 계속하고 싶지 않아. 이제 지겨워."

그러고서 하나코는 벌떡 일어서서 주위의 테이블과 의자에 발길질이라도 할 듯한 기세로 카페를 나갔다.

무슨 일이 일어난 건지 선뜻 이해되지 않아 나는 그대로 멍하니 앉아 있었다. 그녀를 쫓아갈 생각조차 들지 않았다. 머릿속에서 무수한 물음표가 맴돌았다.

잠시 후 나는 정신을 차리고 카페를 나왔다. 등 뒤에서 다른 손님들이 쿡쿡 웃는 소리가 들렸다.

오모테산도를 샅샅이 훑었지만 하나코의 모습은 보이지 않았고, 나는 단념한 채 집으로 돌아왔다.

아무리 생각해도 알 수 없었다. 어제까지만 해도 나와 하나코 사이에 아무런 문제가 없었던 것 같은데. 어젯밤에도 한 시간 넘게 통화했고, 오늘 데이트 역시 그 카페에 들어가기 전까지는 충분히 즐거웠다. 그녀도 즐거워

보였다.

카페에 들어간 이후에 내가 뭔가 실수한 건 아닌지 곰곰이 생각해 봤다. 하지만 그럴 만한 일이 도무지 떠오르지 않았다. 그리고 그 카페에 있었던 시간이래야 겨우 10분 남짓이다.

도저히 이해할 수 없었던 나는 그날 밤 그녀에게 전화해서 도대체 왜 그러느냐고 물어보려고 했다. 하지만 신호음이 울리기 전에 전화를 끊었다. 생각해 보니 그녀가 꽤 흥분해 있었던 것 같아 오늘 밤은 이대로 넘기는 게 나을 듯싶었기 때문이다.

지저분한 방에 벌렁 드러누워 천장의 얼룩을 바라봤다. 하나코의 옆모습과 비슷한 형태의 얼룩이 있었다.

하나코와는 아르바이트하는 가게에서 만났다. 햄버거 가게였다. 어쩌다 보니 가까워졌고, 어쩌다 보니 섹스를 했고, 어쩌다 보니 연인으로 불리는 사이가 되었다. 둘 중 누구도 딱히 애쓰지 않았고 그저 자연스럽게 흘러왔다, 라는 게 가장 적절한 표현일 것이다.

지금 나는 설계 사무소에서 일한다. 하나코는 전문학교를 다니면서 밤에는 이자카야에서 아르바이트한다. 자유 기고가가 되고 싶다는데, 과연 꿈을 이룰 가능성이

스토커 입문 ●

273

얼마나 있는지는 나도 잘 모르겠다.

어쨌든 나는 1, 2년 후에 결혼할 생각이었다. 그런 마음을 그녀에게 전하기도 했다. 그녀는 선뜻 동의하지도 않았지만 그렇다고 부정적으로 얘기하지도 않았다. 그래서 나는 결혼할 생각으로 저금을 시작했다.

그런데.

느닷없이 그런 말을 꺼낼 줄은 꿈에도 몰랐다. 대체 그녀에게 무슨 일이 있었던 걸까.

2

갑작스러운 이별 통보로부터 딱 일주일이 지난 날 밤, 하나코가 전화를 했다. 상대가 나라는 걸 확인하고 나서 다짜고짜 "도대체 어쩔 셈이야?"라고 따지듯이 물었다.

"어쩔 셈이냐니, 그게……."

"자기, 지난주 일요일에 무슨 일이 있었는지 기억나?"

"데이트할 때 말이야?"

"그래. 자기, 나한테 차였잖아. 설마 차였다는 것도 모르지는 않겠지."

하나코는 기분이 몹시 나쁜 듯했다. 목소리가 쾅, 쾅, 내 고막을 두드렸다.

"모를 리 있겠어? 그렇게 딱 잘라 말했는데."

"그럼 충격을 받았겠네?"

"그야 그렇지. 갑작스러운 일이니까."

"그런데……,"

그녀가 숨을 들이마시는 기색이 느껴졌다.

"왜 아무 짓도 안 해?"

"무슨 짓?"

"지난 일주일 동안 자기, 내게 아무 짓도 안 했잖아."

"그랬지."

"그거, 무슨 뜻이야?"

"무슨 뜻이냐니……."

말하다가 나는 고개를 끄덕였다. 그녀가 화난 이유를 깨달은 것이다.

지난 일주일 동안 나는 결국 그녀에게 전화하지 않았다. 잠시 냉각기를 가지는 게 좋겠다고 여겼기 때문이다. 그런데 아무래도 그 점이 하나코의 마음에 들지 않았던 모양이다.

뭐야, 연락을 기다렸던 거야? 나는 마음이 놓였다.

"자기가 마음을 가라앉힐 때까지 기다렸지, 뭐. 아무래도 자기, 바보 같은 소리를 했다고 후회하는 것 같은데?"

내 말에서 여유가 배어 나왔다.

"후회? 내가 왜 후회를 해?"

"그러니까 그게, 이유가 뭐였는지는 모르겠지만 그때는 왠지 기분이 언짢아져서 마음에도 없는 말을 한 거잖아. 그런데 먼저 사과하자니 겸연쩍고 해서 내 전화를 기다린 거……."

"웃기고 있네."

내 말이 끝나기도 전에 그녀가 내뱉듯이 말했다.

"후회를 왜 해. 그보다, 자기는 어때? 나한테 차였는데, 괜찮아? 뭐라도 해 봐야겠다는 생각이 들지 않아?"

"그런 생각이야 들지. 그래서 때가 되면 얘기를 해 보려고……."

내가 말하는 도중에 그녀가 혀를 차기 시작했다.

"아직도 모르겠어? 자기랑 얘기할 생각이 없어. 헤어진다고 했잖아."

"그러니까 갑자기 왜 그러냐니까."

"에이, 짜증 나. 나는 자기의 그런 점이 싫어. 자기, 나를 어떻게 생각해? 좋아, 아니면 싫어? 헤어지고 싶어,

헤어지고 싶지 않아?"

"조, 좋아해. 헤어지고 싶지 않아."

나는 두서없이 대답했다.

"그러면 이런 상황에서 해야 할 일이 있지 않겠어?"

"해야 할 일? 그러니까 그건 서로 대화를 나누면서……
아니면, 선물이라도 줄까?"

"자기, 혹시 바보야? 남자를 차 버린 여자가 그 남자가
주는 선물을 받을 것 같아?"

"그게 말이지……,"

나는 전화기를 손에 쥔 채 다른 손으로 머리를 북북 긁
었다.

"솔직히 잘 모르겠어. 도대체 내가 어떻게 해 주길 바
라는 거야?"

"내가 뭘 바라는 게 아니야. 오히려 나는 자기가 뭘 하
지 않기를 바라지. 하지만 뭐든 자기는 해야만 해. 나를
사랑한다면 말이야."

하나코의 말이 나를 혼란스럽게 했다. 머리가 아파졌
다.

"뭐가 뭔지 하나도 모르겠어. 제발 좀 가르쳐 줘."

내가 애원하자 깊이 숨을 들이쉬는 소리가 들렸다.

"그걸 꼭 내 입으로 가르쳐 줘야 알겠어? 그래서 안 되는 거야, 자기는. 어쩔 수 없네, 특별히 가르쳐 주는 수밖에. 좋아하는 여자에게 차인 남자가 할 일은 하나뿐이야. 스토커가 되는 것."

"응, 뭐라고?"

"못 들었어? 스토커라고. 스, 토, 커."

"스토커라니, 사람을 쫓아다니는 스토커 말이야?"

"그래, 그것 말고 뭐가 또 있어? 자신의 사랑을 여자가 받아 주지 않을 때 남자는 스토커가 되는 거야."

"잠깐만. 나더러 자기의 스토커가 되란 말이야?"

"그래."

"무슨 말도 안 되는 소리야. 그런 짓은 할 수 없어."

"왜?"

"왜라니……."

점점 더 머리가 아파 왔다.

"자기는 텔레비전도 안 봤어? 가끔 스토커 특집도 해 주잖아. 거기 나오는 스토커들이 하는 말은 정해져 있어. 그녀를 깊이 사랑하기 때문이다, 그러니 제발 내버려 둬라. 즉, 그건 일종의 애정 표현이야."

"그런가……."

"내키지 않아?"

"별로."

"흠, 자기는 나를 별로 좋아하지 않았나 보네. 그러니까 헤어져도 좋다는 말이지?"

"아니, 그런 건 아니지만……."

"됐어, 알았어. 스토커가 되고 싶지 않다는 얘기는 나에 대한 애정도 그 정도라는 뜻이야. 그럼 이만."

"아니, 잠깐만!"

그러나 전화는 그대로 끊겼다.

3

다음 날 퇴근하는 길에 하나코가 아르바이트하는 이자카야에 가 보았다. 가게에 들어서니 그녀는 평소처럼 종업원 복장을 하고 손님에게 주문을 받고 있다. 나는 빈자리에 가서 앉았다.

잠시 후 하나코가 내가 온 것을 알아차리고 미간을 잔뜩 찌푸리며 다가왔다.

"잘 있었어?"

내가 말을 걸었다.

그녀는 부루퉁한 표정으로 물수건을 테이블에 놓았다.

"왜 왔어?"

"왜라니, 스토킹하러 왔지."

"스토킹?"

"응. 그 후로 이리저리 생각해 봤는데, 자기 말대로 한 번 해 보려고. 그래서 왔어. 스토킹이라는 게 좋아하는 사람을 쫓아다니면 되는 거잖아."

내 말에 하나코는 넌더리가 난다는 표정을 지었다.

"스토킹이란 말이지, 훨씬 음침하게, 그리고 몰래 해야 하는 거야. 구석에 숨어서 지그시 바라봐야 제대로 된 스 토커란 말이지. 자기처럼 촐랑거리면서 잘 있었냐느니 하고 말을 걸지 않는단 말이야."

"아아, 그래?"

"이런 데 당당히 들어오지도 않아. 내가 나갈 때까지 전봇대 같은 데 숨어서 기다려야지. 스토킹할 마음이 있 다면 공부를 더 해."

"알았어. 미안해."

나는 고개를 숙이고 말았다. 하지만 내가 왜 사과해야 하지.

"맥주나 한잔 마시고 나가. 여기는 스토커가 올 만한 곳이 아니니까."

그러고서 하나코는 획 등을 돌려 가 버렸다.

하는 수 없이 그녀가 말한 대로 맥주만 한 잔 마시고 이자카야를 나왔다. 하지만 가게 주변에는 마땅한 전봇대가 없었다. 그래서 건너편 카페에 들어가기로 했다. 고맙게도 그곳은 만화 카페였다. 나는 종종 바깥을 내다보면서 만화를 읽었다.

11시가 좀 지나서 하나코가 이자카야에서 나왔다. 나는 만화 카페를 나와 그녀를 쫓아갔다. 금세 그녀에게 따라붙어 거리를 5미터 정도 유지하며 걸었다.

그런데 갑자기 하나코가 걸음을 멈추더니 내 쪽을 돌아봤다.

"너무 가깝지 않아?"

"어, 그래? 하지만 너무 떨어지면 놓칠까 봐……."

"그러니까 방법을 연구해 봐야지."

"아아, 연구를……."

어렵네, 하고 나는 생각했다.

"그리고 말이지 자기, 지금까지 어디서 뭘 했어?"

"뭘 하다니, 자기를 기다렸잖아."

"건너편 만화 카페에 있었지?"

"응. 달리 적당한 데가 없었어. 몇 시간이나 기다리기는 지루하니까……."

그러자 하나코가 허리춤에 손을 얹고 한심하다는 듯이 고개를 절레절레 저었다.

"만화를 읽는 틈틈이 스토킹을 한단 말이지. 팔자 한번 늘어졌네."

"아니, 그런 건 아니야."

"스토킹이란 건 집념으로 똘똘 뭉쳐 있어야 해. 그런데 지루할 틈이 어딨어. 스토킹을 하려면 성의를 좀 보여봐. 설렁설렁 하는 건 용서할 수 없으니까."

그러고서 그녀는 돌아서서 종종걸음으로 걸어갔다.

5미터는 너무 가깝다고 했으니 10미터쯤 거리를 두고 미행을 계속했다. 그녀는 수시로 돌아보며 내 모습을 살폈다.

같은 전철을 타고 같은 역에서 내려 같은 방향으로 걸었다. 이윽고 하나코가 사는 아파트 앞에 도착했다. 여성 전용 아파트다.

오토록 도어를 열고 그녀는 현관으로 들어갔다. 그리고 마지막으로 한 번 더 뒤돌아봤다. 나는 전봇대 뒤에 숨어서 그녀를 지켜봤다.

그녀의 집은 3층에 있다. 나는 길가에서 그녀의 방에 불이 켜지는 모습을 확인했다. 잠시 뒤 커튼이 살랑 움직였다. 그녀도 이쪽을 바라보는 듯했다.

이걸로 할 일을 다 했다고 여기고 나는 걸음을 옮겼다. 그런데 채 10미터도 가기 전에 휴대 전화가 울렸다.

"여보세요."

"어디 가는 거야?"

하나코 목소리다.

"어디 가긴, 볼일이 끝났으니 돌아가는 거지."

"무슨 소리를 하고 있어, 중요한 건 지금부터인데."

"어, 아직도 해야 할 일이 남았어?"

"당연하지. 스토킹이라는 건 상대가 집에 돌아온 걸 확인하면 즉시 전화를 걸어야 해. 그럼으로써 내내 널 지켜봤다고 상대방에게 어필하는 거지."

"아하, 그렇구나."

"알았으면 제대로 좀 해."

그리고 그녀는 일방적으로 전화를 끊었다.

이거야 원.

다시 전봇대까지 돌아가서 그녀의 집에 전화했다. 그

녀는 벨이 세 번 울리고서야 전화를 받았다.

"여보세요."

"나야."

"용건이 뭐죠?"

조금 전과 달리 억양이 없는 목소리였다.

"자기가 전화하라고 했잖아."

"용건이 없으면 끊겠습니다."

그녀는 정말로 전화를 끊어 버렸다.

뭐야, 왜 이래. 전화하라고 해서 했는데.

어쨌든 시키는 대로 했으니 됐지, 뭐, 하고 생각하며 나는 다시 그곳을 뜨려고 했다. 그런데 또 휴대 전화가 울렸다.

"어디 가는 거야!"

이번에는 화난 목소리였다.

"시키는 대로 전화했는데 자기가 끊어 버려서……."

"한 번 끊었다고 그렇게 기가 꺾여서야 스토커라고 할 수 있겠어? 몇 번이고 다시 걸어야지."

"뭐라고?"

"그럼 끊는다. 알아서 잘 좀 해 봐."

나는 휴대 전화를 든 채 고개를 갸웃거리다가 다시 한

번 그녀의 집으로 전화했다. 그런데 착신음이 몇 번 울리고 나서 "지금 전화를 받을 수 없습니다. 남기실 말씀이 있으면……." 하고 자동 응답 메시지가 흘러나왔다.

"뭐야, 왜 전화를 안 받는 거야?"

나는 전화에 대고 말했다. 그 말이 상대방 전화기의 스피커를 통해 들릴 거라고 생각하면서 말이다.

"전화를 안 받으니 어쩔 수 없군. 그럼 이만 끊는다. 내일 다시 전화할게."

그러고서 전화를 끊으려 했다. 그런데 버튼을 누르려는 순간 "바보!" 하는 하나코의 목소리가 들렸다.

"아이, 깜짝이야. 왜 안 받았어?"

"수상한 전화가 걸려 오면 안 받고 자동 응답으로 돌려놓는 게 상식 아니야? 그렇다고 어떻게 그렇게 금방 포기하냐."

"그럼 나더러 어떡하란 말이야?"

"자기가 하고 싶은 얘기를 해. 일방적으로 지껄이란 말이야."

"일방적으로……, 하지만 대체 무슨 얘기를 해야 할지……. 내가 만담가도 아니고, 상대가 반응하지도 않는데 나 혼자 지껄이라니, 이거 난감하네."

"내 얘기를 하면 되잖아. 오늘 지켜본 내 행동에 관한 얘기라든가, 최근의 내 생활에 관해서 말이야. 그러면 듣는 쪽에서는 어떻게 그런 일까지 알까, 하며 기분 나빠하겠지. 그걸 노리는 거야."

"아아."

"알겠지? 그럼 다시 전화를 걸어 봐."

그녀가 시키는 대로 다시 전화를 걸었다. 이번에도 자동 응답 메시지가 흘러나왔다. 나는 숨을 크게 들이쉬었다.

"아, 저…… 너는 오늘 전문학교에 갔을 테지. 그런 다음 아르바이트하러 갔어. 그리고 11시 넘어 가게를 나와 12시 5분경 집에 도착했어. 이상이다."

이번에야말로 OK일 거라고 생각했지만, 전화를 끊으려는 찰나 하나코의 목소리가 들렸다.

"빵점!"

"엥, 뭐라고?"

"빵점이란 말이야. 뭐야, 그게? 어린애가 그림일기를 쓰는 게 아니잖아. 좀 더 그럴듯하게 말할 수 없어?"

"하지만 더 말할래야 말할 내용도 없는걸."

"왜 없어? 내가 아침에 뭘 먹었다든가, 어제 집에서 뭘 했다든가……."

"내가 그런 걸 알 리 없잖아."

"스토커가 그래서야 쓰겠어? 스토커는 모든 걸 알아야 하는 법이야."

"말도 안 돼."

"뭐가 말이 안 돼? 하여간 내일부터는 좀 더 그럴듯한 스토커 기질을 발휘해 줘. 알았지?"

재빨리 퍼붓고 그녀는 전화를 끊었다.

4

다음 날 나는 근무 시간 선택제를 이용해 평소보다 두 시간 일찍 회사를 나섰다. 그리고 그길로 그녀가 다니는 학교 앞까지 갔다. 그녀가 학교에서 나오자 10미터 정도 사이를 두고 미행했다. 물론 그녀는 알아차린 눈치였다. 그 증거로 가끔 내 쪽을 힐끔거렸다.

아르바이트하는 이자카야로 곧장 갔으면 좋으련만, 하나코는 도중에 책방을 들르는가 하면 부티크를 구경하기도 하고 백화점 화장품 매장을 찾는 등 바쁘게 움직였다. 그녀가 어디에 들어갈 때마다 나는 그곳을 감시할

만한 장소를 물색해야 했고, 그녀가 나올 때까지 기다려
야 했다.

결국 저녁 7시가 가까워서야 그녀는 이자카야에 도착
했다. 나는 어제 일을 떠올리며, 만화 카페에 들어가지
않고 20미터쯤 떨어진 곳에 있는 우체통 옆에 서서 그녀
를 기다렸다. 기다리는 동안 그녀가 오늘 한 행동들을 수
첩에 메모했다. 그러고 나서도 내내 그곳에서 이자카야
입구를 지켜봤다. 지겨워 죽을 지경이었고 다리도 아팠
다. 잡지라도 사 볼까 했지만, 하나코에게 들키면 일이
점점 복잡해질 것 같아 그만두었다.

옆에 있는 약국 사람이 몇 시간째 한자리에 서 있는 나
를 미심쩍은 눈초리로 바라보았다.

하나코는 어제와 거의 같은 시각에 이자카야를 나왔
다. 그 시각 나는 이미 지칠 대로 지쳐 있었다. 하지만 미
행을 계속하지 않을 수 없었다.

어제와 마찬가지로 그녀의 아파트 앞까지 따라갔다.
방에 불이 켜지기를 기다렸다가 전화를 걸었다.

"여보세요."

"응, 나야."

"……무슨 일이시죠?"

그녀가 어제와 똑같이 응대했다.

그런데 이 상황에서 나까지 똑같이 말했다가는 어젯밤 일이 되풀이될 터였다.

"아, 저, 보고할 일이 있어."

"보고라니요?"

"너는 오늘 오후 5시 조금 지나서 학교를 나왔어. 그리고 역 앞 책방에 들어가서 잡지를 샀어. 그다음에 부티크에 갔지. 원피스와 스커트 코너를 오락가락하다가 끝내 아무것도 사지 않고 나왔어. 그뿐인 줄 알아? 백화점 화장품 매장에서 마스카라를 샀다는 것도 알아. 스타킹을 구경하고 지갑과 가방도 구경한 후 아르바이트하는 이자카야로 갔지. 어때, 내 말이 맞지?"

메모를 보며 줄줄 읊었다.

잠시 말이 없던 하나코가 한숨을 쉬더니 "안 되겠네."라고 말했다.

"그 정도로는 하나도 놀랍지 않아. 어젯밤에 내가 배달시켜 먹고 남은 피자를 마저 먹었다든지, 어제 생리가 시작됐다는 정도라면 몰라도."

"생리해?"

"그것도 조사하지 않고 뭘 하겠다는 거야?"

"내가 그런 것까지 어떻게 알겠어. 화장실까지 쫓아다 닐 수도 없고."

그녀가 잠시 입을 다물었다. 후, 한숨 쉬는 소리가 들렸다.

"자기, 오늘이 무슨 요일인지 알아?"

"그야 화요일이지. 아니, 날이 바뀌었으니 이제는 수요일이라고 해야겠구나."

"화요일은 말이지,"

그녀가 말했다.

"소각용 쓰레기를 내놓는 날이야. 목요일과 토요일도 마찬가지고. 매립용 쓰레기를 내놓는 날은 월요일이야."

"그래? 그런데 뜬금없이 쓰레기 얘기는 왜 하는 거야?"

"여기까지 가르쳐 줬는데도 모르겠어? 쓰레기를 조사해 보면 여러 가지를 알 수 있잖아. 내 식생활이나 생리에 대해도 알 수 있고."

"아!"

그제야 깨달았다.

"쓰레기를 뒤져야 하는구나."

"조사하는 거라니까, 뒤지는 게 아니라."

"그게 그거지. 그런데, 그런 것까지 해야 해?"

"쓰레기를 조사하는 건 스토킹의 기본이야."

하나코가 딱 잘라 말했다.

5

다음 날 아침, 눈을 떠 보니 머리가 아팠다. 몸도 오슬 오슬 춥고 떨렸다. 체온을 재 보니 아니나 다를까 열이 있다. 이자카야 앞에서 잠복한 탓에 감기에 걸렸을 것이 다. 회사 동료에게 전화해서 하루 쉬겠다는 뜻을 전한 후 약을 먹고 다시 이불 속으로 파고들었다. 오늘은 스토킹 도 휴무다.

저녁나절까지 푹 자고 났더니 몸 컨디션은 조금 나아 진 대신 재채기가 나고 콧물이 멈추지 않았다. 난감해하 는데 휴대 전화가 울렸다. 어쩐지 예감이 좋지 않았다.

"뭐 하는 거야!"

하나코 목소리다. 예상대로 화가 많이 나 있었다.

나는 감기에 걸려서 어쩔 수 없었다고 변명했다.

"겨우 감기 따위를 가지고. 자기는 스토킹이 뭐라고 생 각해? 장난삼아 할 만한 일이 아니란 말이야. 애초에 감기에 걸렸다는 것 자체가 정신 상태가 글러 먹었다는 증거야."

그녀가 엄청난 기세로 퍼부어 댔다.

"그래, 미안해."

나는 솔직하게 사과했다.

"할 수 없지. 그럼 오늘 밤 전화 연락은 안 해도 돼. 대신 내일은 어림도 없어."

"알았어. 오늘은 푹 쉬고, 체력을 회복해서 내일부터 다시 힘낼게."

나는 나름의 각오를 말했다고 생각했는데 그 말이 또 그녀를 화나게 했다.

"무슨 말을 하는 거야. 푹 쉬다니, 그럴 틈이 어디 있어?"

"왜 없어?"

"어제 내가 한 말, 벌써 잊었어? 오늘이 수요일이야. 그럼 내일은 목요일이잖아."

"아⋯⋯."

무슨 말인지 그제야 알아들을 수 있었다. 쓰레기 뒤지기, 라기보다 쓰레기를 조사하라는 거다.

"알았어. 내일 아침 일찍 일어나서 쓰레기 조사하러 갈게."

"아침 일찍이 몇 시쯤이야?"

"그야, 7시나 8시쯤……."

"하! 그래도 되겠어?"

"안 될까?"

"자기가 꼭 그 시간에 오겠다면 말리지는 않겠지만, 분명 후회할 텐데."

"아니, 왜?"

"그때쯤이면 이미 쓰레기봉투가 여러 개 나와 있을 거야. 이 아파트에는 혼자 사는 사람이 많아서 전날 밤에 내놓는 사람도 꽤 있을 테고. 그것들 중에서 내가 내놓은 쓰레기봉투를 어떻게 알아내지?"

나는 대답할 말이 없었다. 그녀의 말이 사실이다. 눈앞이 캄캄해졌다.

"그러니까 알아서 해."

그녀가 차갑게 내뱉었다.

결국 밤늦게 나가 보기로 했다. 여전히 코가 간질거렸다. 주머니에 휴지를 잔뜩 챙겨 넣었다.

쓰레기 수거장은 아파트 뒤쪽에 있었다. 거기서 조금 떨어진 곳에 세워져 있는 경트럭 뒤에 숨으면 지켜보기 좋을 듯했다. 나는 트럭 뒤에서 이따금 코를 풀어 가며

그녀가 나타나기를 기다렸다. 아직 11월이지만 바람은
겨울 못지않았다.

하나코의 말과는 달리 미리 쓰레기봉투를 내놓는 사
람은 없었다. 나는 쪼그리고 앉아서 졸린 눈을 비벼 가며
그녀를 기다렸다. 다음번에는 라디오나 워크맨을 가져
와야지 생각하면서.

새벽 6시쯤, 조금씩 아침 분위기가 감돌 무렵 드디어
쓰레기봉투를 든 사람이 나타났다. 회색 정장 차림의 여
자로, 하나코는 아니었다. 나이는 서른을 갓 넘겼을까.
몹시 뚱뚱하고 얼굴이 큰 여자였다. 큰 얼굴을 커버할 작
정으로 매만진 듯한 머리 모양이 전혀 어울리지 않았다.
여자는 쓰레기봉투를 내려놓고, 주위를 살피듯이 잠시
두리번거리다가 그 자리를 떠났다.

그다음으로 나타난 사람이 하나코다. 그녀는 위아래
한 벌인, 눈에 확 띄는 분홍색 트레이너 차림이었다. 감
기려던 눈이 번쩍 뜨였다.

하나코가 돌아가는 걸 확인하고 나서 곧바로 일어섰
다. 하도 오래 쪼그리고 앉아 있어서 무릎이 뻐근했다.

보는 사람이 없는지 신경을 쓰며 하나코의 쓰레기봉
투를 열었다. 음식물 쓰레기 냄새가 코를 찔렀다. 감기에

걸려서 냄새를 잘 맡지 못하는데도 나도 모르게 뒤로 나자빠질 정도였다. 봉투 속에 멜론 껍질이 보였다.

바로 그때 또 누군가 아파트에서 나왔다. 나는 봉투를 열어 둔 채 부랴부랴 다시 경트럭 뒤로 가서 숨었다.

다가온 사람은 스물네댓 살로 보이는 예쁜 여자였다. 늘씬한 체격에 긴 머리가 잘 어울리고, 길게 찢어진 눈초리가 인상적이었다. 그녀는 내 쪽은 눈길도 주지 않은 채 쓰레기봉투를 놓고 사라졌다.

나는 가슴을 쓸어내리며 다시 쓰레기봉투들이 놓인 곳으로 돌아가서 하나코가 버린 봉투 속을 들여다봤다. 음식물 쓰레기 외에도 종잇조각과 잡지 같은 것들이 뒤섞여 있었다.

'이걸 전부 조사해야 하다니……'

그런 생각을 하고 있는데 뒤에서 발소리가 났다. 기겁해서 뒤를 돌아보니 젊은 남자가 다가오고 있었다. 눈빛이 험상궂기에 내게 한마디 하려고 오나 싶었는데 그는 나를 본체만체하고 아까 그 예쁜 여자가 놓고 간 쓰레기봉투로 다가가더니 주머니에서 마스크를 꺼내 쓰고 수술용의 얇은 고무장갑을 낀 뒤 익숙한 손놀림으로 봉투를 열었다.

내가 물끄러미 바라보고 있어서인지 그가 내게 눈길을 돌렸다.

"왜 그러시죠?"

그가 내게 물었다.

"아니, 저……, 댁도 스토커인가요?"

"네."

그는 부끄러운 기색도 없이 고개를 끄덕였다.

"그쪽은 처음 보는 얼굴이네요."

"네. 그래서, 뭐라고 해야 하나…… 요령을 잘 몰라서요."

"처음에는 누구나 그렇죠. 허허, 저런. 멜론 껍질이군요."

그가 내 앞에 있는 쓰레기봉투를 바라보며 마스크 위로 눈살을 찌푸렸다.

"그거 힘들어요. 새우나 게 껍데기도 그렇고요."

"미치겠어요."

"이걸 쓰세요."

그가 주머니에서 마스크와 수술용 장갑을 꺼냈다.

"혹시나 해서 늘 예비용을 갖고 다니거든요."

"아, 살았네요. 정말 감사합니다."

장갑과 마스크를 끼니 작업이 한결 수월했다.

남자가 자신이 뒤지던 쓰레기봉투에 손을 집어넣어 뭔가를 꺼냈다. 옅은 분홍색 종이였다.

"이건 다이키치 만두 포장지군. 지하철역 앞 전통 과자 가게에서 팔고 있죠. 그녀가 이걸 무척 좋아해요. 너무 많이 먹으면 뚱뚱해진다고 늘 주의를 주는데도 말이죠. 아니, 그것도 세 개나 먹었네. 안 되겠는걸."

"다른 사람과 같이 먹었을 수도 있잖습니까."

내 말에 그는 고개를 저었다.

"그녀는 퇴근길에 전통 과자 가게에서 만두를 산 후 줄 곧 혼자였습니다. 집에 찾아온 사람도 없고요. 아마 어젯밤에 여자 친구랑 장시간 통화하면서 먹었을 겁니다."

그 자신감 넘치는 말투에 나는 감탄해 마지않았다. 모름지기 스토커란 이래야 하는 건가.

그때 또 한 사람, 쓰레기봉투를 든 여자가 나타났다. 몸집은 작지만 꽤 매력적이었다. 나는 도망치려 했지만, 선배 스토커는 묵묵히 작업을 계속했다.

여자도 우리에게 신경 쓰는 기색 없이 쓰레기봉투를 획 던지고 가 버렸다. 그 직후 어디선가 남자가 또 하나 나타났다. 그가 우리를 보고 꾸벅 고개를 숙였다.

"안녕하십니까."

옆에 있는 남자도 인사했다.

"오늘은 그쪽 쓰레기가 비교적 적은 것 같습니다."

"그녀가 어제까지 친정에 가 있었거든요."

나중에 온 남자가 대답하고 나서 나를 바라보며 "어, 신입인가요?" 하고 물었다. 나는 그에게 "잘 부탁드립니다." 하고 인사했다.

"네, 저도 잘 부탁드립니다. 그런데 몇 호에 사는 여자 분의……?"

"305호입니다."

하나코 집 호수를 알려 줬다.

"아하, 그 화려한 여자 분요? 그렇군요."

남자가 이해할 만하다는 듯이 고개를 끄덕였다. 이 아파트에 관해 꿰뚫고 있는 듯했다. 상당히 베테랑인 모양이다.

그런 와중에 다시 쓰레기봉투를 든 여자가 나타났다. 울퉁불퉁한 바위를 연상시키는 얼굴이다. 눈과 입이 암석의 갈라진 틈처럼 보인다. 그럼에도 차림새는 소녀풍이었다.

그녀가 우리를 보더니 뭔가 말하려는 듯하다가 그냥 입을 다문 채 쓰레기봉투를 놓고 가 버렸다.

"402호예요."

나중에 온 남자가 중얼거렸다.

"저러면 안 되지."

"이런 데 쓰레기봉투를 놓으면 방해가 되잖아."

내 옆에 있던 남자가 암석녀가 놓고 간 봉투를 옆으로 옮겼다. 맨 처음 나타났던 뚱뚱한 여자의 쓰레기봉투 옆이다.

그 후로도 그 아파트에 사는 여자 몇 명이 쓰레기봉투를 버리러 왔다. 그중 몇 개에는 스토커들이 달라붙었고, 그렇지 않은 봉투는 한쪽으로 치워졌다.

스토커 선배들의 조언을 들으며 하나코의 쓰레기봉투를 조사했다. 조사를 마친 나는 쓰레기 수거장을 떠나기 전에 스토커들이 눈길도 주지 않는, 산더미같이 쌓인 쓰레기봉투를 바라봤다.

그것들은 어쩐지 쓸쓸해 보였다.

임계 가족

1

4층까지 올라가자니 너무 힘들어서 3층에 다다랐을 때 가와시마 데쓰야는 잠시 숨을 돌렸다. 다음 주 회의용 자료를 정리하는 데 시간이 걸려 상당히 늦어지고 말았다. 경기가 좋았던 시절에는 이럴 경우 초과 근무 수당이 넉넉히 들어와 득의의 미소를 지었지만, 요즘은 초과 근무 시간이 엄격히 관리되고 있어 아무리 늦게까지 일해도 주머니가 두둑해지기는커녕 피곤하기만 할 뿐이었다. 그래도 잘리는 것보다는 낫다고 생각하며 가와시마는 다시 계단을 올랐다.

현관문을 여니 아내 도모코가 부엌 바닥에 엎드린 채 뭔가를 하고 있었다.

"뭐 하는 거야?"

"아, 당신 왔어요?"

도모코는 남편 얼굴을 힐끔 바라봤을 뿐, 앞머리를 쓸

어 올린 후 다시 엎드린 자세로 바닥을 뚫어져라 바라보았다.

"아빠, 다녀오셨어요?"

그때 안쪽 방에서 유미가 나왔다. 올해 네 살 된 딸이다.

"그래, 아빠 왔다."

가와시마는 딸에게 함박웃음을 지어 보인 뒤 다시 도모코에게 물었다.

"찾는 거라도 있어? 또 콘택트렌즈야?"

"호로린링 구슬."

"호로린…… 뭐라고?"

"호로린링."

유미가 즐거운 듯이 말하고 손에 든 장난감을 흔들었다. 둥그런 모양의 투명한 관 속에 색색의 구슬이 몇 개 들어 있는 것이다. 그러자 구슬들이 부딪치며 탁, 탁, 소리를 냈다.

"유미!"

도모코가 나무라 듯이 딸을 불렀다.

"그거 가만 놔두라고 했잖아. 또 뚜껑이 열리면 어쩔 거야!"

그러자 유미가 입술을 뾰로통하게 내밀며 장난감을

가슴에 끌어안고 뒤로 물러섰다.

그제야 가와시마도 기억이 났다. 호로린링이란 지금 유미가 끌어안고 있는 장난감 이름이다. 어느 애니메이션 캐릭터가 들고 나온 것이라는데, 2주쯤 전 일요일에 백화점에서 사 주었다.

"아하, 안에 있던 구슬이 빠져 버렸구나."

"맞아요. 가지고 놀다가 뚜껑이 열려서 빠졌나 봐요."

"그런데 이거, 원래 구슬을 꺼내서 노는 거 아니야?"

"하나씩 조심해서 꺼내라고 했건만."

도모코가 새초롬하게 말했다.

"몽땅 쏟아 버렸나 보지?"

가와시마의 물음에 도모코가 짜증스러운 표정으로 고개를 끄덕였다.

"방에 전부 흩어져 버렸지 뭐예요. 주워 모으는 데 얼마나 오래 걸리는지……."

그리고 아내는 시계를 보더니 다시 얼굴을 찡그렸다.

"벌써 한 시간째네."

"아직 다 못 찾았어?"

"하나 남았어요. 이쯤 있을 텐데……."

"흠."

자신과는 상관없는 일이라는 듯이 가와시마가 침실 문을 열려고 했다. 그때 등 뒤로 아내의 목소리가 날아들 었다.

"당신도 좀 찾아봐요."

"응, 내가? 난 좀 봐줘. 피곤하단 말이야."

"나는 안 피곤한 줄 알아요? 아무래도 냉장고 밑에 있 는 것 같아요. 냉장고 좀 옮겨 줘요."

"냉장고를 나 혼자서 옮길 수 있을까?"

"그럼요. 바퀴가 달려 있으니까 조금만 기울이면 움직 일 거예요."

"그러지 말고 내일 하자. 나 배고파."

가와시마가 넥타이를 풀며 말했다.

그러자 도모코가 유미를 바라보며 물었다.

"내일 찾아도 괜찮니?"

"아니, 아니야, 싫어."

유미가 고개를 세차게 저었다.

"내일 마도카 짱이랑 놀 거란 말이야. 호로린링 있어야 해."

"호로린링 있잖아."

"구슬이 한 개 없어."

"하나쯤은 없어도 괜찮아."

"싫어, 싫단 말이야!"

유미가 마침내 울음을 터뜨렸다.

가와시마는 한숨을 쉬며 넥타이와 가방을 의자에 놓고 냉장고로 다가갔다.

그로부터 약 한 시간에 걸쳐 구슬을 찾아 헤맸다. 하지만 잃어버린 구슬은 어디에도 없었다. 물론 냉장고 밑에도 없었다.

가와시마는 피로에 짓눌린 채 늦은 저녁을 먹었다. 튀김 요리가 식어서 눅눅해져 있었다. 그사이 도모코는 누군가와 통화를 했고, 유미는 어느샌가 잠들었다.

통화를 마친 도모코가 가와시마의 맞은편에 와서 앉았다. 짜증스럽던 표정이 조금은 누그러져 있었다.

"야나기하라 씨한테 물어보니까 구슬만 따로 판대요."

야나기하라는 아까 유미가 말한 마도카 쨩의 엄마로 같은 아파트 단지에 사는 여자다.

"그래? 잃어버리는 사람이 많은가 보군."

"다행이에요. 유미가 울고불고하지 않아도 되겠어. 내일 사러 갈 거죠?"

"모처럼 토요일인데 또 장난감을 사러 가란 말이야, 그

붐비는 데를?"

"구슬만 사고 곧장 돌아오면 되잖아요."

"그렇게 할 수만 있다면 괜찮겠지. 그런데 구슬을 한 개씩 팔지는 않을 거야. 열 개나 스무 개 단위로 파는 거 아닐까?"

"그건 잘 모르겠는데……."

"그러면 너무 낭비야."

가와시마가 젓가락을 내려놓고 식탁 위에 놓여 있던 호로린링을 집어 들었다. 손잡이 부분에 화려한 장식이 잔뜩 달려 있고, 스위치를 누르면 번쩍번쩍 빛나도록 되어 있었다. 유치원 아이에게는 너무 호화판이라는 생각이 들었다. 장식들 중 하나가 파이프 뚜껑이고, 뚜껑을 열어서 구슬을 꺼내는 구조였다.

"조심해요. 구슬을 쏟았다가는 몇 개가 또 없어질 테니까요."

"알았어. 흠, 딱 구슬치기하는 구슬 크기네."

가와시마는 파이프 속에 든 구슬을 꺼내서 손바닥 위에 올려놓고 이리저리 굴렸다.

"그래! 구슬치기용 구슬을 넣으면 되겠어. 어차피 둘 다 유리구슬이니까."

"그렇게는 안 되죠."

"왜?"

"호로린링 구슬은 빨강, 파랑, 노랑, 오렌지색으로 정해져 있어요. 다른 색 구슬을 넣으면 유미가 가만있지 않을 거예요. 울고불고 난리 칠 텐데."

"아무러면 어린애가 그렇게까지 까탈스러울까."

"모르는 소리 하지 말아요. 못 믿겠으면 유미 친구들 노는 데 한번 가 보든지."

"알았어. 호로린링용 구슬을 사 오면 되지?"

호로린링을 내려놓고 가와시마는 다시 젓가락을 집어 들었다.

2

다음 날 아침, 가와시마는 텔레비전 소리에 잠에서 깼다. 옆에서는 도모코가 가볍게 코를 골며 자고 있었다.

"이봐, 뭐야, 저 텔레비전 소리는?"

가와시마가 도모코를 흔들어 깨우며 물었다.

"텔레비전? 아아, 유미가 보고 있을 거야. '슈퍼 프린세스 아카네 쨩' 방송할 시간이거든."

"슈퍼 프린세스? 아! 그 호로린링이 나오는 애니메이션 말이지? 토요일 아침에 하는군."

"이제 알았어? 하긴 당신은 이 시간에 늘 잠을 잤으니 몰랐겠지만, 매주 이 시간이면 유미는 텔레비전 앞에서 떠나질 않아."

"그래?"

가와시마는 부스럭거리며 이불에서 빠져나와 거실로 갔다. 도모코가 말한 대로 유미는 텔레비전 앞에 앉아 있었다. 손에 호로린링을 쥔 채 진지한 표정으로 화면을 바라본다.

그 화면 속에서는 눈이 커다란 여주인공이 악역으로 여겨지는 기묘한 괴물들과 싸우고 있었다. 여주인공은 나풀거리는 짙은 분홍색 옷차림이다. 그녀의 손에 호로린링이 들려 있다.

여주인공이 "호로린링!" 하고 외치며 팔을 휘둘렀다. 그러자 호로린링에서 빨강 파랑 불빛이 뿜어져 나왔고, 그걸 본 악역들이 사방으로 도망쳤다. 유미도 기뻐하며 장난감을 흔들어 댄다.

그런데 도망가지 않는 괴물이 있었다. 아무래도 괴물

의 우두머리인 듯하다. "그래 봤자 내게는 안 통해!"라고 외치며 그 우두머리가 여주인공에게 달려들었다. 그런 데도 여주인공은 물러서지 않는다. "그럼 이건 어때!" 하면서 막대기처럼 생긴 물건을 꺼냈다. 양 끄트머리가 번 쩍번쩍 빛나는 바통이었다.

"펜포로 바통!"

유미가 소리쳤다.

여주인공이 그 바통을 휘두르자 한층 강렬한 빛이 뿜 어져 나왔고, 괴물의 우두머리는 눈 깜짝할 사이에 녹아 버렸다. 여주인공은 승리의 포즈를 취한 후 씩씩한 자태 로 사라졌다.

가와시마는 너무 싱겁다고 생각했지만, 딸은 열광하 다 못해 엔딩 테마 곡을 따라 부르기까지 했다.

만화 영화가 끝나자 화면에 다시 가와시마를 우울하 게 만드는 광고가 나왔다. 조금 전 만화 영화에 나왔던 여주인공과 똑같은 옷차림을 한 소녀가 여주인공과 똑 같은 무기를 들고 싸우고 있었다. 그 무기 중 하나는 유 미에게도 있는 호로린링이다. 그리고 또 하나는 만화 영 화의 마지막 장면에 나온 펜포로 바통이었다.

"새로운 병기, 펜포로 바통 발매! 이걸로 당신도 완벽한 '슈퍼 프린세스 아카네 짱'이 될 수 있다!"

또 쓰잘머리 없는 물건을 팔아먹으려고 안달이군, 하면서 가와시마는 못마땅한 심정으로 광고를 바라보았다. 그런 가와시마의 심정을 아는지 모르는지 유미는 "갖고 싶다."라고 조그만 목소리로 말했다. 가와시마는 못 들은 척하고 돌아섰다.

점심을 먹고 나서 가와시마네 가족은 다 함께 집을 나섰다. 행선지는 말할 것도 없이 백화점 장난감 매장이다.

그들은 아파트 단지 출구 근처에서 야나기하라 가족과 마주쳤다. 슈퍼에 다녀오는 듯 부부는 각각 흰 봉투를 두 개씩 들고 있었다.

"야아, 이거 오랜만입니다."

"어머, 안녕하세요."

어느 쪽이 먼저랄 것도 없이 두 가족은 서로 인사를 나누었다. 딸을 통해 알게 된 만큼 이 단지에서는 가장 소중한 인간관계라고 해도 지나친 말이 아니었다.

"백화점에 쇼핑하러 가시나 봐요? 좋겠네요."

야나기하라 부인이 유미와 도모코의 얼굴을 번갈아 보며 말했다.

"아아, 호로린링 구슬을 사러 가는 모양이군요."

"맞아요."

도모코가 살갑게 웃어 보이며 대답했다.

"이거야 원,"

가와시마가 야나기하라를 보며 쓴웃음을 지었다.

"그깟 장난감 하나 때문에 어른들 고생이 이만저만 아닙니다."

"그래도 아이들에게는 소중한 물건이니까요."

야나기하라가 온화한 표정으로 말했다. 성격이 서글 서글한 모양이다. 가와시마는 그와 역에서 종종 마주치 곤 했다.

그런 생각을 하며 무심코 마도카 짱에게 눈길을 돌린 가와시마는 가슴이 철렁했다. 마도카 짱의 손에 들린 물 건을 본 기억이 떠올랐기 때문이다.

'어이쿠, 빨리 이 자리를 벗어나야겠군.'

그때였다.

"어, 펜포로 바통이다!"

유미는 바로 알아차렸다. 마도카가 갖고 있던 물건은 조금 전 텔레비전에서 봤던 '새로운 병기 펜포로 바통'이 었다.

"저번에 엄마가 사 줬어."

마도카가 천진난만하게 말했다.

"유미도 사 달라고 해."

가와시마는 마도카의 입을 한 방 날리고 싶었다.

"자, 갈까. 빨리 가야겠네."

유미의 손을 끌어당기며 걸어갔다.

3

오랜 불경기 탓인지 토요일 오후의 백화점은 한산했다. 신사복 매장 같은 곳은 파리를 날리고 있었다. 생활비를 줄이는 데 첫 표적이 남자의 양복 값인가 싶어 가와시마는 조금 서글퍼졌다.

그와 대조적으로 아동복 매장에는 활기가 넘친다. 하지만 가장 활황을 누리는 곳은 장난감 매장이다. 아이를 데려온 부모들뿐 아니라 젊든 커플의 모습도 심심치 않게 보인다.

걷기 힘들다며 아빠 품에 안겨 있던 유미는 장난감 매장에 들어서자 언제 그랬냐는 듯이 데모용 장난감이 있는 곳으로 쪼르르 달려갔다.

이런 데서 어슬렁거리다가는 유미가 또 뭔가 사 달라고 조를지도 모른다. 도모코의 생각도 마찬가지였는지 호로린링 구슬이 있는지 물어보려고 서둘러 점원에게 다가갔다.

그런데 점원과 한두 마디 얘기를 나누던 그녀가 난감한 표정으로 되돌아왔다.

"없다는데."

"그래? 다 팔렸나."

"그런 게 아니라 그런 상품은 원래 없대."

"뭐? 야나기하라 씨가 있다고 했다며."

"그렇긴 한데, 야나기하라 씨가 뭔가 착각했나 봐."

"내가 한번 물어볼게."

가와시마가 조금 전에 도모코와 얘기를 나눈 젊은 남자 점원에게 다가갔다. 안경을 쓴 왜소한 남자다.

호로린링 구슬을 파는지 묻자 점원은 "아니요, 구슬은 따로 팔지 않습니다."라고 왠지 쭈뼛거리며 대답했다.

"그럴 리가 없는데요. 분명히 따로 판다고 들었거든요."

"아……, 그건 아마 슈퍼 프린세스 보석함일 겁니다."

"보석함요? 그게 아니라 제가 찾는 건 호로린링 구슬인데요."

"네, 압니다. 저, 잠깐만 기다려 주시겠습니까."

그러고서 점원은 어딘가로 사라졌다기 1분쯤 뒤에 다시 나타났다.

"이게 슈퍼 프린세스 보석함입니다."

점원이 내민 물건은 장식이 덕지덕지 붙어 있는 조잡한 상자였다. 왜 이걸 보여 주느냐고 가와시마가 묻자 점원이 상자를 열어 그 내부를 보여 주었다. 그걸 본 가와시마는 깜짝 놀랐다. 자신이 찾던 유리구슬, 즉 호로린링 구슬이 거기 들어 있었던 것이다.

"이거네, 이걸 찾는 거예요. 이 구슬만 주세요."

"죄송합니다만 그건……."

점원이 보석함 뚜껑을 탁, 닫아 버렸다.

"왜 그래요? 내가 찾는 건 그 상자 안에 든 구슬뿐인데. 상자는 필요 없어요."

"하지만 안에 든 구슬은 보석함에 딸린 물건이라서 따로 팔 수는 없습니다."

"아니, 그래도……."

"여보."

도모코가 가와시마의 옷소매를 잡아당겼다.

"사람들이 보잖아요. 그냥 보석함을 사요."

그녀의 말에 뭐라고 대꾸하려던 가와시마는 주위에서 손님들이 자신들을 보며 쿡쿡 웃는 것을 눈치채고 입을 다물었다. 그리고 혀를 차며 점원에게 "얼만데요?" 하고 물었다.

"2,300엔입니다."

가와시마가 눈을 휘둥그렇게 떴다.

"유리구슬 하나를 사는데 2,300엔이라고요?"

그러자 도모코가 또 그의 옆구리를 찔렀다. 가와시마는 언짢은 떨떠름한 표정으로 지갑을 꺼냈다.

점원이 보석함을 포장하는 동안 가와시마는 매장을 둘러봤다. 유미는 '슈퍼 프린세스 아카네 짱' 코너를 구경하고 있었다. 견물생심인데, 하고 그는 생각했다.

상품들을 바라보던 가와시마의 눈이 한 점에서 멈췄다.

"여보, 저건 뭐야?"

그가 가리킨 곳은 커다란 상자들이 나란히 놓여 있는 코너였다. 그 상자들은 모두 일부가 투명해서 내용물이 들여다보였다. 안에 든 것은 '슈퍼 프린세스 아카네 짱'의 의상이 틀림없었다. 오늘 아침에 텔레비전에서 본 애니메이션의 여주인공이 입었던 옷과 똑같았다.

"아카네 짱 옷이잖아요."

선뜻 대답하는 걸 보면 도모코는 이미 이런 상품을 알고 있었던 모양이다.

"저런 것까지 팔아?"

"신발도 팔걸요. 그리고 위그도."

"위그라니, 가발 말이야?"

"응."

"세상에, 그런 걸 누가 산다고."

"모르는 소리 말아요. 아이들이 결국에는 저런 것까지 갖고 싶어 해요. 의상에서 액세서리까지 모두 갖추고 놀아야 진짜 '애니메이션 캐릭터 놀이'로 쳐준다니까요."

가와시마는 고개를 절레절레 저었다. 두통이 일 것 같았다.

"정말이지 악랄한 상술이군. 애니메이션의 인기에 편승해서 아이들이 탐낼 만한 물건들을 끝없이 팔아 치울 속셈인 거야. 파는 입장에서야 좋겠지만, 사는 사람은 괴롭기 짝이 없다고. 우리가 어렸을 때도 텔레비전 프로그램의 주인공 관련 상품이 있긴 했지만, 이 정도는 아니었어."

"우리 때와는 개념 자체가 달라요."

"무슨 개념?"

"캐릭터 상품의 개념 말이에요. 애초에 여기 있는 상품들은 애니메이션의 인기에 편승해서 만들어진 물건이 아니에요. 애니메이션과 동시에 개발되는 상품이지."

"그게 무슨 뜻이지?"

"예를 들면 당신 어릴 때는 캐릭터 상품이라면 가면 라이더의 벨트 정도였잖아요."

"그래, 라이더 벨트. 나는 가진 적이 없지만."

"하지만 그 벨트는 실제 만화 영화랑 디자인이 똑같지는 않았잖아요. 엉성하기도 했고."

"그야 그랬지. 똑같이 만들려면 원가가 높아지니까."

"여자애들 장난감도 마찬가지였어요. 여주인공이 가진 액세서리는 보석이 잔뜩 박혀 있었는데 장난감은 보석의 개수를 터무니없이 줄이거나 아니면 보석 사진으로 대신했죠."

"그랬을 거야. 기계에 달린 복잡한 스위치 같은 건 장난감에서는 스위치 사진을 붙였으니까."

"요즘 아이들한테는 그런 게 안 통해요. 진짜 레이저 광선이 나오지 않는 거야 할 수 없다 쳐도, 그 외의 부분은 완전히 똑같지 않으면 인정하지 않아요. 당신, 오늘 아침에 텔레비전을 봤으니까 알겠지만, 유미가 갖고 있는 호로린링도 주인공이 가진 것과 똑같잖아요."

"그건 그래."

"이제는 그래야만 해요. 그러니까 애니메이션이 먼저 나오고 거기에 편승해서 장난감을 만든다는 발상으로는 안 되는 거예요. 상품화할 것을 전제로 애니메이션 주인공들의 소도구를 고안하는 거죠. 거꾸로 말하면 캐릭터 상품을 유행시키지 못하는 애니메이션 캐릭터는 존재 가치가 없다고 할 수 있어요."

"그런가."

가와시마는 내심 감탄하며 새삼스럽게 아내의 얼굴을 바라보았다.

"하지만 그런 사실을 알면서 왜 다들 장난감 회사의 술수에 놀아나는 거지?"

"알면서도 헤어나지 못하는 개미지옥이니까요."

도모코가 사뭇 냉소적으로 말했다.

4

예상했던 일이지만 유미는 장난감 매장을 떠나려고

하지 않았다. 펜포로 바통을 발견하고는 사 달라고 떼를 썼다.

가와시마는 절대로 사 주지 않겠다고 딱 잘라 말했다. 애초에 그는 아이들이 사 달란다고 다 사 주는 건 옳지 않다는 신념이 확고했다. 도모코가 말한 장난감 회사와 애니메이션 제작사의 음모설에 불쾌감을 느끼기도 했다.

"호로린링을 사 준 지도 얼마 안 됐잖아. 오늘은 구슬을 사러 온 거니까 다른 건 절대 안 돼."

울상을 짓는 딸의 손을 강제로 잡아끌며 가와시마는 장난감 매장을 떠났다.

그때는 자신의 행동이 옳다고 믿었다. 자신은 아이가 원하는 대로 뭐든지 사 주는 부모와는 다르다는 자부심이 넘쳤다.

그런데.

다음 날 저녁 무렵, 마도카 짱을 비롯한 친구들과 논다며 구슬을 보충한 호로린링을 들고 나갔던 유미가 울상이 되어 들어오더니 거실 구석에 쪼그리고 앉아 한동안 훌쩍거렸다.

저녁을 먹을 때도 유미는 토라져 있었다. 아빠 얼굴은 보려고도 하지 않았다.

유미가 잠든 뒤에야 가와시마는 사정을 알게 되었다. 스포츠 뉴스를 보며 맥주를 마시고 있는데 도모코가 다가와 소곤거리며 말을 꺼낸 것이다. 아무래도 유미가 펜포로 바통이 없다는 이유로 친구들이 노는 데 끼지 못한 것 같다고 했다.

"뭐야, 그게 없다고 친구들이 따돌렸다는 얘기야?"

"따돌린 것까지는 아니지만, 펜포로 바통이 없으면 슈퍼 프린세스 역할을 하면 안 된다고 했대."

"왜 안 된다는 거야?"

"슈퍼 프린세스는 호로린링이랑 펜포로 바통이 둘 다 있어야 한다는 거야. 호로린링만 있는 사람은 프린세스 걸즈라는 친위대 역할만 할 수 있고. 어제 만화 영화에서 그런 내용이 나왔나 봐."

모르는 단어가 마구 튀어나오자 가와시마는 머리가 혼란스러웠다.

"어쨌든, 유미가 그 친위대 역할을 했다는 거지?"

"그래요."

"친위대가 어때서?"

"다른 아이는 모두 슈퍼 프린세스란 말이에요."

"모두라니, 주인공이 그렇게 많아도 되는 거야?"

"상관없나 봐요. 애들 나름의 규칙이 있대요."

"나 참."

이해하기 힘든 얘기였다. 가와시마는 고개를 저으며 맥주를 한 모금 마셨다.

"여보, 불쌍하잖아. 사 줍시다."

도모코가 가와시마를 올려다보며 말했다.

"그 무슨 바통이라는 거 말이야?"

"펜포로 바통요."

"안 돼. 절대 안 돼."

가와시마가 손사래를 쳤다.

"떼쓰면 금방 사 주니까 참을성이 없는 거야. 때로는 참을 줄도 알아야지. 그리고 뭐든지 다른 사람들이랑 똑같이 할 필요는 없어."

그는 남은 맥주를 마저 마시고 나서 자야겠다며 자리에서 일어섰다.

하지만 2주 후 토요일에 가와시마 가족은 또다시 백화점 완구 매장에 있었다. 펜포로 바통을 사러 간 것이다. 그 2주 동안 유미는 아빠와 말도 섞지 않았다. 결국 가와시마는 그런 딸의 고집에 무릎을 꿇었다.

"이번이 마지막이야. 앞으로는 절대 안 사 줄 거야."

임계 가족 ●

"나한테 그래 봤자 무슨 소용이에요."

"당신이 애한테 오냐오냐하니까 이런 일이 생기잖아."

"무슨 얘기예요. 유미가 토라지니까 두 손 든 사람이 누 군데."

점원이 펜포로 바통을 포장하는 동안 부부는 옥신각 신했다. 그러면서도 두 사람의 눈은 유미를 주시하고 있 었다. 유미는 여전히 '슈퍼 프린세스 아카네 짱' 캐릭터 상품 코너를 떠나지 못했다. 그따위 애니메이션은 빨리 끝나 버렸으면 좋겠다고 가와시마는 생각했다.

"당신이 들으면 싫어할지도 모르겠는데,"

도모코가 목소리를 깔고 말했다. 가와시마는 어쩐지 불길한 예감이 들었다.

"야나기하라 씨네가 그 옷을 샀대."

"그 옷이라면, 혹시……,"

가와시마는 유미가 쳐다보고 있는 커다란 상자로 눈 길을 돌렸다.

"'슈퍼 프린세스 아카네 짱'의 의상 말이야?"

"맞아요. 구두랑 가발도 샀다는데. 이제 마도카 짱은 완벽하게 애니메이션의 주인공이 된 거야. 유미가 부럽 다는 듯이 얘기하더라고."

"그래서 어쩌라는 거야? 그렇게 완벽하게 갖춘 아이는 마도카 짱뿐이지?"

"그게 있잖아, 루미 짱이랑 마리코 짱도 사 달라고 했다나 봐요. 그럼 또 우리 유미만 뒤처지게 되는 거지, 뭐."

"안 된다니까!"

가와시마가 날카롭게 외쳤다.

"괜히 하는 말이 아니야. 나는 몇 년째 양복 한 벌 산 적이 없는데 그따위 장난감을 또 사란 말이야? 절대 안 되니까 그런 줄 알아."

"알았으니까 큰 소리 좀 내지 말아요. 창피하게시리."

하여간 안 되는 줄 알라고 가와시마는 작은 소리로 거듭 말했다. 그의 머릿속에서는 도모코가 얼마 전에 입에 담았던 개미지옥이라는 말이 메아리쳤다.

5

장난감 제조사 '다코라'의 신제품 개발실.

정례 회의가 열리고 있었다. 이 회의에는 이사와 실장, 개발부원 등 모두 합해 20명이 참석했다. 맨 먼저 발언한 사람은 개발부원 A였다.

"새 애니메이션의 개요가 어느 정도 정해져서 그 내용을 보고합니다. 제목은 '꼬마 악마 구로미'입니다. 캐릭터는 이렇게 생겼습니다."

A가 그림판을 들어 보였다. 거기에는 몸이 온통 까만 미소녀가 그려져 있었다. 머리에 뿔이 두 개, 엉덩이에는 꼬리가 달려 있고 등에는 박쥐 날개가 붙어 있었다.

"검은색이라……"

이사가 마뜩잖은 표정을 지었다.

"아이들 상대로 검은색은 어쩐지……."

"외람된 말씀입니다만 상무님, 요즘 아이들의 감각은 어른과 별반 차이가 없습니다. 성인 여성들이 검은색 옷 하나쯤은 기본으로 갖추고 있는 만큼 여자아이들에게도 검은색 의상이 인기를 끌지 않을까 하는 것이 부원들의 일치된 의견이었습니다."

실장이 조심스럽게, 그러나 자신감이 깃든 어조로 말했다.

"게다가 기조를 검은색으로 하면 지금까지 별로 사용하지 않았던 색깔의 캐릭터 상품도 출시할 수 있을 거라고 봅니다."

"그래? 예를 들면?"

"우선 이 여주인공이 맨 먼저 사용하게 될 무기는 큐티 바통이라는 겁니다."

개발부원 A가 다시 그림판을 꺼내 들었다.

"컬러는 금색을 고려하고 있고요. 이런 것입니다."

그것은 투명한 파이프 속에 금색 구슬이 줄줄이 들어 있는 바통이었다. 그 양쪽 끝에는 둥그스름한 하트 모양의 장식이 붙어 있었다.

"그렇군. 호로린링처럼 구슬이 들어간다는 말이지."

상무가 고개를 끄덕였다.

"파이프 속에 든 구슬은 당연히 꺼낼 수 있겠지?"

"물론입니다."

A가 대답했다.

"그리고 구슬은 호로린링의 구슬보다 조금 작아질 예정입니다."

"호오, 그건 왜지?"

"사실 호로린링의 구슬은 구슬치기용 구슬과 크기가 거의 비슷해서 구슬을 잃어버렸을 때도 구슬치기용 구슬로 보충하는 경우가 적지 않습니다. 그래서 그보다 한 단계 작게 만들어 그런 일을 방지하려는 겁니다. 덧붙이자면, 너무 작게 만들 경우 파친코 구슬로 대신할 우려가 있습니다. 아예 구슬치기용 구슬보다 크게 만들자는 의견도 있었지만, 그러면 냉장고 밑으로 굴러 들어간다든지 해서 분실될 가능성이 적습니다. 그래서 이와 같은 크기로 결정하게 되었습니다."

"이번에도 구슬만 따로 팔 예정인가?"

"물론입니다."

"역시 보석함에 넣어서 파는 거야?"

"그럴 예정입니다. 다만 이번에는 큐티 액세서리 세트라는 형태로 발매합니다. 팔찌와 귀걸이 등도 넣어서 단가를 높이는 거죠. 그 세트에 들어가는 목걸이의 구슬 하나하나가 바통 속에 들어가는 구슬과 똑같습니다."

"알아들었네. 그런데 그 바통의 양쪽 끝 모양이 좀 그렇더군. 큐티 데블은 악마잖아. 악마의 무기라면 끄트머리가 창처럼 뾰족해야 하는 것 아닌가?"

"애니메이션 디자인으로서는 그런 모양이 좋겠지만 장난감으로 만들 때는 끝이 뾰족하면 안전상 문제가 있어서 이런 형태로 만들었습니다."

"하긴, 아이들이 다치면 안 되겠지."

상무가 이해하겠다는 표정을 지었다.

그 뒤로도 신제품에 관한 보고가 이어졌다. 그리고 마지막으로 현황 보고 순서가 되었다.

개발부원인 야나기하라가 일어섰다.

"음, '슈퍼 프린세스 아카네 짱' 관련 상품은 여전히 순조롭게 판매되고 있습니다. 그리고 S지역의 임계점인 K씨네 집에서 마침내 아카네 짱 의상 일습을 구매했습니다."

그의 말에 좌중에서 오오, 하는 감탄사가 터져 나왔다.

"그래? 마침내 K씨의 가족이 샀단 말이지."

"해냈군!"

"드디어!"

사람들 반응이 다소 잠잠해지자 야나기하라가 보고를 계속했다.

"'슈퍼 프린세스 아카네 짱'의 팬인 여자아이라면 거의 모두 의상을 구입했다고 봐도 좋을 것 같습니다. 그래서 이번 주말에 주인공의 의상을 교체할 생각입니다."

가와시마 가족의 토요일.

"뭐야, 어떻게 우리가 사자마자 주인공 의상이 바뀐단 말이야!"

가와시마가 텔레비전을 양손으로 잡고 흔들었다. 그 옆에서는 유미가 큰 소리로 울고 있었다. 유미는 지난주까지 주인공이 입었던 것과 똑같은 의상을 입고 있었다. 그때까지는 신상품이었던 의상을.

웃지 않는 남자

1

그 호텔 앞에 섰을 때 다쿠야는 한동안 말이 나오지 않
았다. 그저 높이 치솟은 건물을 올려다보기만 할 뿐이었
다. 함께 온 신고도 마찬가지로, 옆에서 입을 딱 벌리고
있었다.

"이봐, 왜들 그렇게 멍청히 있어? 빨리 들어가."

매니저 하코이가 명령조로 말했다.

"아니, 하코이 씨. 여기가 맞아요?"

다쿠야가 호텔 정면 현관을 가리키며 물었다. 그곳에
는 제복을 입은 직원이 손님을 기다리며 서 있었다. 그들
은 지금까지 이처럼 그럴듯한 호텔에 묵은 적이 없었다.

"그래, 오늘 밤은 여기서 묵을 거야."

"우아!"

신고가 놀라움과 기쁨이 뒤섞인 표정을 지었다.

"대박이네. 이렇게 멋진 호텔에는 들어가 본 적도 없어

요. 정말로 오늘 밤 여기서 자는 겁니까?"

"그렇다니까. 스폰서가 뭔가 착각했는지 최고급 호텔을 예약했나 봐. 그걸 알고 나서 부랴부랴 다른 호텔을 알아봤지만 공교롭게도 오늘 밤은 죄다 만실이어서 하는 수 없이 그냥 여기로 정했다는 거야."

"이야, 럭키!"

신고가 손뼉을 짝, 쳤다.

그 모습을 본 하코이가 입술을 일그러뜨렸다.

"좋아할 일이 아니야. 너희들이 조금 더 실력을 발휘했다면 저쪽도 호텔을 바꿀 생각은 안 했을 거야. 지금쯤 저쪽 책임자가 한 소리 듣고 있을걸. 저런 삼류 연예인한테 최고급 호텔이 가당키나 하느냐고 말이야."

반박할 말이 없었다. 두 사람은 말없이 고개를 숙였다.

호텔에 들어간 다쿠야는 내부를 둘러보고 감탄했다. 평소에 이런 곳에 묵는 사람도 있구나 싶었다. 동네 야구 정도는 충분히 할 수 있을 만큼 넓었다. 개방형 라운지가 있고 레스토랑도 있었다. 바닥이 거울처럼 반짝반짝 닦여 있어서 자칫하면 미끄러져 넘어질 것 같았다. 천장에는 호화로운 샹들리에가 매달려 있고 로비에는 사장님이나 앉을 법한 의자가 줄지어 놓여 있었다. 벽도 난간도 기둥도, 심지어 기둥 옆에 놓여 있는 재떨이마저 광이 났다.

별세계네, 하고 다쿠야는 생각했다. 어휘력이 달리는 신고는 연신 "엄청나네, 엄청나!"라고 떠들어 댔다.

하코이가 프런트에서 체크인을 마치고 돌아와 봉투를 내밀었다.

"1513호야. 이건 오늘 저녁이랑 내일 아침 식사권이고."

"하코이 씨는 여기서 주무시지 않나요?"

"나는 다른 데 묵게 돼 있어. 고급 호텔은 잘나가는 연예인한테만 주겠다는 거지."

농담처럼 내뱉었지만 말에 뼈가 있었다.

"내일은 오전 11시에 데리러 올 테니까 늦지 않도록 해."

알겠습니다, 하고 두 사람이 고개 숙인 사이 하코이는 이미 몸을 돌려 출구로 다가가고 있었다.

"어럽쇼, 방 열쇠는?"

신고가 물었다.

"안 받았는데."

"뭐?"

신고가 놀라 고개를 뒤로 젖히는데 회색 제복을 입은 키 큰 직원이 다가왔다.

"용건을 마치셨으면 방까지 안내해 드리겠습니다."

웃지 않는 남자 •

335

다쿠야는 눈을 껌벅이며 직원의 얼굴을 쳐다봤다. 딱히 다른 뜻이 있어 보이지는 않았다. 직원의 손에 키가 들려 있었다.

"아, 그럼 부탁드립니다."

"짐은 제가 들겠습니다."

직원이 다쿠야가 바닥에 놓아둔 지저분한 스포츠 백을 집어 들었다. 그러고는 신고의 배낭으로 눈길을 향했다.

"손님도 가방을 주시죠."

"아, 아니, 저는 괜찮습니다."

"그렇습니까."

직원이 고개를 끄덕이고 나서 "그럼 이쪽으로." 하더니 앞장서 걸어갔다.

신고와 함께 직원을 쫓아가면서 다쿠야는 직원의 제복을 유심히 살펴보았다. 방금 다리미질을 했는지 베일 듯이 주름이 잡혀 있었다. 옷 자체의 만듦새도 좋아 보였다. 자신들이 입은 옷보다 훨씬 고급일 거라고 그는 생각했다.

방으로 안내된 다쿠야가 또 한 번 눈을 휘둥그렇게 떴다. 트윈 룸이니 침대가 두 개인 것은 당연하지만, 그럴 듯한 응접세트까지 갖춰져 있었다.

직원이 비상구 등에 관해 설명한 뒤 "궁금한 점이 있으면 전화 주십시오."라고 말하고 방을 나갔다. 그는 끝까지 철 가면 같은 표정을 바꾸지 않았다.

"와, 엄청나다."

신고가 미니바에 진열되어 있는 술을 구경하며 말했다.

"브랜디도 있어. 마음대로 마시라는 건가 봐."

"이 바보야, 마시면 나중에 청구되는 거야. 하코이 씨가 가만두지 않을걸."

"그런가? 좋다 말았네."

"그보다 배고프지 않아? 저녁 먹으러 가자."

다쿠야가 하코이에게 받은 봉투를 열어 봤다. 식사 쿠폰과 함께 종이 한 장이 들어 있었다.

"어, 이게 뭐지."

거기에는 이런 글이 적혀 있었다.

'내일도 반응이 없으면 모가지야. 아무쪼록 이 밤을 실컷 즐기길.'

"야, 큰일 났어. 이것 좀 봐."

"뭔데 그렇게 난리야?"

여전히 양주병에서 눈을 떼지 못하던 신고가 메모를 보더니 눈을 화들짝 떴다.

"헉, 이거 큰일이네."

"어떡하지?"

다쿠야가 침대에 벌렁 드러누워 머리를 감쌌다.

2

두 사람은 코미디언으로, 촌극과 만담이 주특기다. 중학교 동창생인 그들이 이야기를 나눌 때면 옆에서 듣던 사람들이 재밌다고 너 나 할 것 없이 칭찬하는 통에 자신감을 얻어 코미디언이 여럿 소속된 하나키 프로덕션에 들어갔던 것이다.

그로부터 어느덧 5년이 흘렀다. 이 세상에 자신들만큼 웃기는 사람이 없다는 자신감은 사라진 지 오래다. 동기 중에는 텔레비전 프로그램에 고정으로 출연하는 사람도 있지만 그들은 아직도 슈퍼마켓 개점 축하 행사나 마을 축제에서 재능을 펼치는 처지였다. 그래도 지금껏 이 계통에 살아남아 있는 것은 코미디언치고는 외모가 잘생겼다는 장점 덕분이다. 다쿠야와 신고라는 예명도 어느 아이돌의 이름을 본뜬 것이다. 본명은 요시아키와 야스

오라는 지극히 평범한 이름이다.

이번에는 지방 도시에서 열리는 라면 축제에 초대 손님으로 왔는데, 그나마도 사실은 원래 출연하기로 되어 있던 연예인이 맹장염으로 오지 못하는 바람에 대타로 불려 온 것이다.

"오늘 우리 공연이 그렇게 형편없었나?"

신고가 머리를 긁적거리며 말했다.

"그 정도로는 안 될 거야."

"어쩐지 반응이 썰렁하더라."

"썰렁한 정도가 아니야. 웃기기는커녕 최면술 강습회 같더라니까. 관객의 반 이상이 졸더라고."

그 말에 신고가 하하하, 웃었다.

"그거 괜찮은데. 코미디 소재로 사용하자."

"지금 농담이나 하고 있을 때가 아니야. 우린 벼랑 끝에 몰렸어."

다쿠야가 하코이 매니저에게 받은 메모를 펄럭펄럭 흔들었다.

"사람들이 웃지 않는 걸 어쩌란 말이야."

"그런 식으로 생각해서는 아무것도 해결할 수 없어. 내일까지 어떻게든 해 봐야지."

"일단 배부터 채우자. 배가 고파서 아무 생각도 안 난단 말이야."

저녁은 1층 레스토랑에서 먹도록 되어 있었다. 식당에 가려고 엘리베이터를 타자 아까 봤던 철 가면 직원이 그들을 따라 엘리베이터 안으로 들어왔다. 아마도 15층 투숙객 담당인 모양이었다. 그는 고개를 한 번 꾸벅하고 나서 버튼을 향해 돌아섰다.

그런데 1층에 도착해 다쿠야와 신고가 엘리베이터를 내렸을 때 직원이 "손님." 하고 그들을 불렀다. 그리고 "저, 옷이……." 하며 신고의 청바지 앞부분을 손으로 가리켰다.

내려다보니 지퍼가 열려 무늬도 화려한 트렁크스가 비어져 나와 있었다.

"아니, 이런."

신고가 당황스러워하며 얼른 지퍼를 올렸다. 그런데 그만 손가락이 지퍼 사이에 끼이고 말았다.

"아야!"

직원은 여전히 무표정한 얼굴로 다시 한 번 고개를 숙여 보이고 사라졌다.

"이거 체면이 말이 아니네."

레스토랑에 들어서서도 신고는 여전히 창피해했다.

"다른 손님이랑 마주치지 않아서 다행이야."

"그런데 그 철 가면 같은 직원은 웃지도 않더라."

"그러도록 훈련을 받았을 거야. 실수한 걸 보고 웃으면 손님이 기분 나빠 할 테니까."

"그건 그렇지만 웃음을 참는 일이 보통 힘들지 않을 텐데."

다쿠야는 직원의 얼굴을 잠시 떠올려 본 뒤 "그래!" 하고 집게손가락을 세웠다.

"어떻게 해서든 오늘 밤 안으로 저 직원을 웃겨 보자."

"엥, 뭐 하러 그래?"

"웃기는 기술을 연마하기 위해서지. 저 녀석이 웃을 정도의 코미디라면 내일은 객석에서 폭소가 터질 거야."

"그야 그럴지 모르지만, 대체 어떻게 웃기지?"

"그걸 지금부터 생각해 보자고. 기한은 내일 체크아웃 때까지."

만약 그것도 못한다면 우리는 끝장이라고 다쿠야는 덧붙였다.

엘리베이터 문이 열리고 철 가면이 안에서 나왔다.

"죄송합니다. 그만 깜빡 잊고……."

다쿠야가 미안해했다.

"1513호였죠?"

철 가면이 빠른 걸음으로 걸어갔다.

그들이 묵는 방 앞에 커다란 관엽 식물 화분이 놓여 있었다. 다쿠야가 엘리베이터 옆에서 가져온 것이다. 그 화분 뒤에 신고가 서 있다.

그는 옷을 홀딱 벗은 채 중요 부위를 나뭇잎으로 가리고 있었다.

그러나 철 가면은 그 모습을 보고도 표정 하나 바뀌지 않은 채 "춥지 않으십니까?"라고 물었다.

"샤워하려고 옷을 벗었는데 이 녀석이 다급하게 나오라고 외치지 뭡니까. 놀라서 뛰어나왔는데 그만 문이 닫혀 버렸어요."

"종종 있는 일입니다."

철 가면은 마스터키를 꺼내 대번에 문을 열고 "들어가십시오."라고 말했다. 그러는 동안에도 그는 전혀 웃지 않았다.

"아, 그게…….."

신고가 머뭇거리는 시늉을 하다가 화분에서 나뭇잎을 한 장 떼어 사타구니에 댔다. 그런데도 은밀한 부위가 훤히 드러나 보이는 것은 철 가면을 웃기려는 신고의 고의였다.

"손님."

철 가면이 다른 나뭇잎을 떼어 신고에게 내밀었다.

"이게 더 나을 것 같습니다."

신고가 떼어 낸 것보다 조금 더 큰 나뭇잎이었다.

"아, 네."

신고가 겸연쩍은 표정으로 나뭇잎을 받아 들었다.

방으로 들어간 후 다쿠야는 도어 스코프를 통해 바깥 상황을 살폈다. 혹시나 철 가면이 손님이 없는 곳에서 웃지 않을까 보려는 것이었다. 하지만 철 가면은 묵묵히 화분을 옮길 뿐이었다.

"완전 실패야."

다쿠야가 말했다.

"쓴웃음조차 짓지 않았어. 종종 있는 일이라면서 가볍게 넘기던걸."

"그러게 말이야. 너무 정면으로 공략했나 봐."

다쿠야는 다시 침대에 누웠다.

"알몸으로 방 밖에 나갔다가 안에서 문이 잠겼다는 얘기는 흔히 듣잖아."

"그걸 왜 지금 얘기해? 에이, 창피만 당했잖아."

신고는 옷을 입은 후 텔레비전을 켰다.

"지금 텔레비전이나 보고 있을 때가 아니야."

"무슨 프로그램이 나오는지 궁금해서 그래."

그러면서 채널 일람표를 집어 들고 의자에 앉은 신고의 얼굴이 갑자기 확 밝아졌다.

"아니, 이런 호텔에서도 성인 비디오가 나오네."

"설마."

"정말이야. 자, 봐."

다쿠야가 채널 일람표를 들여다보니 아닌 게 아니라 유료 채널 중에 그런 종류의 프로그램이 있었다.

"다들 점잖은 척하지만 실은 그런 걸 보고 싶어 하는 거야."

신고가 히죽거렸다.

"호텔 측도 그런 손님들의 욕망을 간파했겠지. ……아, 그래!"

다쿠야가 침대에서 벌떡 일어났다.

"이번에는 그걸 한번 활용해 보자."

"네, 프런트입니다."

꽤나 진지한 체하는 목소리가 수화기에서 흘러나왔다.

"저, 텔레비전에 이상이 있는 것 같은데요."

"네? 어떤 이상 말입니까?"

"화면이 안 나와요. 이상하네, 유료 채널인데……."

"알겠습니다. 금방 찾아뵙겠습니다."

1, 2분 후 노크 소리가 났다. 문을 여니 철 가면이 서 있었다.

"번번이 죄송하네요."

다쿠야가 말했다.

"아닙니다. 텔레비전에 이상이 있다고요?"

"네."

철 가면이 창 쪽에 놓인 텔레비전으로 다가갔다. 화면이 온통 파란색이고 다른 것은 전혀 비치지 않았다.

"이상하군요."

그러면서 텔레비전 뒤쪽을 살피던 그가 잠시 후 "아아, 이것 때문이군요."라며 다행이라는 듯이 중얼거렸다.

유료 채널 수신기와 텔레비전을 연결하는 케이블이 빠져 있었던 것이다. 물론 다쿠야와 신고가 한 짓이다.

철 가면이 텔레비전 뒤쪽으로 손을 넣어 케이블을 연결했다.

그 순간 화면에 벌거벗은 채 껴안고 있는 남녀의 모습이 커다랗게 비쳤다. 헐떡거리는 소리가 스피커에서 흘러나왔다.

이번에야말로 표정이 변하겠지, 하고 기대하며 다쿠야는 철 가면을 봤다. 그러나 그는 철 가면 그대로의 얼굴로 텔레비전을 응시하고 있었다. 거기에 비치는 내용보다 화면 상태를 확인하려는 눈초리로, 여성의 나체 따위 안중에 없어 보였다. 잠시 후 그가 두 사람을 올려다보며 말했다.

"이제 괜찮은 것 같은데요."

목소리에도 억양에도 흔들림이 없었다.

"네? 아, 네······."

신고가 고개를 끄덕였다. 그때 다쿠야가 화면을 보며 말했다.

"아니, 이상한걸. 화면이 제대로 안 나오네."

"네?"

그럴 리 없다는 표정으로 철 가면이 화면을 들여다봤다.

화면의 여성이 펠라티오를 하려는 참이었다. 다쿠야가 그 여성의 입을 가리켰다.

"저것 봐요, 화면이 어른거리잖아요."

모자이크 처리가 되어 있으니 어른거리는 게 당연했다. 이러면 이 녀석도 웃음을 터뜨리겠지, 하고 두 사람은 기대했다.

"손님."

철 가면이 침착한 목소리로 말했다.

"너무 노골적이라고 여겨지는 성적 묘사를 영상에 담는 일은 법률로 금지되어 있습니다. 그래서 그런 부분에는 특수 처리를 해서 제대로 보이지 않도록 합니다. 화면이 이렇게 어른거리는 이유도 그런 특수 처리의 일종이죠. 유감스럽습니다만, 이것보다 자세히는 보실 수 없습니다."

"아아, 안 보여 주는구나."

"죄송합니다."

철 가면이 진심으로 미안하다는 듯이 고개를 숙였다.

다쿠야와 신고는 서로 얼굴을 마주 보았다. 더는 뾰족한 수가 없었다.

"저,"

철 가면이 고개를 들었다.

"그러니까 이건 고장이 아닙니다. 이해되셨는지요."

"아아, 네."

다쿠야가 고개를 끄덕였다.

"수고하셨습니다."

"불편을 끼쳐서 죄송합니다. 궁금한 점이 있으시면 또 부르십시오."

철 가면은 끝까지 죄송하다는 표정을 지으며 방을 나갔다. 두 사람은 그런 철 가면을 멀뚱멀뚱 바라보았다.

4

"요는 아랫도리에 관련된 소재라서 실패한 거야."

다쿠야는 그렇게 결론지었다.

"이런 호텔은 남녀가 사랑을 목적으로 묵는 경우가 많잖아. 그러니까 아랫도리에 관련된 문제에는 익숙하지 않겠어?"

"이 호텔에서 일하고 싶다."

신고가 반농담조로 말했다.

"성욕 관련 코미디가 안 통하면 식욕으로 가 볼까."

다쿠야가 테이블 위에 놓여 있는 룸서비스 메뉴로 손을 뻗었다.

"어떤 식으로?"

"자, 한번 지켜보라고."

그는 수화기를 들고 버튼을 눌렀다.

"네, 룸서비스입니다."

"여보세요, 카레라이스랑 커피, 라이스를 하나씩 부탁합니다."

"알겠습니다. 카레라이스, 커피, 라이스가 각각 하나씩이요. 감사합니다. 금방 가져다드리겠습니다."

"네, 감사합니다."

다쿠야가 전화를 끊었다.

"주문 한번 요상하게 하네. 라이스는 왜 따로 시키지?"

신고가 그렇게 말하고 나서 손뼉을 짝, 쳤다.

"아아, 그렇구나. 카레 1인분을 밥 두 개에 끼었으려는 거지? 머리 좋네."

"이런 상황에서 그런 생각까지 하겠어? 쓸데없는 소리 말고 내가 시키는 대로만 해."

그러고서 다쿠야는 신고에게 해야 할 일을 알려 줬다. 얘기를 듣고 난 신고가 "아니, 그런 짓을 하란 말이야?"라며 마뜩잖은 표정을 지었다.

"웃기려면 하는 수 없어."

다쿠야가 대답하는데 노크 소리가 났다.

"오래 기다리셨습니다."

철 가면이 음식이 담긴 쟁반을 들고 들어왔다.

"어디에 놓을까요?"

"테이블 위에 놔 주세요."

테이블 앞에서는 신고가 의자에 앉아 음식이 놓이기를 기다리고 있었다. 철 가면이 신고 앞에 음식을 하나씩 내려놓았다. 그사이 다쿠야는 전표에 사인을 했다.

"어!"

신고가 갑자기 큰 소리를 냈다.

"주문한 거랑 다른데요."

그의 말에 철 가면의 얼굴이 금세 굳어졌다.

"이게 아닙니까?"

"네, 이렇게 주문하지 않았어요."

다쿠야도 음식을 보며 혀를 찼다.

"어, 그러네. 잘못 가져왔네."

"흠……."

철 가면이 전표를 확인했다.

"카레라이스랑 커피, 라이스……. 맞는데요."

"아니에요, 달라요."

"네? 어떻게 다르죠?"

"이렇게 따로따로 가져온 건 먹고 싶지 않아요."

신고가 응석받이처럼 발을 동동 굴렀다.

"자, 자, 화내지 마. 이렇게 하면 되잖아."

다쿠야가 커피포트의 내용물을 밥 위에 부었다. 흰 쌀밥이 순식간에 갈색으로 물들었다.

신고는 그걸 포크로 떠먹었다. 그리고 갑자기 눈을 빛냈다.

"오오! 이건 내가 찾던 맛인걸."

신고가 밥을 마구 퍼먹기 시작했다.

"최고의 커피 라이스야."

그러면서 그는 포크를 높이 들어 올렸다.

"커피 라이스라고요?"

그 꿈쩍 않던 철 가면도 눈을 화들짝 떴다.

"그래요, 카레라이스랑 커피 라이스 각각 하나씩."

다쿠야가 손가락 두 개를 세웠다.

이번에야말로 철 가면도 별수 없이 웃음을 터뜨릴 터였다.

하지만 그는 웃지 않았다. 그저 묵묵히 신고가 먹는 모습을 지켜보다가 잠시 후 인사를 하고 방을 나갔다.

남은 두 사람은 닫힌 방문을 한참 바라보았다.

"안 먹히네."

신고가 포크를 내던졌다.

"전혀 안 웃잖아. 놀랐는지 기분 나빠 하던걸."

"이번에는 잘될 줄 알았는데."

"이렇게 이상한 음식까지 먹었는데 말이야. 웩, 역겨워."

신고가 물을 꿀꺽꿀꺽 마셨다.

"너무 고급 유머를 구사했나 봐."

"이해하기 힘들 거야. 너무 비틀었어."

그런 얘기를 나누는데 다시 노크 소리가 들렸다. 다쿠야가 문을 여니 철 가면이 서 있다.

"커피 라이스를 포크로 드시기 어려울 것 같아서요."

그가 반짝거리는 스푼을 내밀었다.

5

노크 소리가 들렸다. 문을 여니 철 가면이 서 있다.

"목욕 가운에 문제가 있습니까?"

그가 공손한 말투로 물었다.

"네, 사이즈가 이상해요."

그러면서 다쿠야가 뒤를 돌아봤다.

"사이즈보다 모양이 이상한 것 같은데."

신고가 목욕 가운을 걸친 채 나타났다. 그 모습을 봤다면 누구라도 이상하게 여겼을 것이다. 신고가 가운의 위아래를 거꾸로 입고 있었기 때문이다. 즉 옷깃 부분이 배주위에 둘려 있고, 몸을 덮었어야 할 부분이 머리에 씌워져 있었던 것이다. 게다가 허리띠를 넥타이처럼 목에 둘러매고 있었다.

철 가면이 신고를 찬찬히 바라봤다. 그가 곧 웃음을 터뜨릴 거라고 다쿠야는 기대했다.

"죄송합니다."

기대와는 달리 철 가면은 진지한 표정으로 고개를 숙였다.

"저희의 실수로 그런 불량품을 비치했습니다. 진심으

로 사과드립니다. 교체할 가운을 가져왔습니다."

그리고 그는 들고 온 목욕 가운을 펼쳤다.

"그 가운을 벗고 이걸로 갈아입으시면 어떨까요."

"네? 아……, 네."

얼빠진 모습으로 서 있던 신고가 거꾸로 입은 목욕 가운을 벗고 철 가면이 펼쳐 들고 있는 가운에 팔을 꿰었다.

"어떠십니까?"

허리띠를 묶어 주고 나서 철 가면이 물었다.

"아, 네. 괜찮은 것 같아요."

신고가 대답했다.

"큰 불편을 끼쳐 죄송합니다. 문제가 있으면 언제라도 부르십시오."

철 가면은 신고가 벗어 놓은 목욕 가운을 집어 들고 정중하게 머리를 숙인 후 방을 나갔다.

다쿠야와 신고는 서로 얼굴을 바라본 후 동시에 바닥에 철퍼덕 주저앉았다.

노크 소리가 들렸다. 이번에도 철 가면이 나타났다.

"불편한 점이 있으시다고요."

"네, 사실은 이 친구가 자장가가 없으면 잠을 못 이룬다고 합니다. 그래서 오늘 밤에는 특별히 제가 불러 주게 되었는데, 아무리 불러도 잠이 오지 않는다는 거예요. 그래서 뭐가 잘못되었는지 좀 들어 봐 주셨으면 해서요."

"아……."

철 가면이 곤혹스러운 표정을 지었다.

"제가 알아낼 수 있을지 모르겠습니다."

"일단 들어 봐 주세요."

"네, 알겠습니다."

다쿠야가 심호흡을 한 번 한 뒤 노래를 시작했다. 그러자 침대에 누워 있던 신고가 몸부림을 쳤다.

만담에는 재능이 없는 다쿠야였지만, 이걸로는 반드시 사람을 웃길 수 있다고 자신하는 분야가 바로 노래였다. 그는 어릴 때부터 심한 음치였다. 자신은 제대로 부른다고 생각하는데 다른 사람에게는 그렇게 들리지 않는 것 같았다. 그의 노래를 듣고 웃지 않은 사람은 지금까지 한 명도 없었다.

그런데.

철 가면은 노래가 끝나도 눈썹 하나 꿈틀하지 않았다. 뿐만 아니라 박수까지 쳤다.

"멋지네요."

그것이 그의 첫 반응이었다.

"전위적이라고 할까요. 하여간 개성이 넘치는 창법이라고 생각합니다."

노래를 듣고도 웃지 않을뿐더러 칭찬까지 하자 다쿠야는 몹시 당황스러웠다.

"다만 사람을 잠들게 한다는 측면에서 볼 때 조금 엉뚱하다고 할까요, 너무 자극적이라고 할까요."

그리고 철 가면은 차려 자세를 했다.

"저를 따라서 소리를 내 보세요. 아아, 아아, 아."

근사한 바리톤 음성이었다.

"아아, 아아, 아."

다쿠야가 철 가면을 따라 했다.

"어깨에 힘이 들어가면 안 됩니다. 온몸을 편안하게 하시고, 아아, 아아, 아."

"아아, 아아, 아."

"조금 나아졌습니다. 다시 한 번 아아, 아아, 아."

"아아, 아아, 아."

레슨은 새벽까지 이어졌다.

6

"나, 시골로 돌아갈래."

신고가 한숨을 쉬며 말했다. 두 사람은 아침 식사 중이었다.

"그렇게까지 했는데도 못 웃겼잖아. 역시 재능이 없는 거야."

다쿠야는 말없이 모닝 세트를 입에 넣었다. 목이 아파서 떠들 수 없었다. 어젯밤 레슨 때 목이 부을 정도로 소리를 냈다. 옆방에서 항의하지 않는 게 이상하다 싶었는데, 다행인지 불행인지 옆방이 비어 있었다고 한다.

그 역시 이제 남을 웃기는 일은 그만둬야겠다고 생각하고 있었다. 자신들이 그리 재미있는 사람이 아니라는 사실을 절감했던 것이다.

레스토랑을 나와 로비 쪽으로 걸어가자 철 가면이 보였다. 그가 두 사람을 알아본 듯, 걸음을 멈췄다.

"오늘 체크아웃하실 건가요?"

"네."

다쿠야가 대답했다.

"그렇군요. 미흡한 점이 많아서 정말 죄송합니다."

철 가면이 고개를 숙였다.

고개 따위 숙이지 않아도 좋으니 웃어 줬으면 좋았잖아, 라고 다쿠야는 생각했다.

"아닙니다. 저희야말로 신세를 많이 졌습니다."

그때 신고가 배낭에 손을 넣어 뭔가를 꺼냈다.

"훌륭한 호텔이었어요. 만족합니다."

그러고서 그는 배낭에서 꺼낸 물건을 머리에 뒤집어 썼다. 어제 만담할 때 사용했던 상투 머리 가발이었다.

신고로서는 마지막 승부를 걸어 볼 심산이었을 것이다. 하지만 그 비장의 카드마저 허사로 돌아간 듯했다. 공허한 침묵이 세 사람을 감쌌다. 철 가면이 가발을 쓴 신고의 얼굴을 조금의 동요도 없이 바라보았다.

"아아."

그가 고개를 끄덕였다.

"그런 일을 하시는군요."

"네. 뭐, 그렇습니다."

신고가 원래의 표정으로 돌아와 가발을 벗었다.

"힘드시겠습니다."

"그렇지요."

다쿠야가 대답했다. 지금은 진심으로 그렇게 생각한다.

"역시 손재주가 뛰어난 사람만 할 수 있는 일이겠죠?"

"아니, 꼭 그렇지는 않습니다."

"하지만 머리카락을 한 올 한 올 심어야 하지 않습니까?"

"네?"

다쿠야는 철 가면의 얼굴을 바라보았다.

"그게 무슨 말씀이신가요?"

"아니, 그러니까……, 가발 만드는 일을 하시는 거 아닙니까?"

그가 두 사람을 번갈아 보았다.

다쿠야는 온몸에 피로가 확 퍼지는 것을 느꼈다.

"아닙니다. 저희는 코미디언입니다."

"코미디언……."

"보셔서 알지 않나요? 그렇지 않으면 저희가 왜 어젯밤부터 그런 이상한 짓을 했겠습니까?"

신고의 말투에 분노가 살짝 묻어 나왔다.

"두 분이 코미디언이라는 말씀입니까?"

그래요, 라고 두 사람이 입을 모아 대답했다.

잠시 그들을 바라보던 철 가면이 입을 열었다.

"그거, 재미있는 농담이군요."

그리고 그는 고개를 살짝 비틀며 슬며시 웃음 지었다.

기적의 사진 한 장

1

하루카가 학생 식당에서 스파게티를 먹고 있는데 눈앞에 불쑥 그림자가 나타났다. 고개를 들어 보니 여학생 두 명이 그녀를 내려다보고 있었다. 하루카와 같은 세미나 그룹에 소속된 친구들이었다.

"지난번에 찍은 사진이 나왔어."

단발머리 리카가 의자에 앉으며 말했다.

"야마나카 호수에 갔을 때 사진 말이야?"

"응."

"잘 나왔나 모르겠다. 그때 내 얼굴이 약간 부어 있었거든."

아야카가 말했다. 큰 키에 생김새도 반듯한 친구다.

리카가 테이블에 사진을 펼쳐 놓았다. 야마나카 호수 주변의 풍경이, 그리 뛰어나다고는 할 수 없는 솜씨로 찍혀 있었다. 거기에는 세미나에서 늘 보던 얼굴들과 함께 하루카의 모습도 있었다.

지난여름, 세미나 그룹에서 야마나카 호수로 여행을 다녀왔다. 교수와 조교를 비롯해 모두 열 명이 참가했다.

"어머, 이거 예쁘게 찍혔네. 불꽃놀이가 제대로 나올까 걱정했는데."

"아, 이건 실패야. 눈을 감았어. 셀프타이머로 찍었을 때인데, 바람이 너무 세게 불어서 참지 못하고 눈을 깜빡였지 뭐야. 쳇."

"이것 좀 봐. 교수님 얼굴이 새빨개졌네. 어린 처자들한테 둘러싸여서 흥분했나 봐."

"아유, 나는 사진이 잘 안 받나 봐. 얼굴이 둥그렇게 나온 것 좀 봐."

여행의 추억을 되새기며 세 사람은 사진을 구경했다. 그러다가 리카가 사진 한 장을 집어 들고는 고개를 갸웃거렸다.

"이건 누구지?"

"누구, 누구?"

아야카가 옆에서 목을 빼고 사진을 들여다봤다.

"여기, 가운데 찍힌 사람 말이야."

"흠, 파란 셔츠를 입은 걸 보니……,"

두 사람이 동시에 하루카에게 눈길을 돌렸다. 그리고 다시 사진을 봤다가 또 그녀의 얼굴을 바라보았다. 이윽고 둘 다 눈을 동그랗게 떴다.

"하루카……인가 봐."

리카가 중얼거렸다.

"응."

아야카는 고개를 끄덕였다.

"그런 것 같아, 아무래도."

"뭐야, 왜들 그래?"

하루카가 리카의 손에서 사진을 뺏어 들었다. 그 사진에는 여자 세 명이 찍혀 있었다. 양쪽 끝은 리카와 아야카다. 그런데 가운데 있는 사람은…….

"아니……."

하루카가 순간 말을 잃었다.

"놀랐지, 너도?"

아야카가 슬며시 미소를 지으며 물었다.

"이게…… 나 맞아?"

"옷차림을 보니까 너야. 그때 그런 셔츠를 입었잖아."

리카가 말했다.

"그건 그런데……."

기적의 사진 한 장 ●

하루카는 다시 사진을 들여다봤다. 사진에 찍힌 자신의 모습을 이토록 찬찬히 본 적은 지금까지 단 한 번도 없었다.

아야카가 다시 하루카의 손에서 사진을 빼앗아 갔다. 얼마나 힘이 들어갔는지 하루카는 자신도 모르게 마음속으로 '그렇게 함부로 다루지 말란 말이야.'라고 부르짖었다.

"그래, 역시 하루카야. 하루카라고 생각하면서 보니까 영락없는데, 뭘."

"그렇지?"

리카가 다시 옆에서 사진과 하루카를 번갈아 봤다.

"흠, 찍는 각도에 따라서 사진이 이렇게 나오기도 하는구나."

"다른 사람 같아."

"그러게 말이야. 전혀 다른 사람처럼 보이네."

두 사람이 신기하다는 듯이 주고받는 말을 하루카는 복잡한 심경으로 듣고 있었다. 각도나 밝기에 따라서 사진이 실물과 사뭇 다르게 나오는 경우는 종종 있다. 그런데도 두 사람이 이렇게 감탄해 마지않는 것은 그 사진이 너무나 특별했기 때문이다.

한마디로 실물보다 엄청 미인처럼 보였다. 음영 덕분에 뚱뚱한 체형이 감추어졌을뿐더러 눈코도 또렷하게 찍힌 것이 마치 아이돌 탤런트 같았다.

하지만 리카도 아야카도 실물보다 훨씬 예쁘게 나왔다고 말하지는 않았다. 그녀들 나름의 배려일 것이다.

"사진이 굉장히 잘 나왔지?"

친구들의 마음을 조금이나마 편하게 해 주려고 하루카가 말했다.

두 사람은 그제야 마치 저주가 풀리기라도 한 것처럼 안도의 표정을 지었다.

"그러네. 참 예쁘게 찍혔어."

리카가 말했다.

"실물이 이랬다면 인기가 엄청났을 거야."

아야카도 장단을 맞췄다.

'실물은 되게 못생겼다는 얘기야?'

그렇게 생각하면서도 하루카는 마음이 들뜨는 것을 어쩔 수 없었다.

2

집에 돌아온 하루카는 옷을 대충 갈아입고 가방에서 예의 사진을 꺼냈다. 그리고 소파에 앉아 다시 한 번 찬찬히 들여다봤다. 자신도 모르게 히죽히죽 웃음이 나온다.

보면 볼수록 예뻤다. 도무지 자신의 얼굴 같지 않았다. '인생 사진'이라는 말이 있지만, 그 이상이었다.

그녀는 스탠드식 거울을 가져와 테이블 위에 놓았다. 거기에 얼굴을 비춰 보며 사진과 비교했다. 그러자 갑자기 들떴던 기분이 가라앉아 버렸다.

거울에 비친 자신의 얼굴은 아무리 봐도 아이돌 탤런트로는 보이지 않았다. 코미디언이라고 해도 너무하다 싶을 정도다. 요즘은 한 미모 하는 여자 코미디언도 많다. 그리고 옛날 여자 희극인 중에도 미인은 아닐지라도 나름 매력적인 인물이 꽤 있다.

애초에 얼굴이 너무 크다는 것이 자신의 얼굴에 관한 하루카의 분석이다. 그 점이 모든 걸 망쳤다. 그 때문에 안 그래도 가는 눈이 마치 실처럼 보이고, 코가 옆으로 퍼져 보인다. 넓은 얼굴이 눈과 코를 옆으로 잡아당기기 때문일 것이다.

이것이 현실이라고 실망하며 한숨을 쉬는데 응접실 문이 열리더니 오빠 요시타카가 들어왔다.

"어, 하루카 왔네. 뭐 하고 있었어?"

요시타카는 하루카보다 두 살이 많다. 대학원생인 그는 그녀와 달리 키가 크고, 그에 반해 얼굴이 작았다. 게다가 이목구비가 또렷하고 눈도 컸다. 대학 3학년 때는 모델로 스카우트된 적도 있다. 당연히 인기도 많았다.

"아무것도 아니야."

"어, 뭐야, 이 사진은?"

"아이, 안 돼."

하루카가 사진을 감추려 했지만 그러기 전에 오빠가 먼저 사진을 집어 들었다. 오빠는 운동 신경도 뛰어나다.

"흠, 이거 무슨 사진이야?"

"세미나 그룹에서 여행 갔을 때 찍은 거야."

"아아, 야마나카 호수에 갔다고 했지? 그런데 왜 이런 사진을 갖고 있어?"

"왜라니. 오늘 받은 거야."

"하지만 너도 없는데?"

"있어. 한가운데 서 있잖아."

"한가운데?"

다시 한 번 사진을 들여다보던 요시타카가 입을 쩍 벌렸다.

"아니, 이게 너란 말이야? 거짓말!"

"거짓말 아니야. 자세히 보란 말이야."

"아무리 봐도……."

요시타카의 시선이 사진과 하루카의 얼굴을 왔다 갔다 했다.

"흠……."

"그래도 모르겠어?"

"아니, 너 같기는 해. 언뜻 보면 다른 사람 같지만, 자세히 보면 닮지 않은 것도 아니야."

"당연하지. 분명 나니까."

이리 줘, 하고 하루카가 사진을 빼앗았다.

"너 말이지, 화장을 좀 더 신경 써서 해 봐. 화장에 따라서 그 사진처럼 보일 수도 있겠어."

"나름 열심히 하고 있어."

하루카가 대답했다.

"하지만 별 소용이 없어. 화장으로 커버할 수 있는 게 있고 커버할 수 없는 게 있거든. 없는 걸 있는 것처럼 보이게 할 수는 있어도 있는 걸 없는 것처럼 보이게 할 수는 없어. 이 커다란 얼굴은 절대 작아지지 않는다고. 옆으로 퍼진 코가 오뚝해지지도 않고. 아무리 노력해도 안 되는 건 안 돼."

"그렇게 단정하지 마. 사진에 찍힌 것처럼만 보이도록 하면 되잖아."

요시타카가 와락, 하루카의 얼굴을 양손으로 잡더니 이리저리 각도를 바꾸며 유심히 봤다.

"아이, 오빠. 아프단 말이야."

"대체 무슨 트릭을 쓴 거지. 이 얼굴이 어떻게 그런 미인으로 찍혔을까."

"관둬. 어차피 이렇게 생긴걸, 뭐."

하루카가 오빠 손을 뿌리쳤다.

그다음으로 그 사진을 보고 놀란 사람은 아빠 고조다. 된장국을 마시며 사진을 보던 그는 사레가 들려 국을 내뿜었다.

"에이, 아빠는. 지저분하게."

"아이참, 사진이 더러워지잖아."

"어, 미안. 그런데 놀라운걸. 이게 우리 하루카란 말이야? 우아, 굉장한데."

고조는 돋보기 렌즈를 수건으로 닦고 다시 한 번 사진

을 집어 들었다. 렌즈 속의 눈이 가느다래졌다.

고조의 얼굴은 머리가 벗어진 점만 빼면 하루카와 구성이 거의 비슷했다. 다시 말해서 그녀는 아빠를 빼닮은 것이다. 반면 오빠 요시타카는 귀를 빼고는 아빠와 닮은 데가 하나도 없었다. 고조에 따르면 요시타카는 돌아가신 엄마를 닮았다고 한다.

"이렇게 보니 하루카도 엄마를 닮았구나. 그래, 역시 그 엄마에 그 딸이야. 똑 닮았어."

고조가 사진을 보며 애달프다는 듯이 말했다.

"나도 그 사진을 보고 나랑 닮았다고 생각했어."

"엄마가 그렇게 미인이었어?"

하루카가 물었다. 그녀가 아직 아기일 때 엄마가 돌아가셔서 하루카는 엄마 얼굴을 전혀 기억하지 못한다. 게다가 엄마 사진도 남아 있는 것이 없다. 아빠 말로는 엄마가 살아 있을 때는 카메라를 살 돈이 없었다고 한다.

"미인이었지. 결혼하겠다는 남자가 줄을 섰었다. 개중에는 의사나 땅 부자도 있었고."

아빠는 공연히 가슴을 활짝 펴며 말했다.

"그런 미인이 왜 아빠랑 결혼했어?"

"무슨 말이 그러냐? 그야 내 인품 때문이지. 당연한 거 아니야? 그리고 엄마가 나를 선택했으니까 지금 이렇게 너희들이 있는 거야. 그러니까 아빠한테 고마워해야지."

하루카와 똑같이 생긴 고조가 안 그래도 넓적한 코를 더욱더 부풀리며 말했다.

고맙긴 뭐가 고마워, 하고 하루카는 속으로 투덜거렸다. 그 덕분에 불똥이 나한테 튀었잖냐고 받아치고 싶은 심정이었다.

어렸을 적부터 아빠의 얼굴만은 닮고 싶지 않았다. 오빠처럼 근사하게 생기는 게 소원이었다. 그러나 그런 바람이 무색하게 하루카의 얼굴은 해가 갈수록 아빠를 닮아 갔고 오빠 얼굴과는 거리가 멀어졌다. 친척들도 하루카를 볼 때마다 웃음을 터뜨렸다. 아빠와 붕어빵이라면서 말이다. 그러나 그녀가 성인이 되면서는 아무도 대놓고 그 얘기를 하지는 않게 되었다. 대신 고조와 닮은 것이 여자로서는 치명적인 결함이라고 뒤에서들 수군거리는 듯했다. 그런 사실 또한 그녀에게 깊은 상처를 줬다.

엄마를 닮았으면 좋았을 텐데, 하고 하루카는 야마나카 호수에서 찍은 사진을 보며 탄식했다. 하지만 이 사진을 손에 넣음으로써 난제가 하나 해결되었다는 안도감도 느꼈다.

3

하루카는 이메일을 쓰고 있었다. 정기적으로 메일을 주고받는 상대만 열 명 정도이고, 부정기적으로 주고받는 상대까지 합하면 쉰 명도 넘는다. 메일을 받으면 2, 3일 안에 답장을 보내는 게 그녀의 원칙이다.

하지만 예외가 있었다. 메일을 받은 지 닷새나 되었지만 여전히 답장을 쓰기가 고민스러웠다.

상대는 요시오카 도루. 어느 록밴드의 팬클럽 사이트에서 알게 된 남자다. 채팅에 참여했을 때 말이 잘 통해서 개인적으로 메일을 주고받게 되었다. 인터넷을 통한 만남이라서 서로 얼굴은 보지 못했다. 하지만 메일을 통해 서로에 관해 웬만큼은 알고 있다. 요시오카는 올해 스물세 살로 학생이고, 도쿄 네리마구에 산다. 고등학교 시절에는 농구부에서 활동했고, 내년 봄에는 대기업 계열의 전기 회사에 들어가기로 되어 있다. 물론 그런 정보가 모두 사실이라는 보장은 없다. 그러나 하루카는 어쩐지 그가 거짓말을 하는 것 같지 않았다.

그런 그가 닷새 전에 다음과 같은 메일을 보냈다.

'지난번 콘서트 중계는 보셨어요? 저는 감격한 나머지

한동안 정신을 차릴 수 없었습니다.

그건 그렇고, 하루카 씨의 여행 얘기는 참 재미있었습니다. 다음에는 그때의 사진을 보내 주셨으면 합니다. 어떤 여성인지 얼굴을 한번 보고 싶다는 게 제 솔직한 심정입니다. 일단 제 사진을 먼저 보내 드립니다. 얼마 전에 있었던 대학 축제 때 찍은 겁니다.'

그리고 그의 사진이 첨부되어 있었다. 미남형이라고 하기는 어렵지만, 야성적인 분위기를 풍기는 호남이라는 인상이었다. 한마디로 하루카는 그의 생김새가 마음에 들었다.

그 메일을 받은 이래 그녀는 고민에 빠졌다. 사진을 보내면 그는 분명 실망할 것이다. 그렇다고 언제까지 속일 수도 없다. 친구인 리카나 아야카의 사진을 대신 보낼까 하는 생각도 해 봤지만 그렇게까지 자존심을 내팽개치고 싶지는 않았고 상대를 속이기도 싫었다.

하지만 이 사진이라면.

야마나카 호수에서 찍은 사진을 보면서 그녀는 회심의 미소를 지었다. 이 사진이라면 그를 실망시키지 않을 것이다. 게다가 속이는 것도 아니다. 이건 틀림없는 내 사진이니까.

오빠의 스캐너를 사용해 사진을 이미지 파일로 만든 후 간단한 메시지와 함께 요시오카에게 보냈다. 이걸로 문제가 해결됐다고 하루카는 생각했다.

그러나 문제가 해결되기는커녕 오히려 복잡해지고 말았다.

이틀 뒤 요시오카에게서 온 메일을 보고 하루카는 머리를 감쌌다.

'사진 잘 봤습니다. 깜짝 놀랐어요. 하루카 씨가 이렇게 미인이라니, 솔직히, 예상도 못했습니다(실례). 서민적인 느낌이 아닐까 했는데 마치 배우 같더군요.

그래서 말인데, 두 가지만 더 부탁드릴게요. 다른 사진은 없을까요? 하루카 씨의 다른 모습도 보고 싶습니다. 그리고 또 하나. 직접 만날 수 있을까요? 저는 언제라도 상관없으니 하루카 씨의 사정이 허락하는 날을 알려 주세요. 답장을 기다리겠습니다.'

사진을 보자마자 만나자고 하다니 너무 속이 들여다보이는 거 아닌가 싶었지만, 한편으로 젊은 남자이니 당연한 일인지도 모르겠다는 생각도 들었다. 그리고 이런식으로 메일을 계속 주고받는다면 언젠가는 직접 만날 날이 오리라는 각오도 해야 했다.

어떡한담. 하루카는 컴퓨터 앞에서 한참을 고민했다.

"그 남자를 실망시키지 않는 방법은 하나뿐이야."

요구르트 무스 케이크를 먹으며 아야카가 말했다.

"그게 뭔데?"

하루카는 울고 싶은 심정이었다.

학교 근처 케이크 가게에서였다. 아야카와 리카는 케이크를 먹고 있지만 하루카는 홍차만 마셨다. 식욕이 없었다.

"뻔하잖아. 거짓말을 사실로 만들어야지."

"응?"

"모르겠어? 그 야마나카 호수에서 찍은 사진은 거짓말이잖아. 그걸 거짓말이 아닌 사실로 만들면 되는 거야. 철저히 변해서 그 가짜 얼굴에 가까워지면 된다는 말이지."

"자꾸 거짓말, 거짓말, 하지 마. 거짓말이라고까지는 생각하지 않아."

하루카가 기어 들어가는 목소리로 항의했다.

"실질적으로는 거짓말이다, 이 말이지. 요시오카가 지금의 너를 만난다면 분명 속았다고 생각할 거야. 그러니까 너도 고민하는 거고."

"그거야 그렇지만."

하루카는 고개를 떨궜다. 그리고 속으로, 맞는 말이겠지만 좀 돌려서 말해 주면 좋잖아, 하고 생각했다.

"그 사진, 하루카가 정말 예쁘게 찍히기는 했더라."

리카가 감탄 어린 목소리로 말했다.

"그렇다니까. 얼마 전에 내가 그 사진을 어떤 남자애한테 보여 줬더니, 네 친구 중에 이렇게 예쁜 애가 있는 줄 몰랐다면서 제발 소개해 달라고 조르더라니까."

"그래서 뭐라고 했어?"

"어물쩍 넘겼는데, 그 후로도 심심찮게 전화가 걸려 오곤 해. 어찌나 난처한지. 그래도 하루카랑 만나게 할 수는 없잖아."

거기까지 말하고 나서 아야카는 손으로 입을 가렸다. 하루카가 째려보는 것을 알아챈 것이다.

"너희들, 진심으로 상담해 줄 마음이 있기는 한 거야?"

"있지, 물론. 그러니까 변해야 한다고 말하는 거잖아."

"어떻게 변하면 되는데?"

"내가 아는 사람 중에 메이크업 아티스트 지망생이 있어. 그 사람한테 말해 보자. 분명히 뭔가 해결책이 있을 거야. 그 왜, 텔레비전 같은 데서 지극히 평범한 아줌마를 화장만으로 여배우처럼 만들기도 하잖아. 그런 것처럼 말이지."

"흠……."

하루카는 거울로 된 벽 쪽으로 고개를 돌려 거기에 비친 자신의 모습을 바라보며 방금 아야카가 말한 아이디어를 되새겨 보았다. 물론 화장으로 얼굴을 상당히 변화시킬 수 있다는 건 그녀도 알고 있다.

"하지만 그게 쉬울까? 정말 사진같이 될 수 있을까?"

그녀가 중얼거리는 소리를 듣고 두 친구가 동시에 눈길을 떨어뜨렸다. 그 모습을 본 하루카는 마음이 더 무거워졌다. 다른 사람으로 변신하자는 게 아니다. 사진에 찍힌 내 얼굴에 가까워지자는 것뿐인데 왜 이러는 걸까 싶어 비참했다.

침묵 끝에 리카가 고개를 들었다.

"그래, 좋은 방법이 있어. 양쪽에서 공략하는 거야."

4

하루카의 얘기를 들은 오빠가 눈을 화들짝 떴다.

"사진을 조작하란 말이야?"

"응. 여기 있는 사진들을 이 사진과 얼굴이 비슷하도록 수정해 줘."

그러면서 그녀가 몇 장의 사진과 야마나카 호수에서 찍은 사진을 테이블 위에 늘어놓았다.

"사정은 알겠는데, 그게 해결책이 되겠어? 사진이야 조작할 수 있지. 하지만 결국은 네가 직접 만날 거잖아. 그런데 사진만 그럴듯하다고 해서 무슨 의미가 있겠어."

"그러니까 너무 완벽해 보이도록 해서는 안 돼. 적당히 만 손을 대 줘."

"적당히?"

"그래."

하루카의 설명은 이랬다. 우선 화장으로 그녀의 얼굴을 최대한 사진과 비슷하게 만든다. 하지만 그것도 분명히 한계가 있을 테니 한편으로는 사진을 실물에 조금 더 가깝도록 조작한다. 조금 더 구체적으로 말하자면, 앞으로 사진을 몇 장 더 요시오카에게 보낼 텐데 그때 하루카의 얼굴을 야마나카 호수에서 찍힌 모습에서 실제의 모습에 가깝도록 서서히 변화시킨다. 그러면 직접 만났을 때 사진과 실물의 차이를 크게 느끼지 않을 것이라는 얘기였다.

"무슨 말인지는 알겠는데, 그렇게까지 할 필요가 있어?"

오빠가 고개를 갸웃거렸다.

"제발 부탁이야. 이런 일은 다른 사람한테 얘기할 수도 없잖아. 그리고 나는 할 줄 모르니 오빠밖에 부탁할 사람이 없어."

하루카는 아빠와 똑 닮은 얼굴 앞에서 두 손을 모았다.

오빠가 한숨을 푹 내쉬었다.

"어쩌겠어. 해 줘야지."

"정말이야? 고마워, 오빠."

"근데 말이지, 야마나카 호수에서 찍은 사진은 이거 한 장밖에 없니?"

"응. 셔터를 두 번 눌렀는데 다른 한 장은 제대로 안 찍혔나 봐. 빛이 과했는지 내 얼굴이 하얗게 나왔대."

"흠, 그러니까 이 사진은 엄청난 우연이 겹친 결과구나."

동생이 미인으로 찍힌 사진을 손에 들고 오빠가 중얼거렸다.

그날 밤 요시타카는 자신의 방에서 컴퓨터로 사진을 합성하는 데 도전했다. 그는 취미로 사이클링을 하고 있어 자신이 다녀온 곳의 사진들을 SNS에 올리곤 한다. 그래서 사진을 보정하는 소프트웨어도 있다.

스캐너를 사용해 우선 사진을 이미지 파일로 만들어 컴퓨터에 저장했다. 맨 처음 컴퓨터 화면에 나타난 사진은 하루카가 맥주잔을 든 채 웃고 있는 모습이었다. 친구들의 모임에서 찍은 사진인 듯했다. 그 사진 옆에 예의 야마나카 호수 사진을 나란히 놓았다. 그리고 두 사진의 얼굴 부분만 확대했다.

'이 푸짐한 얼굴을 이쪽 얼굴에 가깝게 하란 말이지.'

요시타카는 컴퓨터 화면 앞에서 팔짱을 끼고 생각에 잠겼다.

동일 인물이니까 불가능하지는 않을 것이다. 그러나 두 사진의 주인공은 달라도 너무 달라 보인다. 아니, 전혀 다르지는 않다. 비교해 보니 몇 가지 공통점이 있다. 하지만 전체적인 인상으로 보면 도무지 같은 사람의 얼굴이라고 여겨지지 않았다.

'어떻게든 해 봐야 해.'

그는 자신이 아빠를 닮지 않아서 다행이라고 생각한

다. 엄마에 관한 기억은 없지만, 이런 얼굴을 물려 주었다는 점에 감사한다. 객관적으로 봐도 자신의 용모가 평균 이상일 거라고 자부한다.

그런 만큼 동생이 딱하기 짝이 없었다. 자신이 봐도 동생은 남자를 빠져들게 할 만한 얼굴이 아니었다. 그녀에게 남자 친구 비슷한 존재가 한 번도 없었다는 것을 알고 있다. 그녀를 좋아해 주는 남자가 나타나기를 그 역시 오랫동안 바라 왔다.

그는 사진 보정 소프트웨어로 우선 친구 모임에서 찍은 사진에서 하루카의 눈을 조금 크게 만들었다. 그리고 코를 오뚝해지도록 했다. 그러자 어느 정도 야마나카 호수의 얼굴과 비슷해졌다. 하지만 결정적으로 다른 점이 있었다. 바로 얼굴 크기다.

요시타카는 다양한 기술을 구사해 얼굴에 음영을 주는 동시에 턱 선을 미묘하게 바꿨다. 하지만 아무리 애를 써도 얼굴이 작아지지 않았다.

"이상하네. 대체 이 사진에서는 어떻게 얼굴이 이렇게 작게 나왔을까."

그는 자신도 모르게 중얼거리면서 야마나카 호수에서 찍은 하루카의 얼굴을 화면에 꽉 차도록 확대해 보았다.

"어? 어떻게 된 일이지? 이건⋯⋯."

그는 화면에 얼굴을 바짝 들이댔다.

5

휴일 오후에 소파에 드러누워 프로 야구 낮 경기를 보는 것은 고조의 오랜 습관이자 몇 안 되는 즐거움 중 하나다. 그럴 때면 아무에게도 방해받고 싶지 않았다. 냉동 닭 꼬치구이를 데워서 캔 맥주와 함께 먹으며 자신이 좋아하는 팀을 응원하다 보면 더할 수 없이 행복한 기분에 빠져들었다.

그는 정년을 눈앞에 두었다. 하지만 걱정할 일은 없다. 머지않아 요시타카도 하루카도 사회인이 된다. 그러면 매일 이런 생활을 할 수 있다. 그때를 생각하면 가슴이 두근거릴 정도다. 정년 이후에 해 보고 싶은 일이 산더미 같다.

20년 넘게 잘해 왔다고 생각한다. 아내 요코가 갑자기 세상을 떠났을 때 하루카는 아직 갓난아기였다. 요시타카도 겨우 걸음마를 하는 상태였다. 그런 두 아이를 키우며 회사원 생활을 하는 것은 이루 말로 표현할 수 없을 만큼 힘들었다. 친척과 이웃의 도움이 없었다면 도저히 불가능했을 것이다.

여러 번 혼담이 들어왔지만 고조는 한 번도 귀를 기울이지 않았다. 요코 같은 여자가 이 세상에 있을 것 같지 않았다. 물론 20년 동안 몇 번 연애 감정이 생기기도 했다. 하지만 그런 마음을 상대에게 전한 적은 없다.

요코가 살아 있었더라면, 하는 생각이 든다. 두 아이가 출가한 뒤 그녀와 노후를 함께 보낼 수 있다면 얼마나 멋질까. 하지만 이루지 못할 꿈이었다.

사진을 보며 요코를 떠올리는 일도 불가능하다. 아이들에게는 카메라가 없어서 엄마 사진을 찍지 못했다고 설명했지만 그건 사실이 아니다. 실은 몇 장인가 요코의 사진이 있었다.

그걸 없애 버린 사람은 다름 아닌 고조 자신이다. 요코를 잊지 못해 술에 빠져 살던 어느 날, 이대로 가다가는 폐인이 되고 말 거라는 생각에 그녀의 사진을 모조리 불태웠다. 물론 충동적인 짓이어서 나중에 그 일을 깊이 후회했다. 지금도 마찬가지다. 다만 한 장이라도 남겨 뒀다면 얼마나 위로가 됐을까 하고 생각할 때가 한두 번이 아니다.

텔레비전에서 고조가 응원하는 구단의 주 공격수가 홈런을 치는 바람에 고조는 다시 현실로 돌아왔다. 오늘따라 왜 이렇게 요코가 생각나는지 의아했다.

저녁 무렵 요시타카가 들어왔다.

"아빠, 할 얘기가 있어요."

웬일인지 아들이 진지한 얼굴이다.

"뭔데 그래?"

"이 사진 말이에요."

요시타카가 테이블에 예의 하루카 사진을 올려놓았다.

"아, 이거. 하루카가 잘 나왔더구나. 그 녀석도 잘만 찍으면 이렇게 나오는데 말이야."

그러면서 고조는 돋보기를 썼다. 그는 외동딸이 자신을 닮았다는 사실에 미안한 마음을 갖고 있다.

"좀 이상하지 않아요?"

"이상하다니? 이 녀석아, 동생이 미인으로 찍혔다고 그렇게 말하면 어떡하냐."

"그게 아니라, 하루카 얼굴 윤곽을 자세히 보세요. 머리카락에 가려서 알아보기 힘들지만, 얼굴 바깥쪽에 윤곽이 하나 더 있어요."

고조는 사진을 유심히 봤다. 그러고 보니 그런 것도 같다.

"이게 뭐지? 혹시 렌즈에 뭐가 묻었나?"

요시타카가 고개를 저었다.

"그런 게 아니에요. 바깥쪽 윤곽은 하루카 본인의 얼굴이에요."

"뭐야? 하지만 얼굴 윤곽은 제대로 나와 있잖아."

"그렇지 않아요."

그러고서 요시타카는 고개를 숙인 채 입을 다물었다. 뭔가 주저하는 모습이었다.

잠시 후 그가 고개를 들고 고조의 눈을 바라보며 말했다.

"아빠, 이거, 심령사진이에요."

"뭐야······?"

"실은 오늘 심령사진 전문가를 만나서 사진을 보여 줬어요. 그랬더니 심령사진이 틀림없다는 거예요."

"뭘, 뭘 봐서 심령사진이라는 거냐?"

"하루카 얼굴에 보이는 거요. 그건 그 녀석 얼굴이 아니에요, 영혼이 찍힌 거지. 하루카 말로는 같은 조건에서 찍은 또 한 장의 사진은 빛이 너무 세서 얼굴이 하얗게 나왔대요. 그럼 이 사진도 그렇게 나와야 하는데 그 위에

영혼이 겹쳐서 이런 식으로 나온 거래요."

"그런……, 말도 안 되는 얘기야."

"하지만 그렇게 생각해야 말이 돼요. 그래서 아빠가 확인해 보시라는 거예요. 이거, 혹시 엄마 얼굴이 아닌지."

고조는 아무 대답도 할 수 없었다. 그럴 리 없다고 생각하는 한편으로, 이 사진을 처음 봤을 때 묘한 느낌이 들었던 이유가 설명되는 것 같기도 했다. 그때 그는 가슴이 떨릴 정도로 애달픈 마음이 들었다.

"요코가 왜……."

"그건 저도 모르죠."

요시타카가 눈을 감았다.

고조는 사진을 계속 들여다봤다. 보면 볼수록 그것은 죽은 아내의 얼굴이었다. 요코가 그를 향해 미소 짓고 있었다.

그의 눈길이 사진 오른쪽 아래를 향했다. 거기에 사진을 찍은 날짜가 있었다.

"그렇구나. 8월 23일이야."

요시타카도 사진을 들여다봤다.

"그게 왜요?"

"8월 23일……, 야마나카 호수란 말이지."

고조가 고개를 크게 끄덕였다.

"그랬어."

"뭔데 그래요, 빨리 말씀해 보세요."

"아니, 아무것도 아니다."

고조는 고개를 저었다.

"그런데 하루카는 어디 갔니?"

"아마 메이크업 아티스트에게 갔을 거예요."

"그래?"

고조는 다시 사진을 봤다.

8월 23일은 그가 처음으로 요코와 데이트한 날이다. 장소는 야마나카 호수. 이 사진도 그곳에서 찍은 것이다.

매년 그날이면 당신은 그 추억의 장소에 가는구려.

저세상에 있을 아내에게 그는 말을 걸었다.

그리고 올해는 마침 하루카가 그곳에 갔다. 요코의 영혼이 어쩔 수 없이 딸에게 다가갔다가 사진에 찍히고 만 것이다.

기적이군, 하고 중얼거리면서 그는 뜻하지 않게 손에 들어온 아내의 사진을 바라보며 캔 맥주를 기울였다.